虚構の城 完全版

高杉 良

角川文庫
19025

目次

第一章　左遷人事

1

何度思い起こしても身内のふるえるような感動が甦《よみがえ》ってくる。

「田崎《たざき》健治君だね。ご苦労さん」

大和周造《やまとしゆうぞう》社主は手ずから表彰状を読みあげたあと、金一封を添えて、田崎の前に差し出しながらそう言った。

田崎が腰を折って、押しいただくと、社主は右手を離し、握手を求めてきた。田崎はおずおずと手を伸ばした。並外れて大きめな表彰状を二人の左手が支え、その上で右手が交錯した。田崎が顔を上げると、社主は驚くほど掌《て》に力を込め、炯々《けいけい》と輝く眼で田崎をじっと見据えた。長身の田崎は、壇の上の社主をまだいくぶん見おろす恰好《かっこう》なので、無意識に身を屈《かが》めた。

「ご苦労さん。会社のために頑張ってください」

社主はもう一度艶《つや》のある声で繰り返した。

田崎は眼がくらくらするほど感激した。自分では「ありがとうございます」と言ったつもりだったが、声にならなかった。

耳を聾《ろう》するほど盛大な拍手が大和鉱油本社の講堂をゆるがし、どよめいた。

田崎は、乾式排煙脱硫装置と対峙《たいじ》するたびに、表彰式のその日の晴れがましい光景が眼に浮かぶ。

もう三カ月にもなるのに、四月のある日、プロジェクトチームを代表して東京の本社に招かれ、優秀社員表彰式に臨んだときの感動がいまなお鮮度を失わずに田崎の胸を満たしてくる。入社して七年になるが、考えてみると、今年喜寿を迎えた大和社主と身近に接し得たのはそれが初めてのことであった。

真っ白な長い眉毛《まゆげ》、髷《まげ》のように後頭部に残る白髪、落ち窪《くぼ》んだ深い眼、頰のあたりの黒い染み、小づくりの顔とふつりあいな大きな福耳。そのどれもに老いが忍び寄っているが、田崎には神々しくさえ見えた。

あの反応塔のあたりには俺自身が開発した触媒と共に斬新《ざんしん》なアイデアがたくさん詰め込まれてある──。西日を反射してキラキラ輝く銀色の反応塔を見上げる田崎の表情も誇らかに輝いていた。

「重油の直接脱硫ですと硫黄分《いおう》を〇・一パーセント引き下げるのにキロリットル当たり何百円もコストがかさみますから、採算がとれなくなりますが、この乾式排脱ですと、重油のコストははるかに安くなります。ですから当社といたしましては、電力会社さんなどにこの排脱技術を供与し、燃料油としてC重油を使用していただく。それによって原油の生焚《だ》きをやめてもらえば、わが国のエネルギー・バランス上、大きなプラスをもたらすことになり、いわばナショナル・ニーズにこたえるものということができるわけでございます」

取締役所長の高橋弘《たかはしひろし》は田崎たちが振り付けたとおり、メモを盗み見ながら懸命に説明している。

「これで日本の空は一段ときれいになるわけだな」

知事は鷹揚《おうよう》に言って、テレビカメラを意識してグッと胸を反らした。押し出しも立派で、製油所で用意した来賓・見学者用のブルーの上っ張りと黄色の保安帽《ヘルメット》が板に付いている。

すーっと県の環境部長が知事に近づいて肩を並べた。所長も知事を挟むように、さりげなく躰《からだ》を寄せた。

「おっしゃるとおりでございます」

「二次公害の心配はないのかね」

その知事の質問は予期していなかったらしい。高橋が眼で田崎に助け舟を求めた。

自治体や地域住民との対話、融和に傾注するあまり、地元対策と称して、最近はどの企業も人あたりのよい事務屋を工場長や所長に据える傾向が目立っている。高橋もその例外ではなく、やたら調子が良く、宴会にはめっぽう強い。

田崎はテレビカメラを避けるように知事の背後に回ったが、頭ひとつ抜け出してしまうので、脱硫装置のほうを見ながら説明した。

「除去したSO$_2$は固形硫黄《サルファー》で回収します。触媒の再生、活性炭の処理などで二次公害を起こす心配はまったくありませんし、面倒な副生品も発生しません。触媒の寿命が再生しないで一年以上と永いことも、このプロセスの特色のひとつです」

「どのくらい運転してるの」

知事は首をねじって、振り向くように横眼で田崎を見上げた。

「五ヵ月ほどになります。いままでのところ運転上のトラブルはありません」

「完全に軌道に乗ったわけだね」

「はい」

高橋と田崎が同時にうなずいた。

報道陣がぞろぞろ引きあげて行った。それを見届けると、知事は途端に排脱装置に興味を失ったらしく、ヘルメットを高橋に手渡し、ハンカチで顔の汗をぬぐった。

「大変参考になった」

ヘルメットが四つ重ねられて、田崎の手に集まった。

高橋が手をあげて、後方に待機している乗用車に合図した。

「お暑いところを大変ありがとうございました」

高橋が深々と頭を下げてから、クルマのドアをあけるのと、運転手があわててそこへ到着するのが一緒になった。

知事と環境部長が乗り込み、知事の秘書と高橋が助手席に納まった。うだるような炎天下に晒《さら》されて、どの顔も汗ばんでうんざりしているが、クルマのクーラーにありつけて、ほっとした面持ちだ。

田崎はヘルメットを脱いで一礼し、クルマを見送った。半袖《はんそで》のグレーの作業着が汗で滲《にじ》んでいる。時計を見ると二時四十分だった。

製油所事務所の応接室で一服し、三時から市の体育館で始まる竣工《しゅんこう》披露パーティに駆けつける手はずだ。地元出身の衆参両院議員、通商産業省（通産省）、自治省の関係局長、課長、班長、自治体の知事、市長や担当部課長、そして県会議員、市会議員さらには取引銀行、建設業者、報道関係者など招待者一千名を超える盛大なパーティが始まる。

県知事の製油所訪問は、竣工式のプログラムになく、いわば飛び込みの番外だが、スケジュールの変更で知事の躰があいたため、県の環境部長が気をきかせて急遽《きゅうきょ》それを仕組んだという。高橋所長など製油所幹部の日ごろのつきあいがものをいったかたちだが、すかさず地元の新聞や中央紙の支局やテレビ局に連絡をとるあたり、如才ない高橋の面目躍如たるものがあった。

田崎は、ケミカルエンジニアとして研究所から本社の技術部を経て、瀬戸内海に面した中国製油所の勤務まで足掛け四年にわたって、一貫して乾式排煙脱硫技術の開発、設計、装置の建設、運転に携わってきた。

四日市公害の判決以来、亜硫酸ガスなどによる大気汚染等の環境規制は一段と厳しさを増し、勢い脱硫、脱硝技術の開発が急がれていたが、大和鉱油は乾式排脱プロセスを確立したことによって、公害防止技術の最先端を先取りしたことになる。

湿式の排煙脱硫装置は電力会社や石油コンビナートで数多く採用されているが、乾式で実用に耐え得るものは世界のどこを探しても存在していない。大和鉱油が独自に開発し、建設したこの排脱装置を除いては。すなわち未《いま》だ開発途上にあり、国際石油資本、いわゆるメジャーズや、世界的なエンジニアリング会社のむこうを張って、大和鉱油は世界で初めて乾式排煙脱硫装置の実用プラントを建設したことになる。しかも完成後五ヵ月に及ぶ連続運転によって極めて高い性能であることが立証されたのだ。

燃焼ガス量時間当たり四十万立方メートルの大きな脱硫能力で、保証値九五パーセントの高い脱硫率は、湿式法によるこれまでの常識を破る画期的なもので、割安な建設費と相俟《あいま》って世界の産業界の耳目をそばだてずにはおかなかった。それ以上に窒素酸化物、いわゆるNO_X《ノックス》対策との関係で、乾式法の有利性を明確に位置づけたことが決定的なポイントになったといえる。脱硝技術は大和鉱油においても開発を進めている段階だが、脱硝装置は後処理問題など乾式法の有利性がより明確なので、脱硫、脱硝の組み合わせ上、建設コストなどの点でも湿式法とは比較にならぬといわれている。

昭和五十年七月×日の吉日に大和鉱油はそれを内外に誇示するように盛大な竣工式を挙行し、世間をあっといわせたが、田崎は修祓《しゅうふつ》式など儀式の前後に、工場見学用のマイクロバスや相手によっては乗用車の助手席に説明要員として同乗し、プロセスの要項を何度説明したかしれない。

いくど同じことを話そうが、同じ質問にあおうが「世界で初めて」という言葉はなんと小気味よく耳に響いてくることだろう。技術屋冥利《みょうり》に尽きる、とはこのことであろうか。

田崎はヘルメットを抱え直して、もう一度反応塔に視線を投げかけた。よじのぼって、さすってやりたいような衝動にかられる。建設計画が決まり、化学工学、機械、電気などの分野から技術者が十名ほど集められ、プロジェクトチームが編成されてからすでに二年半を経ているが、研究所のテストプラント時代からタッチしているのは田崎だけだ。脱硫能力一千立方メートルのテストプラントから一挙に四百倍の実用プラントにスケールアップすることに一抹の危惧《きぐ》があったが、田崎は一パーセントのリスクもないと強弁してはばからなかった。田崎はエンジニアとしての生命をこの乾式排脱プロセスに賭《か》け、ありきたりな言いようだが、寝食を忘れて、この開発に没頭した。結果は意図したとおりだった。

その乾式排脱装置は戦艦のように堂々たる威容を誇り、林立する常圧蒸留装置など石油精製設備のタワーやプラント類を睥睨《へいげい》するように圧倒して、そびえ立っていた。

田崎は計器室《コントロール・ルーム》を覗《のぞ》いてから事務所へ帰り、ロッカールームで作業衣を着替えて、技術部の自席に戻った。技術部長の松山繁《しげる》はパーティに出かけたのか席にいなかった。

土曜日の午後のせいで他の部員の姿もみられず、部屋の中は静まりかえっていた。

田崎が満ちたりた思いで、帰りじたくをしているとき、遠慮がちにドアをノックする音が聞こえた。

「どうぞ」

「失礼します」

事務部の女性が入ってきた。たしか、広瀬《ひろせ》政子《まさこ》という名前で、とびきりの美人というわけでもないが、この製油所では目につく存在だ。

「田崎さん、きょうは大変でしたわね。お疲れになったでしょう。これ、めしあがってください」

政子は気恥ずかしそうに眼をしばたたかせながら言って、オレンジジュースの瓶の栓を抜き、盆の上のコップに注いだ。

「これはありがたい」

田崎はさっそくコップをとって、ひとくち飲んだ。

「美味《おい》しい。ひと心地がついた感じです。僕がここにいるのがよくわかりましたね」

「所長室から田崎さんがこちらへ歩いてくるのが見えました」

「そうですか。所長や知事はパーティに出かけたの」

「ええ。たったいま。田崎さんはパーティにいらっしゃいませんの」

「僕みたいなぺいぺいは呼んでくれませんよ」

「まあ」

政子は信じられないというように眼をまるくした。

「パーティなんてそんなものですよ。偉い人だけが集まるところです。それより、広瀬さんこそ、受付要員によくかり出されなかったなあ」

田崎は看板娘という言葉をつけ加えたかったが、それをジュースと一緒に呑《の》み込んだ。

「こちらの手があきしだい行くことになっていますが、まだぬけられないので、後片づけのお手伝いになりそうです」

田崎は、この娘《こ》とならもうすこし話をしてもよい、といった気持ちで、ことさらにゆっくりとジュースを飲んだが、そのもくろみはすぐに裏切られた。

「あとで片づけますから、ごゆっくりどうぞ」

政子はスカートをひるがえして、部屋から出て行った。

風がそよいだような清涼感が残った。ノースリーブの水色の事務服が白いブラウスとマッチして清々《すがすが》しかった。

健康で清潔そうな娘だ。当製油所ナンバーワンかな……。田崎は、広瀬政子と言葉を交わしたのは初めてだったが、瀬戸内のこの地方の訛《なま》りのない丁寧な言葉遣いといい、ジュースをとどけてくれた心遣いといい、すっかり気に入ってしまった。

2

広瀬政子とほとんど入れちがいに秋元《あきもと》一郎が顔を出した。乾式排煙脱硫装置の運転《オペレー》要員《ター》で、田崎の部下のひとりだ。さっきコントロール・ルームを覗いたときに声をかけたが、作業日誌になにやら書き込んでいて、気がつかなかったようだ。

「どうした。なにかあったか」

田崎は思わず起《た》ち上がって、うわずった声を出した。

「落ち着いてくださいよ。すべて順調です」

したり顔で秋元は言い、田崎の隣の席に座った。

「いま、事務部の広瀬さんがここへ来てたようですけど、なにか言ってませんでした?」

秋元は田崎の顔をうかがった。

「別に。一段落したらパーティの手伝いに行くようなことを言ってたけど。ジュースをサービスしてくれただけだよ」

「へーえ。ジュースねえ、彼女なかなかやるなあ」

「なんのことだい」

田崎はいぶかしげに、顎《あご》の張った秋元の顔を見遣《みや》った。

「いや別になんでもありません。こっちのことです」

秋元はニヤッと笑ったが、急に表情をひきしめ、躰を寄せて声をひそめた。

「田崎さん、大事な話があるんですが、すこしいいですか」

「いいけど、僕なんかが聞いてわかることなのか」

「もちろんです。田崎さんだからこそ、相談するんです」

「なんだか知らんが、怖くなってきたな。そんな大事なことなら、応接室にでも行こうか。ここだと、誰が入ってくるかわからんから。仕事のほうは大丈夫なのか」

「はい。間もなく交代ですし、仲間にことわってきました」

田崎と秋元は第三応接室に入った。秋元がフダを「使用中」にひっくりかえした。

二十歳そこそこなのに気ばたらきのする男だ。仕事もでき、部下として申し分ないと田崎は思う。

「さて、改まったところで、その大事な話とやらを聞かせてもらおうか」

田崎は、腕組みして茶化すように言った。

つりあいのとれないことおびただしいが、政子との結婚話でも始まるのではないか。田崎はそんな気がしていた。政子のほうが年が上のはずだし、秋元には勿体《もったい》ない気もするが、もしそうなら祝福してやらねばなるまい……。誰か政子の身内に反対する者でもいるのだろうか。

「田崎さん、石油業界最大手の大和鉱油に労組が存在しないなんて、不自然だと思いませんか」

秋元が切り出した。その顔は緊張を隠し切れず、こわばっている。

田崎は呆気《あっけ》にとられ、しばらく秋元の口もとをぼんやり見ていた。

「何を言いだすかと思ったら労組とは恐れ入ったね。言われてみれば、たしかにわが社には組合がなかったねえ」

「困りますよ。そんな他人事《ひとごと》みたいに」

田崎の間の抜けた返事で、秋元は硬さがほぐれたようだ。

「すまんが、どうも僕にはぴんとこないというか、縁のない話だね」

欠伸《あくび》が出そうになって、田崎はあわてて口を押さえた。

「田崎さん、これは真面目な大切な話なんです。不謹慎ですよ」

見咎《とが》めて、秋元が口を尖《とが》らした。

田崎は先輩社員としての威厳を保つように、勿体ぶって言った。

「そう言えば、いつだったか石油労連の連中がビラを撒《ま》いていたね。きみは彼らに洗脳されちゃったのか」

十日ほど前の早朝、製油所の正門付近で中立労連の単産である石油労連のオルグとおぼしき男が三人、出勤してくる大和鉱油の従業員にアジビラを配っていた光景が田崎の眼に浮かんだ。男たちは従業員にビラを手渡そうと執拗《しつよう》に食い下がっていたが、ほとんどの者はとりあわず、なかには敵意をむき出しにして相手を睨《にら》みつけ、それを拒絶する者も見受けられた。

「まったく、よくここまで飼い馴《な》らされたものだ」「どいつもこいつも人間尊重主義などと恰好《かっこう》の良いイカサマにだまされて、骨抜きにされてしまったようだ」「なさけないったらありゃしない。会社にしいたげられているのも知らないで」

ビラ配りの男たちは悔しまぎれに大声で口々にそんなあてこすりを言いあい、なかばやけくそで大量のビラを正門から構内に向かって、投げ捨てるように撒き散らした。

すぐに守衛が駆けつけてきて、ぶつくさ言いながら散乱したビラを集めにかかった。

田崎はその一枚を拾って読んだ。

『大和鉱油中国製油所で働く諸君へ。速やかに労組結成へ起ち上がろう！　健全な労使関係を樹立しよう！　大和イズムの瞞着《まんちゃく》を冷静に見極めよう！　従業員を搾取し、私腹をこやす大和一族！』

それは、比較的穏健といわれている石油労連にしては刺激的な檄文《げきぶん》で、大手石油メーカーの大和鉱油に労組結成を呼びかけたものだった。

「たしかに石油労連の人たちとも話し合いました。でも僕たちはもともと大和鉱油に組合のないことの不自然さ、デメリットをいやというほど感じていたんです」

「しかし、労組問題がわが社ではタブーなことぐらいきみだってわかってるはずだ。難しいことは僕にはわからないが、ことがらの是非に関係なくそうなってるんだから仕方がないよ」

田崎はもてあまし気味に言った。

「敗北主義ですよ」

秋元は憤然として起ち上がった。しかし、すぐに座り直した。

「身近な話をしますが、田崎さんは西野将一《にしのしょういち》君がどうして会社を辞めたか知ってますか」

「東京へ帰って、家業のクリーニング店を継ぐように聞いてるけど」

「それはおもてむきの理由ですよ。西野君は僕と同じで、田崎さんの直接の部下だったじゃありませんか。仕事一途《いちず》も結構ですが、世事に疎すぎますよ。彼は労組問題に関心を持ったがために、この会社にいられなくなったのです。依願退職の扱いになっていますが、会社はていよく彼を追い出したのです」

「ほんとか」

田崎はかすかに眉《まゆ》をひそめた。

「ほんとうもなにも、こんなこと周知の事実で、知らないのは田崎さんだけです。嘘だと思ったら部長でも課長でも、誰でもいいから訊《き》いてみてください。クリーニング屋は弟が継ぐことになっていて、西野は千葉のある小さな化学会社に転職したんです」

「知らなかったなあ」

田崎は吐息をついた。貴公子然とした端整な顔が初めてかすかに紅潮した。

「田崎さんならきっとわかってくれると思います。きょうはこのぐらいにしておきますが、一度ゆっくり僕たちの考えを聞いてください」

秋元は追い討ちをかけるように言って応接室を出て行った。

3

田崎健治《けんじ》は七年前に大和鉱油に入社した東大工学部応用化学科出身のエリート社員である。開業医の次男で、大学の受験勉強では人並みに苦労もしたが、それ以外に苦労らしい苦労をしたことはない。ノンポリ型の田崎にとって、労組問題は無縁の存在で、大家族主義を標榜《ひょうぼう》し、家族に組合があるかという理由で組合の結成を絶対に認めない会社の在り方について、疑問を持ったこともなかった。ずいぶん変わった会社だと思ったことはあるが、それ以上に考えを飛躍させたことはない。気取った言い方をすれば、仕事にかまけて、よけいなことを考えるひまもなかったということになろうか。

しかし、秋元から西野のことを聞かされて、労組問題が多少身近なこととして感じられたのは確かである。秋元と同じ東京の工業高校を出て、中国製油所でオペレーターとして田崎の下についた西野の退社した理由が、労組問題に関与したためという秋元の説明を田崎は鵜呑《うの》みにしたわけではなかったが、真相を確かめてみる必要はありそうだった。家業を継ぐという理由を持ち出されては慰留のしようもなかったが、真相を知っていれば、あのときなんとか救ってやれたはずだ、と田崎は悔む。西野を秋元以上に買っていた。

もっとも、田崎が西野を救ってやれたと考えるのは思いあがりもはなはだしい。大和鉱油で労組問題はタブーそのものであった。口にするはおろか思ってもならないことであることを田崎が認識していないだけのことなのだ。

従業員約一万人、年間売上高約一兆五千億円の石油業界最大手の大企業に労働組合が存在しないというのもいまどき不可思議なことだが、すくなくとも七十七歳にしていまなお矍鑠《かくしゃく》としている大和周造社主が存命している間は、労組問題はタブーであり、労組の結成など考えられない――と大和鉱油と多少なりともかかわりのある者なら、誰でもそう見ていた。

大和鉱油の労組問題は石油労連にとってここ数年来の懸案事項で、例年この問題の解決を図ることを運動方針の主要なテーマとしてかかげてきた。石油労連から大和鉱油の各製油所や支店に対して労組結成の働きかけが辛抱強く続けられているが、それに呼応した動きが内部で表面化する以前に、会社側は全力をあげてこの芽を摘み取ってきた。同時に永年の間にそうした外圧に対して拒絶反応を示す体質が形成され、蟠《ばん》踞《きょ》していたことも確かである。もちろん一部の社員の間に労組問題がわだかまりとなって、くすぶっていることも否定できないが、過去に労組問題にかかわったがために大和鉱油からはじき出されて行った者も少なくないとあって、諦《あきら》めムードが強くおおっていた。

その夜、田崎は妻の信子《のぶこ》に求められたとき気がたっているせいか、いつになく積極的に応じていった。信子はいわゆる男好きするタイプで、毎夜でもまじわりたいほうだが、田崎はどうかすると、そんな妻をたまらなくいとわしく思うことがある。田崎は信子と躰《からだ》を合わせているときに、いまだに新婚旅行先での夜のことが頭をかすめ、なんとも名状しがたいやりきれない気分になり、躰の芯《しん》が萎《な》えてしまうことがあった。

新婚旅行先のホテルで田崎は愕然《がくぜん》とした。初めての夜から信子のよろこびが深く激しかったのである。二日目の夜、そんな信子に気後れしている田崎におかまいなしに彼女はよがり声を張りあげて昇りつめた。田崎は情感が醒《さ》めそうになるのをこらえ、豊饒《ほうじょう》な乳房をまさぐりながら懸命にのめり込んで行ったとき、くぐもった、けだる気な声が下から聞こえた。

「男の人って、最後はみんな速くなるのね」

がつん、と打ちのめされた思いで、田崎は躰を離した。

「きみは、いまなんと言った」

顔がひきつれ、声がふるえていた。

「僕が初めての相手でないことはわかった。だが、男の人っていうのはどういうことだ。ひど過ぎるとは思わないか」

信子はしばらく身じろぎもしないで、上掛けで顔を隠して息を詰めていた。言わずもがなのことが不用意に口をついて出てしまったのだろうが、それは男の経験の豊富さかげんをはしなくも露呈したようなものだった。もっとも信子が尻軽女だったら、口が腐っても尻尾《しっぽ》をつかまれるようなせりふは吐かなかったかもしれない。

「だったらどうだっていうの。あなたって、いつまで経っても受験生みたいね。幻滅だわ」

信子は、蒲団《ふとん》から顔をのぞかせ、いたずらっぽい眼つきで田崎を軽く睨《にら》んだ。

「でもおあいにくさま。そんなのいいがかりよ。耳年増《みみどしま》っていうのかしら、セックスのことはいろいろお友達に聞いてるから知ってるけど、もちろんあなたが初めてよ」

なにごともなかったように信子は田崎に背中を向けて、眠ってしまった。

幻滅とはこっちのいうせりふだ。田崎はひとり悶々《もんもん》と眠れない夜を過ごした。

受験生とはどういう意味だろう。考えてみたら田崎は婚約期間中も信子の手ひとつ握ったことがなかったが、信子はそれが不満だったのだろうか。初心《うぶ》な田崎はあれこれ思い煩ったが、信子は翌朝も前夜のやりとりが嘘のように田崎にむしゃぶりついてきた。田崎は、信子を信じてゆくほかはないと思った。

しかし、心にひっかかるものがきれいにふっきれたわけではなく、心の奥底に揺曳《ようえい》している不信感はその後の信子の言動で大きくひろがっていった。殊に、東京の本社から、中国製油所転勤を命じられたとき、東京を離れたくないから単身で赴任してほしいと言われ、田崎はあまりといえばあまりな言いぐさに、めまいがするほど衝撃を受けた。

「あなたが週末に帰ってきてくれればいいと思うの。私のほうからもたまにはそっちへ行きますから。とにかくあんな田舎に住むくらいなら死んだほうがましだわ」と信子は言い張ったが、さすがに信子の父親がそれを赦《ゆる》さなかった。

三十歳になるまで子供は絶対につくらない、と宣言されたときも田崎はびっくりしたが、信子は神経質なほど厳密にそれを実行していた。

なにかと用事を見つけては、鎌倉の実家へ里帰りする信子を、田崎は苦い思いで見送ったことがいくどあったろうか。

田崎の頭の中をふと広瀬政子の面差しがよぎった。その瞬間、田崎は極まり、信子に体重をかけていった。

4

あくる日の日曜日、田崎は秋元に寝込みを襲われて、大いに狼狽《ろうばい》した。十時をかなり過ぎていたのだから、秋元を責めるわけにもいかなかったが、きのうのきょうであり、不意をつかれて、田崎はすっかりめんくらった。来る前に電話の一本もかけてくれればよいのに、と田崎が秋元をうらんだのは、秋元が政子を伴っていたからである。

秋元は半袖《はんそで》のワイシャツにきちんとネクタイをつけていた。

「出直して来ましょうか」

寝間着姿の田崎に、さすがに気がひけたのか秋元が申し訳なさそうに言った。

田崎は、秋元の背後に隠れるように佇《たたず》んでいる政子に、きのうはどうも、といいたげに眼で挨拶《あいさつ》した。

「かまわないよ。そろそろ起きようと思ってたところなんだ。わるいけど、ちょっと待っててくれ」

田崎は口ごもりながら言って、奥へ引っ込んだ。

ふたりの来客を外で待たせて、田崎はポロシャツに着替え、信子をせきたてて蒲団をたたみ、窓をあけ放ち、大急ぎで掃除をして、その場をとりつくろった。信子はテレビの深夜番組にいつまでもつきあっていて寝不足のため、ひどく不機嫌でぷりぷりしていた。

「お待たせして申し訳ない。ちらかしてるけど、あがってください」

「すこし早いかなとは思ったんですけど」

頭をかきながら秋元が靴を脱いで、言った。

田崎は奥の六畳間にふたりを導いた。

「おやすみのところをお邪魔してほんとうにすみません。これ、珍しくもありませんが、羊羹《ようかん》です。めしあがってください」

政子は風呂敷《ふろしき》をひらいて、四角張った包みを田崎の前に押しやった。

「ありがとう。こんな気を遣ってもらって、かえって申し訳ない」

田崎はどぎまぎして、ぎごちなく頭を下げた。昨夜、信子との最中に、政子の顔が脳裡《のうり》をかすめたことがいやでも思い出されて、田崎はひとり頰を火照らせた。

そこへ信子が顔を出した。

「ワイフの信子です。技術部の秋元君と事務部の広瀬さん」

田崎がふたりを信子にひきあわせると、秋元はかしこまって座り直した。

「秋元です。田崎さんにはいつも怒られてばかりいます」

「広瀬と申します。よろしくお願いします」

秋元と政子が畳に手をついて丁寧に挨拶したのに、信子はにこりともせず、中腰のままほんの申し訳程度に頭をかしげただけで、麦茶と塩煎餅《しおせんべい》を乗せたプラスチック製の盆を三人の前に置くなり、黙って部屋を出て行った。感情をあからさまに顔に出し、人前をつくろうこともできない女だった。おもたせの羊羹のお礼を信子に言わせずじまいで、田崎は一層きまりわるかったが、つとめて平静をよそおった。

「田崎さん、奥さんご機嫌ななめですね。外へ出ましょうか」

たまりかねて秋元が小声で言った。

「別に気にすることはないよ。寝ざめが悪いんだ。すぐに直るよ」

気まずい空気が流れ、座がしらけたが、秋元がそれを救った。

「遠慮なくいただきます」

秋元はコップをとって、麦茶を喉《のど》を鳴らして一気に飲み乾した。コップが霧を吹きつけたように汗をかいて不透明になっている。

「冷たくて美味《おい》しかった。広瀬さんもいただいたら」

「いただきます」

政子がにっこり笑って、コップを両手でしとやかに口へ運んだ。

扇風機がけだるそうに首を振って、三人に等分にぬるい微風を送っており、政子は軽く眼を瞑《つぶ》って風を受けている。

秋元がコップを盆に返し、あたりを眺めまわした。

「この社宅は2DKでしょう。六畳と四畳半とキッチンが三畳として全部で十三畳半だから、一人あたりにしたら六・七五畳ということになりますね」

「狭くて往生してるんだ。これでも多少家財道具があるから、やっと寝られる程度というところかな」

「贅沢《ぜいたく》いっちゃあいけませんね。僕たち独身寮は十二畳で四人ですから、一人当たり三畳ですよ。それでも僕たちの部屋は気が合った者同士なのでまだ恵まれているほうですけど、ソリが合わないというのかウマが合わないというのか、なかには仲間同士うまくいかなくて気苦労が多くてやりきれないと言っている者も相当います。よその会社はどうなってるか知りませんが、まさか四人の相部屋ということはないでしょう。いびきがうるさくて眠れないとか、歯ぎしりのひどいのもいるし、寝ごとをこくのもいますから、合宿じゃあるまいし四人も詰め込むのはどうかと思いますね。ところかまわずブーブーおならをするやつもいるらしくて、こぼされたこともあります」

政子が噴き出しそうになってハンカチで口を押さえた。

「これは冗談じゃなく、まじめな話なんだ」

秋元は政子をひと睨《にら》みして話を続けた。

「大和鉱油は大家族主義で、社員はみんな兄弟だから、お互いに切磋琢磨《せっさたくま》するためにも社員同士が共同生活することは非常に良いことだなんて、会社は子供だましみたいなきれいごとを言いますが、おためごかしもいいところです」

「そのへんにきみの労組問題の発想があるのかな」

まぜっかえすような田崎のもの言いに、秋元はむっとした。

「僕たちが労組を結成したいと願うのは、そんな低い次元のことばかりじゃありません。製造部や技術部のオペレーター仲間の気持ちはもうかたまっています。女子社員の人も、ここにいる広瀬さんをはじめ、かなりの人が共鳴してくれました。みんなの気持ちが盛り上がっているんです。石油労連の人の話ではここの製油所に限らず、ほかの製油所や支店でも労組結成の動きがあるそうです。いまどき中小企業だって組合がありますよ。街の個人商店じゃあるまいし、大和鉱油のような大企業に組合がないなんてバカな話があること自体クレージーですよ。田崎さんには僕たちのリーダーになって、みんなを引っ張って欲しいんです」

若者のひたむきな性急さに田崎は当惑した。熱気のようなものが秋元の身内に漲《みなぎ》っていた。

「いやに見込まれたもんだね」

田崎は苦笑いした。労組問題でリーダーにまつり上げられようとしているらしいが、とてもそんな器ではないことは田崎自身わきまえていた。

「田崎さん以外に僕たち頼れる人がいないんです」

秋元はすがるような眼で田崎を見上げた。

政子にも熱い視線を注がれて、田崎は眼の遣《や》り場に困惑した。

「それが大和鉱油の社風なのかどうか知りませんが、上の人はみんな威張ってばかりいて、真面目に話す気にはなれません。この会社はなんだか学校の体育会系の出身者ばかりで占められているみたいに、下の者が上の人にろくすっぽ口をきけないような雰囲気があるような気がするんです。その点、田崎さんは僕たちの話をよく聞いてくれますから、下のほうの信頼も厚いわけです。ねえ広瀬さん」

秋元は、隣できちんと膝《ひざ》をそろえて座っている政子の顔を覗《のぞ》き込むようにして同調を求めた。政子がこっくりしてみせると、秋元は自分でも大きくうなずいた。

「それはきみたちが僕を買いかぶってるんだ。僕はきみたちのリーダーになれるような男ではないよ。それに、組合がないことはそんなに不自然だろうか。大家族主義というか大和鉱油のようないき方があってもいいんじゃないかと僕は思う」

「田崎さん、本気ですか」

秋元が噛《か》みつかんばかりの勢いで、せき込むように言った。

「子会社をいれたら大和の全従業員は一万人以上いるでしょう。それに大和のガソリンスタンドが全国で七千カ所あるので、その家族も合わせて十万人の大和ファミリーなどと会社では自慢してますが、そんなのまやかしです。ナンセンスですよ。人間尊重主義、消費者本位などと会社はきれいごとを並べていますが、あんまり見えすいています。もし田崎さんがほんとうにそんなふうに考えているとしたら、僕は軽蔑《けいべつ》します。組合を会社が認めないのは労働の搾取ができなくなるからです。給料は生活給であって労働の対価ではない、従業員は労働の切り売りをしているわけではないから残業代を受けとらない、なんて会社は宣伝してますが、残業代を受けとらないんじゃなくて、会社が出さないんです。大和精神、大和のゆき方がわからなくて残業代が欲しい者は申し出ろなどと会社は凄みをきかせて言いますが、それで手をあげたらどういうことになりますか。その人は会社に睨まれて一生浮かばれないでしょう。みんな残業をしたらそれなりに報酬が欲しいはずです。大和鉱油は大和一族そのもので、従業員の犠牲のうえに一族だけが繁栄していくんです」

秋元はしゃべっているうちに興奮し、顔を朱に染めて、握りこぶしを振り回した。

秋元の言っていることは、石油労連のオルグに知恵をつけられたか、その受け売りだろうが、たしかに当たっている点があるかもしれない、と田崎は思った。

田崎は大和鉱油に入社して中央研修所や製油所で新入社員教育を受けたあと、初めの三年を東京の本社で過ごした。社員は出勤簿がないために牽制《けんせい》しあうせいか早朝出勤を励行し、また残業手当が支給されないにもかかわらず五時に退社する者は女子社員や特別の用事がある者を除いて皆無に等しく、夜七時、八時まで仕事をさせられることは、ざらにあった。田崎は入社して間もないころは戸惑うことが多かった。七年前の入社式の光景を想起するまでもなく、一風変わった会社であることは確かだ。

四月一日の早朝、田崎たち新入社員は代々木の明治神宮参集殿に集合するよう命じられた。明治神宮に参拝し、皇居を遥拝《ようはい》したあと、国歌を斉唱した。そして参集殿で長々と続く大和社主らの訓示、新入社員の代表の宣誓までが会社側が予《あらかじ》め用意したものだとしても、聞いている田崎がなにやら気恥ずかしくて脇腹のあたりがこそばゆくなるほど時代がかったものであった。大和精神だの、人間尊重の事業経営だの、聞きなれない言葉がやたらと耳にとび込んできた。

これが近代産業の最先端をいく石油産業の、しかも業界最大のシェアを誇る企業の姿なのか。

田崎は多少のことは話に聞いていたが、これほど変わった会社とは思わなかった。いまここに居合わせる秋元も東京の工業高校の出身なのだから、何年か前にそれを体験したはずであり、地元採用の政子も四月一日のその日に中国製油所で似たような目にあっているはずだった。

「田崎さんは会社がいつも言っているように組合はいらない、ないほうがいいと思いますか」

秋元は、田崎へのもどかしさで焦慮にかられ、じれったそうな声になった。

「田崎さんは後輩に対して自信を持って大和鉱油への就職をすすめられますか。人間尊重主義の働きがいのある会社だからぜひ来てもらいたいなんて、しらじらしいことは言えないのではありませんか。それが証拠にはここ四、五年の間、田崎さんの後輩はほとんど大和鉱油に来ていないそうじゃありませんか。このことは東大に限ったことではないと思います。僕だって高校の後輩をウチに紹介する気にはなれませんよ」

秋元は流れる汗をぬぐおうともせず、唾《つば》を飛ばしてたたみかけてきた。

田崎は辟易《へきえき》した。たしかに『大和鉱油は並の神経ではつとまらない。敬遠したほうがよさそうだ』といった評判が東大の関係者の間にひろまっていた。大和鉱油を辞めた東大出身者や現役の社員が同窓会などでこぼしている、という噂もあった。もっとも、石油産業や石油化学工業が日本経済の高度成長時代から安定成長時代への移行によって相対的に地盤沈下し、しかも公害発生型産業などとマイナスの面のみが強調されるに及んで、学生に敬遠されていることも事実である。応用化学科については定員に満たない大学が続出しているとか、東大工学部でも最近は比較的できの悪い学生が応化に集まってしまうという話を田崎は耳にしていた。

大和鉱油のような一風変わった企業は、なおさらのこと、いまどきの学生にけむたがられるのもむべなるかなと言えよう。

「広瀬さんはどう考えてるの」

田崎に水を向けられて、政子は座布団の位置をすこしずらした。

「難しいことはわかりませんが、ウチの会社の男の人を見ていると、なんだか恐くなることがあるんです。仕事熱心なことは認めますけれど、下の人は上の人の眼をひどく気にしていて、必要以上に失敗をおそれているみたいですし、上の人は下の人に対して厳しすぎて思いやりが足りないような気がします。へんなことを言うようですが、社主のツルの一声で社員間のマージャンを禁止するまではともかくとして、家庭に帰ってまで禁止するというのは行き過ぎではないでしょうか。一事が万事で、すべての社員を大和精神の枠に嵌《は》め込んでしまおうという会社の在り方は、全体主義みたいでついて行けない人が多いのではないでしょうか。ほんとうは私、大和精神ってどういうことなのかよくわかっていないのですが……。ウチの会社には自由にものが言えないような、ちょっと気味が悪いところがあるように思えるのです。それから、定年制がないとか首切りがないとかいわれてますけど、ほんとうにそうでしょうか。組合問題に関心を持った人や、お年寄りで会社を辞めていった人は、会社に意地悪されて、いたたまれなくなって、結局辞めるように仕向けられたのではないか、私にはそんなふうに思えて仕方がありません。もちろん、全部が全部というわけではありませんけれど……」

いつも微笑を絶やさず、明るい感じの娘《こ》だが、どちらかといえば、ひかえめで口数の少ないほうだとばかり思っていただけに、はきはきしてしっかりした政子の口調に、田崎は眼を見張る思いだった。

田崎は、ふたりの話に引き込まれ、妥協しそうになっている自分を意識していた。だが、踏みとどまらねばならない、と自分に言いきかせるように、ゆっくりと言った。

「きみたちの言うことはよくわかるし、もっともな点も多い。ただ社主は高齢だし、なんといっても一代で大和鉱油を築いた人なのだから、社主が健在である間はそっとしておこう、組合はいらない、不必要だと社主が思い込んでいる以上は、しばらくじっとしていよう、といった社主に対する思いやりが会社の幹部にもあるんじゃないだろうか。もちろんそれは時間の問題で、遠からず組合もできて、近代企業として脱皮するときが必ずくる、僕はそう考えているんだけど」

田崎は自分の右手をまじまじと眺めた。社主と握手したときの感触が残っているように思えた。知らず知らずのうちに社主を神格化している自分にとうに気づいていたが、秋元に、

「そんな気やすめは聞きたくありませんね」

と、ずばり正面切って言われ、うろたえた。

「田崎さん、社主が亡くなったら世の中が変わるなんて考えられますか。大和鉱油には大正や昭和ひとケタ生まれがまだゴロゴロしてるんですよ。重役連中を見てごらん

なさい。個人商店の丁稚《でっち》小僧の感覚で社員にものを言う人ばっかりじゃありませんか。社長なんてまさに大番頭で、役員という役員はすべて番頭ぐらいにしか社主は思ってませんよ。人間尊重主義なんて、歯の浮くようなまやかしを信じているか信じているふりをしているのか知りませんが、昭和二十年代、三十年代に入社した人たちの大部分はすっかり飼い馴《な》らされちゃって上にはペコペコ頭ばかり下げてるくせに下には威張りちらしている、そんなゴマスリタイプばっかりです。ウチはゴマスリの集団です。多少骨っぽくて上にものが言える人もいますが、そういう人は大和では出世できないようになっているんです……」

田崎はあっけらかんとして、秋元の饒舌《じょうぜつ》にまかせていた。あきれるほどよく口がまわる。ゴマスリ集団には思わず失笑したが、残念ながら思いあたるふしがないでもない。

「田崎さん、僕はほんとうに不思議に思えてならないんです。いまの世の中にウチみたいな徒弟制度がそのまま通用し、まかり通っているなんて、どう考えたっておかしいですよ。一流かどうかは知りませんけど、一応は大企業といえるでしょう。なんだか、みんな催眠術にかけられたみたいになっちゃってるんです」

「社主は個性の強い人だから、味方も多いかわりにとかく敵も多いかもしれない。国士というか憂国の士でもあるんだ。しかし、徒弟制度はいくらなんでもオーバーだと思うな」

田崎はなだめるように語調をやわらげたが、秋元は、わが身にもかかわる屈辱といわんばかりに下唇を嚙《か》んでから言った。

「女性を囲《かこ》っていると聞いた覚えもあります」

田崎はドキッとして、思わず政子の顔に視線を走らせた。うつむきかげんのその顔に朱が差したように見てとれ、田崎はなぜかおろおろした。

「そんなことはないと思うし、聞いたこともない。誰から聞いたか知らないが、そんなデマゴギーに耳を貸すなんておかしいよ。だいいち、他人《ひと》の私生活のことにとやかく言うのはよくないと思うな」

「すみません」

田崎は、秋元に素直に出られて、気持ちがいくぶん落ち着いてきた。

「水を差すようなことばかり言うようだが、労組の問題について僕はあまりにもわからないことが多すぎる。西野君のことでもきのう初めて話を聞いて、驚いている始末だ。とにかく僕なりにもっと勉強したいと思う。きみたちの相談に乗れるのはそれからで、お恥ずかしい限りだが、そういう意味ではきみたちは相談相手を間違えていると思う」

田崎はこの問題からできれば逃避したいと思う気持ちが強かったが、秋元にも逃口上と映ったらしく、気色ばんだ。

「結局、田崎さんはエリート社員で、僕たちしもじもの気持ちなどわかってくれようとしないいんですね」

そのとき、信子が顔を出し、つっ立ったまま、尖《とが》った声で言った。

「あなた、食事の用意ができたわよ」

「あとでいい」

田崎がにべもなく応《こた》えると、信子の顔がいっそう険しくなった。

「片づかないから食べちゃって」

「いま食べたくないんだ」

田崎は大きな声を出してしまい、自分でもびっくりした。

ガタッととんでもなく大きな音がして襖《ふすま》が閉まった。

「話を続けよう」

田崎はバツの悪さを麦茶と一緒に嚥下《えんか》した。

秋元と政子が困ったように眉《まゆ》をひそめて、顔を見合わせている。

「田崎さん、ほんとうにごめんなさい。私が悪いんです。秋元さんは午後からにしようと言ったのですが、午後は家にお友達が来るので午前中のほうが都合がいいって、私がわがままを言ったのです。私たちにかまわず、お食事なさってください」

「きみたちが気にすることはないよ。休みの日はいつも朝めし抜きでぐずぐずしてるんだから。それじゃ朝めしがわりに煎餅《せんべい》でも食べるか」

田崎はくだけた調子で言って、まるい堅焼きの塩煎餅をバリッと音をたてて嚙みくだいた。

秋元も誘われて煎餅を摘《つま》みあげた。

「美味《おい》しそうね。私もいただきます」

政子もほっとしたようにほほえんだ。笑顔がきれいだ。

茄子《なす》紺《こん》のスカートからはみ出している膝《ひざ》や、ブラウスを押しあげている胸のあたりのつつましやかなふくらみ、純白のブラウスからすくっと伸びている小麦色の二の腕、首すじに滲《にじ》んだ汗をハンカチで拭《ぬぐ》おうとするしぐさや、扇風機の風でほつれる髪をそっと気にする動作までが田崎には新鮮で眩《まぶ》しかった。ふくよかな顔の輪郭をうっすらとおおう和毛《にこげ》がかすかにそよいでいる。

信子とはなんという違いだろう。田崎は信子との醜いやりとりを政子の前で演じたことが、いまさらながら恥ずかしかった。

田崎はそんな思いをふっきるように、煎餅を急いで始末した。

「秋元君、これはほんの思いつきだが、労組ともなると会社とことを構えることになるから、とりあえず、懇親会のようなものをつくって、みんなで勉強したり、啓蒙《けいもう》し合う場にしたらどうだろう。そして事情がゆるせば、しかるべき時期に労組へ発展的に解消してもいいと思う。そうした取り組み方なら、穏やかだし、みんなもスムーズにとけ込めるんじゃないか」

「だめですよ、そんな弱気じゃ。会社から睨《にら》まれるのはどっちにしたって同じことです。五十歩百歩です。中国製油所は大和鉱油が石油の生産部門に乗り出した発祥の地でもあるんですから、労組もそれにあやかって、わが製油所こそ一粒の麦たらんと僕たちはファイトを燃やしているんです」

秋元は深呼吸でもするように、ぐっと胸を張ってみせた。

「五十歩百歩ときみは言うが、かつて中野重治《なかのしげはる》という作家が五十歩と百歩は違うと言ったそうだけれど、まさにそのとおりだと僕は思う。まず従業員の懇親会のようなものをつくる。いろいろみんなで考えたり話し合ったりする場をつくることから始めてもいいんじゃなかろうか。会社の目をごまかすようで釈然としない面はあるが、一歩前進であることは間違いない。広瀬さんはどう思うの」

「田崎さんのおっしゃること、よくわかります。秋元さん、私もみんなが話し合える場をつくることが先決問題だと思うの。いきなり労組を認めろというのはすこし乱暴かもしれないわね。ウチの名古屋油槽所のことを考えると、つくづく周到な準備の必要なことが痛感されるの」

「名古屋油槽所でなんかあったの」

田崎が訊《き》くと、秋元は、そんなことも知らないのか、話にならんというように首を振ったが、政子が懇切に説明してくれた。

「名古屋油槽所に労組が結成されたのは相当以前のことですが、いまや崩壊寸前にあると聞いています。私も詳しいことは知りませんが、結局それだけ会社の熱意がすごかったということではないでしょうか。膝詰め談判で、会社は組合員一人一人に翻意を促したそうですけど、その過程で自発的に会社を辞めた人はいるようですが、すくなくともおもてむきは首切りはなかったと聞いています。わが国では終身雇用制が定着していて、大和鉱油を辞めてほかの会社に移るとなると、どうしてもハンディキャップがついてしまうので、辞めたくても辞められない、会社全体の労組がないだけに大和鉱油の従業員の立場は弱く、会社に言いふくめられると不本意でも組合から脱落してしまうわけです。そういうことで最後は雪崩を打ったようになって、組合の体《てい》をなさないところまで追い込まれてしまったのではないでしょうか……」

秋元が語勢を強めて、きめつけるように言った。

「だからこそ、しっかりした労組が必要なんですよ。いまこそ、みんなが起《た》ち上がらなかったら、大和鉱油は絶対に良くなりません」

「そんなことも僕は知らないんだから、われながらなさけない。しかし、秋元君、石油労連の人たちとも連絡をとっているのだろうが、ここはじっくり腰を据えて取り組むべきだと思うよ。せいてはことを仕損じるというが、ラジカルな言動はこの際とるべきではない。そうした考えや行動には僕は与しないからね」

田崎が冗談めかして笑いながら言うと、秋元は溜《た》め息まじりに、バリッと力まかせに煎餅を二つに割った。

「つまり、田崎さんはまず懇親会をつくるという考えでしょう。みんなの意見も訊いてみますが、なんだかもの足りないなあ」

政子がちらっと腕時計に眼を遣《や》ったあと、ふたりをこもごも見ながら言った。

「そろそろおいとましなければ、こんなに長居しちゃって申し訳ないわ」

「僕のほうはいっこうにかまわない。なにか店屋ものでもとらせるから、もうすこし話してったらどう」

田崎の声が聞こえたのか、信子がやってきた。はれぼったい顔に化粧をし、真っかなマニキュアも新しくほどこした容姿だった。

「あなた、お寿司《すし》でもとりましょうか」

先刻とはうってかわり、甘えたような言い方だった。

感情の起伏が激しく、信子の豹変《ひょうへん》ぶりには慣れている田崎はさして驚かなかったが、秋元も政子も狐につままれたようにきょとんとしている。

「そうしてくれ」

田崎が言うと、政子がわれにかえって、大急ぎでかぶりを振った。

「とんでもありません。すっかりお邪魔しちゃって」

「田崎さん、いろいろありがとうございました。また相談に乗ってください」

秋元はもう起ち上がっていた。

「まだいいじゃありませんか。遠慮なさらないで」

信子が引き留めたが、ふたりはそれを固辞して、そそくさと帰って行った。

5

田崎は眉《まゆ》を寄せた硬い表情で、トーストと目玉焼を黙々と食べた。

デコラの卓袱台《ちゃぶだい》の上には、吸い口の長い煙草の残骸《ざんがい》を盛り上がるほど溜《た》めた灰皿、マニキュアの小瓶、やすり等のマニキュアセット、読みさしの女性週刊誌などがだらしなくひろげてあった。田崎はそんな舞台裏を秋元と政子に垣間《かいま》見られたことが辛《つら》かった。

せめて煙草だけでもなんとかならないかと田崎は思う。信子は、はじめは遠慮してこっそり吸っていたが、いつしか田崎の前でもおおっぴらに喫煙するようになっていた。

田崎は自分が煙草をやらないだけに、煙草をふかしている信子を見ると胸が悪くなる。

それを知ったときほど信子との結婚を後悔したことはない。口が酸っぱくなるほど禁煙をすすめてもみたが、信子はとりあわず、逆にひらき直って田崎をお体裁やだとそしる始末だった。

「あなた、あのふたり、きっともうできてるんじゃないの」

冷えた牛乳を瓶のまま卓袱台に置きながら、信子が言った。牛乳をコップに移しかえてくる気遣いもない無神経な女だった。

信子の関心が労組問題などにはまったくないことは、かえって気持ちが楽だったが、ふたりの若い男女が引き取った直後にそんなふうにあけすけに言われて、田崎は総毛立つほど妻へのおぞましさが募った。

きみなんかとはわけが違う、とよっぽど口に出して言おうと思ったくらいだ。

田崎は三年前、東京の本社勤務時代に信子と結婚した。見合い結婚で、田崎が二十六歳、信子が二十四歳のときだ。信子は大輪の薔薇《ばら》の花が咲いたようなはなやかな雰囲気をただよわせていた。信子の美しさに惹《ひ》き込まれたのだが、たびかさなるデートでも信子のよそおいが田崎には見抜けなかったのである。

一流商社の役員である信子の父親の山野辺《やまのべ》達一郎の洗練された話術は、それにもまして魅力的だった。

見合いの席で、千葉県の松戸市《まつどし》で開業医をしている実父がひどく野暮ったく見え、ひけめを感じたのを田崎は覚えている。

初老のスマートな英国型紳士は田崎が気に入ったとみえ、彼はしばしば食事にさそわれたり、銀座のバーやクラブへ連れ出された。ふたりとも長身で、どこか顔立ちが似ているせいか実の父子と間違われたが、山野辺はそれをたのしんでいる風情でもあった。

「私は娘がふたりで男の子に恵まれなかったので、きみのような立派な青年にめぐりあえて、ほんとうに幸福だと思っています。信子を産むとき家内は大変な難産で、結局帝王切開だったのですが、二番目も娘だと聞いたときは眼の前が真っ暗になりましたよ。帝王切開だから二人がリミットだと言われてましたからねえ。やけ酒を飲んだことを覚えてますが、きみに息子になってもらえるのだから、いまではかえって娘でよかったと思っているくらいです。人間なんて実にげんきんなものですね。私は頭が悪くて理科のほうへは行けなかったが、子供のころはエンジニアになるのが夢でした」

山野辺はさりげなくそんな話をして田崎の気をひいた。

田崎は食事をしながら考えた。

石油労連のアジビラではないが、健全な労使関係を大和鉱油に導入することがどうしていけないのだろうか。

それは人間尊重主義、大家族主義に反するのであろうか。労組を認めるくらいなら会社を潰《つぶ》してしまったほうがましだ、と大和周造は豪語しているというが、そのことと大和イズムとどこでどう結びつくのであろうか。その間に径庭《けいてい》があり過ぎはしないか。

たとえ大和周造が大和鉱油という大家族の頂点に立つ家長であり、大和の資産のすべてをカマドの灰までも自分のものだと思い込んでいるとしても、『会社を潰してしまう』というのは大和イズムと矛盾するのではなかろうか——。田崎は大和イズムをまやかしときめつけることのできる秋元がうらやましく思われてきた。

田崎はテレビの前でしどけなく寝そべっている信子をしり目に、

「ちょっと出かけて来る」

と、ぼそっと言いおいて社宅の三階三〇四号室を出た。

6

田崎は外に出て頭を冷やそうと思いながら、ぼんやり階段を歩いているとき、なんの脈絡もなく、ねんじゅう眼をしわしわさせている松山《まつやま》技術部長の癇癖《かんぺき》性の強い顔が眼に浮かんだ。つぎの瞬間、田崎はハッとして立ちすくんだ。脚が硬直し、動悸《どうき》がしてしばらく動けなかった。

〈そんなバカな〉田崎はその考えを大急ぎで打ち消した。

先刻、秋元たちと話したことの一部始終を松山の耳に入れたら、どういう結果をまねくだろうか、と田崎は考えたのである。

秋元たちの動きを上役に報告することは大和鉱油の社員として当然の責務であり、ごく自然でまっとうなのではないか——。

たとえ一瞬たりとも、そうした卑劣な思いにとらわれたことを恥じなければならないと、田崎は自分に言いきかせた。

秋元は、現場で装置などの運転に携わっているオペレーターたちの決意は固い、と自信ありげに言っていた。

組合活動とはおよそ無縁の良家の子女然とした広瀬政子までが同調しているとすれば、女子従業員の大半は秋元たちの運動に加担しているとみてとれる。だとすれば中国製油所で働く従業員のほとんどが労組結成を願っているということにならないだろうか。だが、それにしては石油労連のアジビラに対して彼らの反応はあまりにも冷淡であったようにも思える。あるいはこの二週間のあいだに秋元たちは一気呵成《いっきかせい》にことを運び、しかも製油所の幹部にさとられないように労組結成へのアプローチが行なわれていると見ることもできる。

　この際、必要以上に秋元たちをあなどるべきではない。

　むしろ買いかぶるぐらいでちょうどよいのかもしれない。工業高校出のオペレーターも大学出のエンジニアも独身である限り、独身寮についてはわけへだてしていないはずなので、案外、知らぬは俺たち妻帯者ばかりということもありうる。ほんとうにいい線を行っているかもしれないのだ。秋元のやつ、やるじゃないか……。

　田崎はそんなふうに勝手に情勢判断し、ひとり躰《からだ》を熱くしていた。もしかすると、田崎は政子に魅《ひ》かれている気持ちだけで、労組問題に迷い込んでゆこうとしているのかもしれなかった。

　ともかく、製油所の従業員で『友の会』でもなんでもよいから懇親会なり親睦《しんぼく》会を発足させてしまうことだ、と田崎は結論づけた。

　田崎はいったん外へ出たが、五号棟に引き返し、三階の七号室のブザーを押した。

　そこは事務部で人事を担当している大村《おおむら》洋一の住まいだった。大村は田崎と同期で、大学も同じ東大の経済学部を出ている。いつも人を小馬鹿にしたようにヘラヘラうすら笑いを浮かべているような大村を田崎はあまり好きになれないが、二カ月前に会社を辞めた西野昌之のことを訊《き》いてみよう、と思ったのだ。

「なにごと。大先生じきじきに」

大村はそんな厭味《いやみ》な言い方をして田崎を迎えた。

「ちょっと訊きたいことがあるんだ」

「あなた、お客さまどなたですか」

奥のほうで、大村の女房の声がした。

「田崎君だよ」

「まあ、田崎さん。あがっていただいたら。子供がいたずらざかりで、汚くしてますけど、どうぞ」

田崎は大村夫人に愛想よく言われて、

「お言葉に甘えて、失礼します」

と、大村に続いてあがり込んだ。

「暑いからビールでも飲むか。ママたのむよ」

大村は、まつわりついて離れない幼児を膝《ひざ》に乗せながら言った。

「田崎さん、テレビ見ましたよ。ニュースに出るくらいですから、たいしたものね。いつもスマートで颯爽《さっそう》としていて、ほんとうにうらやましいわ」

「俺は逆にあんな美人の奥さんに恵まれて、田崎君がうらやましいって、いつもワイフに言ってるんだ」

大村の女房がビールと枝豆を運んできて、ふきんで卓袱台《ちゃぶだい》を拭《ふ》きながらお上手を言うと、すかさず大村がやり返した。大村が言うと、なんでもないことでも皮肉に聞こえる。

彼女は座り込んで、大仰に吐息をついた。

「こうですからね。女性は美人に生まれないとほんとうに損ね」

「冗談じゃありませんよ。ウチのなんてぜんぜんだめです。奥さんのほうがずっと素敵ですよ」

太り肉《じし》でコロコロした感じはするが、容貌は十人並みだ。気だてもよさそうで、実際、田崎の眼には大村夫人がチャーミングに映った。それ以上に、大村の膝の上で神妙にしている三歳の男の子に田崎は羨望《せんぼう》の念を禁じ得なかった。

「まあ、心にもないことをおっしゃって。でもうれしいわ。嘘でも田崎さんに褒めていただけて」

笑うと眼がなくなってしまう。

「きみ、いいかげんにして、さっさとビールを注げよ」

「ごめんなさい。せっかく冷えてるのに」

彼女はあわててビールの栓を抜き、

「さあどうぞ」と左手でさかんに恐縮する田崎にコップを持たせて酌をした。

「きのうのパーティはなかなか盛況だったそうですね」

「田崎君はパーティには関係ないよ」

「あら、どうして。田崎さんが大変な発明をしたんじゃないんですか」

「田崎君ひとりで排脱装置をこしらえたわけじゃないよ」

「でもテレビに出るなんて素晴らしいわ」

「たまたま知事が視察に来て、田崎君が説明役でその場に居合わせたので、テレビに映っただけのことじゃないか。いちいちうるさいやつだなあ」

女房が田崎、田崎ともちあげるのがおもしろくないのか、大村は不味《まず》そうにビールを飲んだ。

田崎はそのテレビニュースを見そこなったが、大村の負けおしみの強い、肩ひじ張った、屈折した気持ちがわかるような気がした。

「それにしても技術屋さんはいいなあ。どこへでも行けてさ。こんどのチームは一カ月も行ってるそうじゃないの」

大村が話題を変えた。

「チームって、なんのこと」

「なんのことってアメリカへ行くんだろう。それで俺のところへ来たんじゃないの。手続きのことかなんかで」

「いや、そんなこと聞いてないよ」

「ほんとうか。なんだ、話すんじゃなかったな。たしか月末か来月の初めだと思ったけど、本社の技術部長をチーフに五、六人のチームが渡米することになってて、きみもメンバーに入ってるはずだよ。二、三日前にウチの部長から聞いたけど」

「へーえ。そんなことになってるの」

「この話、聞かなかったことにしてくれよ。いずれきみのところの松山部長から話があるはずだから」

めったに顔を出さないのに、この男なにしにあらわれたのだろう、と言いたげに、大村は考える顔になった。

まがりなりにもケミカルエンジニアである限りは、技術習得や逆に技術輸出に伴う技術指導を目的に海外へ出張する機会はいくらでもあるはずで、そのチャンスが田崎にめぐってきただけのことだ。田崎は出不精で、格別旅行好きとはいえなかったが、海外出張ともなれば心が動かないはずはなかった。だが、田崎は、そんなことはどうでもよいといった顔で、直截《ちょくせつ》な質問を大村にぶつけていた。

「西野君が会社を辞めたのは労組問題と関係があるのか」

「いまごろ妙なことをむしかえすねえ。西野がきみになにか言ってきたのか」

「そうじゃないけど、僕は蚊帳《かや》の外におかれてたらしいんで、ちょっと気になってるんだ」

「西野がきみの部下だったことは認めるが、西野が会社を辞めたことと、それとは関係ないよ。あいつは、ひとり相撲を取っただけで、大先生が関心をもつほどのことではないね。言ってみれば、西野は左翼かぶれの、どうしようもないやつだった」

「そうかなあ。仕事のできるいいやつだと僕は思ってたけど。労組問題に関心を持ったくらいでクビにするなんて、会社もちょっとひどすぎるんじゃないか」

「田崎、すこし口をつつしめよ。ウチには首切りはないんだ。西野は勝手に会社を辞めたまでで、依願退職だよ」

「しかし、会社が白い眼で彼を見てたことは事実だろう。辞めるように仕向けたって僕は聞いたが」

「きみは組合問題に関心があるのかね」

「そうでもないけど」

田崎は言葉をにごしたが、大村にはぴんときたようだった。大村の態度がガラッと変わって、ばかに柔らかくなった。大村は田崎の考えを引き出してやろうと、素早く計算したらしく、田崎のコップにビールを注ぎながら言った。

「俺のようなものでさえ、多少は関心を持っているくらいだから、当然きみだってそう思うだろうね。俺は労組はなければならないとは考えないが、あってもさしつかえないぐらいには考えてるんだ。目くじらたてて絶対に認めないというのはどうも小児的な気がしないでもないな」

「それじゃきみは、中国製油所にそういう動きがあったとしても反対しないわけだな」

田崎は思わず膝を乗りだしていた。いともたやすく大村にたぐり込まれてしまったのだ。

所詮《しょせん》、田崎は大村の敵ではなかった。大村ははるかに世故にたけていたのである。

「そうねえ、積極的に片棒をかつぐ気持ちになれるかどうかはそのときになってみなければわからないが、すくなくとも心情的には応援するだろうね。しかし、そんな動きでもあるのかね」

「そうなんだ」

田崎は勢い込んだ。

そのあと、田崎は大村のペースに乗せられて、この日秋元たちと話し合ったことのすべてをうちあけてしまった。田崎は、広瀬政子が高校と短大の五年間を、親戚《しんせき》をたよって東京で過ごしていたこと、父親が市会議員で地元の有力者であることなど彼女に関する知識を仕入れた。それとひきかえに、田崎が一杯機嫌でいい気持ちで帰ったあと、大村は敏速に行動した。

大村は自転車で事務部長の社宅に駆けつけ、一部始終を報告し、田崎健治は危険思想の持ち主だときめつけた。彼は、乾式排脱の成功以来スター扱いされている田崎を小づら憎く思っていたのである。

その夜、電話連絡で高橋所長宅に製油所の幹部が呼び集められ、対策が協議された。

そして、ほどなく独身寮の舎監が呼び出され、さらに独身寮の室長にもひそかに集合が命じられた。四人一室で、大学出、高卒を問わずそれぞれの最年長者が室長になっていた。

秋元も室長のひとりだったが、その中に秋元の顔はなかった。取締役所長をはじめとする製油所の幹部たちはあるいはなだめ、あるいはすかし、そしてアメとムチとで若い従業員たちを説得した。ひとたまりもなく彼らは陥落した。オペレーターのほとんどが製油所周辺の工業高校の出身者であり、東京ものの秋元ら数名の反感を煽《あお》るように仕向けられて、他愛もなく組合問題から手を引くことを誓約させられてしまった。外堀を埋められて、秋元たちは孤立し、事態は一変した。秋元たちの組合運動は、一夜にして崩壊してしまうほどはかないものだったのだ。

7

翌日の月曜日、田崎は出勤するなりすでに来ていた松山技術部長に第三応接室に連れて行かれた。

海外出張のことだな、と田崎はひとり合点し、なんとこたえたらよいのだろうかと松山の背中を見ながら考えた。

松山はいらいらした感じで煙草をすぱすぱふかし、それを灰皿にこすりつけながら切り口上で言った。

「おまえ、私になにか話すことはないか」

「はっ、どういうことでしょうか」

「秋元たちがこそこそやっているらしいが、おまえもその尻馬《しりうま》に乗っているそうじゃないか」

田崎は動顚《どうてん》した。海外出張どころの話ではなかった。

「黙ってないで、なにか言ったらどうだ」

松山は苛立《いらだ》ちから静脈の浮き出たこめかみを痙攣《けいれん》させた。眼鏡の奥で怒りに燃えている眼にあって、田崎はそれを避け、膝《ひざ》に眼を落とした。

「労組ではなく、この製油所で働く若い従業員仲間で懇親会のようなものをつくることでしたら、決して悪いことではないと思いますが」

松山は語気を荒らげた。

「要するに狙いは労組にあるんだろう。最高学府を出ていてそんなこともわからんのか」

「それはどういうことでしょうか」

「おまえも顔に似合わずしぶといなあ。まず懇親会を発足させて、いずれ労組へ発展的に解消するといったのはおまえではないのか」

「僕は秋元君から相談を受けたとき、組合があってもよいのではないかと思いました。組合の結成イコール労使の対立というふうに短絡して考えるのはおかしいと思うのです。事務部の大村君も僕と同じ意見でしたが」

「なにを血迷ったことを言ってるんだ。秋元のような若造の軽挙妄動に乗せられるなどおまえ、ほんとうにどうかしてるぞ。大村は立派な大和マンだ。おまえは大村に軽くあしらわれたのがわからんのか。大村が気をきかして、おまえたちの考えを引き出さなかったら、会社はとんだ深手を負ったかもしれん。おまえが大村をうらむとしたら、とんでもないスジ違いだぞ。大村は大和マンとして当然のことをしたまでだ」

田崎の胸中は複雑だった。田崎自身、秋元の話を聞いたとき、ふと松山に相談すべきではないかと思ったことは確かなのである。田崎はしりごみし、大村は逡巡《しゅんじゅん》しなかった、それだけの違いかもしれないのだ。たしかに大村をうらむのはスジ違いかもしれない、すくなくとも大和鉱油のエリート社員としては……。

「いずれにしても、おまえは私の顔にドロを塗ってくれたわけだ。上司として私は面目丸潰《まるつぶ》れだ。私は社主になんとお詫《わ》びしていいか、私の監督不行きとどきを皆さんになんとお詫びしたらいいのか」

語尾が鼻をつまらせたようにふるえた。

この人はそれがいちばん言いたかったのだ。田崎はこの上役が気の毒になったが、いつまでも松山の愚痴をきかされるのはかなわないと思った。

「いろいろ心配をかけてすみませんでした。よく考えさせてください。仕事があるのでこれで失礼します」

呆気《あっけ》にとられている松山に一礼して、田崎は応接室を後にした。

田崎がドアを閉めて顔をあげたとき、偶然第一応接室から出てくる事務部長と秋元に出くわした。秋元は険しい表情で鋭く田崎を睨《にら》みつけて、ぷいと顔をそむけた。

秋元がすたすたと田崎の前を通り抜けて行った。田崎は呆然《ぼうぜん》としてしばらく佇立《ちょりつ》したまま動けなかった。

「おい、まだ話は終わってないぞ」

いつのまにか松山が田崎の背後に立っていた。

「おまえ、ちょっと応接室で待っててくれ」

松山は厳しい面差しで言って、所長室に入って行った。

二十分も経ったろうか、広瀬政子が田崎を呼びに来た。彼女は所長付の女性が休暇をとっているために代役をつとめていたのである。

「きのうは失礼しました。所長がお呼びです」

切り口上で政子が告げた。

政子と知ってハッと腰をあげた田崎を見上げた彼女の眼は、見下げ果てた人ね、と言っているように田崎には思えた。田崎は眼がしらが熱くなり、なにか言わなければ、と思っているうちに、政子は応接室から去って行った。

扉が閉められた瞬間、田崎は追いすがりでもするように前のめりになった。彼は呼吸をととのえてから応接室を出て、所長室へ向かった。

「田崎君、きみも災難だったね」

田崎が、かしこまって窮屈そうに所長の真向かいのソファに座っている松山の隣に腰をおろすと、所長の高橋取締役は、テーブルの煙草入れをあけて田崎にすすめた。

「僕はやりません」

「そうだったかね」

高橋が一本とり出して口に咥《くわ》えると、松山がライターを点火した。ライターの火を近づける松山の手が小刻みにふるえている。滑稽《こっけい》なほど恐縮し、恥じ入っていた。

高橋は考えをまとめているらしく、無言で煙草をくゆらせていたが、ややあって、おだやかな口吻《こうふん》で切り出した。

「来月早々にアメリカへ行ってもらいたいんだ」

高橋はさすがに老獪《ろうかい》で、胸に一物あっても、それをおもてに出すような男ではなかった。

頭ごなしに叱りとばされるとばかり思っていた田崎は、高橋のへんにやさしいものごしに胸のあたりがつかえたように、ちぐはぐな気持ちだった。

だが、言葉とはうらはらに田崎を凝視する高橋の眼差《まなざ》しは厳しく、田崎は一瞬居すくんだが、虚勢を張って、それに負けまいと強く見返した。

「きみも知っているように、わが社で開発した乾式法の排煙脱硫プロセスは、この種のものでは画期的なものだけに海外からも多数引き合いが寄せられてきている。なんといっても脱硫率が高く、他法とは比較にならないほど建設費も安いから目をつけられて当然だし、田崎君は設計の段階からこのプロジェクトチームの一員として技術開発に取り組んできたんだから釈迦《しやか》に説法だが、乾式の排煙脱硫プロセスは世界的にも一般には発展途上にある。それだけに今回の第一号機の建設によって工業化の実績をもったことになり、わが社の立場はきわめて強化され、わが社にとってはトラの子のプロセスの一つといえるわけだ。これによって亜硫酸ガスによる大気汚染系の公害問題は解決されたといってよい。せっかくのトラの子のプロセスだが、人類の繁栄と社会の発展のためにも、この技術を広く世界に供与するようにというのが社主のお考えなわけだ」

高橋は指の間で放置されたままの煙草が灰になっていくのもおかまいなしに話しつ

づけた。

「海外から来ている引き合いのすべてに応じることは技術者の数からいっても不可能だが、さしあたりわが社とは技術提携を通じて関係の深いアメリカのU社にこのプロセスを輸出したいとわれわれは考えているわけだ。U社は予備的な契約をいますぐにも締結し、工場見学をさせてくれと言ってきている。もちろん、オプション契約とはいっても相当の対価を支払うとは言っているんだが、当社としては最初から本契約でいきたいと考えている。これはきみのほうの専門だが、脱硫装置などは専門家がよく見ればある程度のことはわかってしまうそうだから、オプションフィーぐらいでノウハウを盗まれるのはかなわんからね。きみはこのプロセスのオーソリティなのだから、チームに加わってU社に技術を説明してきてもらいたいのだ。この製油所からチームに参加するのはきみだけだが、本社から三名、研究所から二名参加することになっている。実はチームをアメリカに派遣する目的はこれだけではない。U社のトッピング関係の新技術を導入する計画もあるので、その打ち合わせもかねている。脱硫関係の技術輸出については当社としても全力で取り組みたいので、これが軌道に乗るときみは当分手が抜けなくなるし、アメリカに限らずヨーロッパにも出かけてもらうことになるだろうが、きみのような人材をいつまでも排脱関係だけにしばりつけておくわけにはいかないので、生産プロセスのほうの勉強もこの機会にしておいてほしいのだ。今週中にも本社へ出張してアメリカ行きの打ち合わせをして来てもらいたい」

煙草の灰が膝《ひざ》の上に落ちたのに気がついて、高橋はあわててそれを左手で払った。

「実は、ここにいる松山君はおかんむりでね。今度のことで罰としてきみをアメリカにやることはこの際さしひかえたいといっているが、私はそうは思わない。魔がさしたというか、ほんのできごころで、小石につまずいたぐらいにしか考えておらん。もちろん、大いに反省してもらわなければ困るが、今度の一件は私としては製油所限りということにしたい。貴重な人材であるきみの将来に疵《きず》がつくようなことはなんとしても避けたいと思っている」

高橋はようやく本題に入った。

「所長、ほんとうに申し訳ありません。私が至らなかったばっかりにこんなことになりまして」

松山は卑屈なほどいくども頭を下げ、田崎を一喝した。

「きみも所長にお詫びしなさい」

「秋元君たちはどうなるのでしょうか」

田崎は頭を下げるかわりに、質問した。

「あれは強情な男だ。さっき事務部長から報告を聞いたが、労組がなければ大和鉱油はよくならないと言い張っているそうだ。何にかぶれたのか知らんが、困った若造だ」

高橋がいまわしそうに吐き捨てるように言ったひとことで、田崎は自分でも信じられないくらい秋元と政子の側に気持ちが傾斜していくのがわかった。

「秋元に同調しているのが二、三いるようだが、たいした考えがあって秋元にくっついているわけでもなさそうだから、問題は秋元ひとりだろう。なんとか再教育して大和イズムを叩《たた》き込んでやりたいが、心がねじ曲がっているので無理かもしれん。そうなると、この製油所においておくわけにもいかんし、私も頭が痛いところだ。あんなやつでもクビにするわけにはいかんし、困ったことだ」

「秋元君ひとりを悪者にすることは僕にはできません。それに秋元君の考えを頭から否定することもできないと思うのです。彼は決してラジカルな考えを持っているわけではなく、健全な労使関係の樹立を願っているだけです」

高橋が顔色を変え、松山が叫ぶように言った。

「田崎、恥を知れ」

「私はどうやらきみを見そこなっていたらしいね」

松山がなにか言おうとしているのだが、カッと頭に血がのぼって言葉が出てこないらしく、頰をひくひくさせている。

「大和鉱油には大和鉱油の良さがあることはわかります。しかし秋元君は僕の部下で、仕事もよくできる真面目な青年です。彼が組合問題に関心があることはそれなりに理由があることで、僕にも彼の気持ちがわかるような気がします」

田崎は、心の中の整理がつかないままに一時の感情だけでしゃべってしまったのかもしれなかった。衝立《ついたて》一つへだてた向こう側の所長室長付の机の前で、政子が聞いていてくれたら……田崎はそんな思いが頭をかすめたが、そのころ政子は事務部の自席で、けさがた出勤まぎわに父親から「女の分際で組合とはなにごとだ」と説教されたときのことを反芻《はんすう》していた。

昨夜遅く、所長から市会議員の父親に電話のあったことを政子は知らなかったのである。

「田崎君、頭を冷やしてもう一度よく考えたまえ」

高橋は業腹そうに田崎を睥睨《へいげい》し、ソファから腰をあげた。

それをしおに田崎は一揖《いちゆう》して所長室を後にした。

8

田崎が出て行ったあと、高橋は自分の席から、うなだれてソファから動こうとしない松山に声をかけた。

「きみがそんなに落ち込んでも始まらんよ」

「責任を痛感しています」

松山は心底から恐縮しきっていた。

「田崎をいまの部署から外すことは可能か」

「はい。排脱にタッチしたのは田崎ひとりではありませんし、ここまでくれば田崎が抜けたからといって、どうということはないと思います」

「それじゃ、この際泣いて馬謖《ばしよく》を斬るか。私の一存というわけにはいかんので本社とも連絡をとる必要があるが、エリートだからといって何を言っても許されていいわけはない。このまま見逃しては示しがつかなくなる。しばらく時間を貸してやれば、あいつも眼が覚めるだろう。いまはのぼせあがっていて見境がつかなくなっている。きみはどう思うかね」

高橋は所長席からソファに戻り、松山と向かい合って、どすんと腰をおろした。

「所長のおっしゃるとおりだと思います」

松山はいったん起《た》ち上がって高橋を迎え、高橋が座るのを見届けてから遠慮がちに腰を据えた。

「本社の日下《くさか》常務のお耳にも入れておかなければならんが、一罰百戒の意味からも、ここはこらしめておかなければ、あとあとのためにならない。優秀社員などとチヤホヤされて、増長しているふしがないでもない」

高橋はソファのへりに肱《ひじ》を乗せ、右手でエラの張った下ぶくれの大きな顔をささえるようにして、眼を閉じて思案をめぐらしていた。

会話が途切れたので、松山が恐る恐る口をはさんだ。

「たしか田崎は営業の経験がありませんので、どこか適当な支店へでも……」

「それはまずい」

言下に高橋は否定した。

「角を矯《た》めて牛を殺すような結果をまねいては会社にとっても大きな損失だ。最果ての支店などに飛ばされて、意地になって赤旗でも振りまわされたり、へんに僻《ひが》まれても困るからね。考えてもみたまえ、排脱関係の技術があっちこっちに売れるようになれば、技術屋の手が足りなくなるのは目に見えている。そういう意味では、田崎は人材だよ。なに、ほんの見せしめに半年も、冷や飯を食わせてやればいいのだ。本社にどこかうまいポストがあればいいのだが、そこのところは本社の人事部とも相談してみるとしよう。田崎がどう出てくるか、この二、三日のうちに頭を下げてくるようなら今回の一件は製油所限りで握り潰《つぶ》してもいいと思う。秋元たちが田崎をかついだのは、排脱の功労者で、あいつには会社も手をつけられないとタカをくっているためかもしれん。ここはガツンとやっておくべきだろう。田崎が生意気な態度をとりつづけるようなら、最終的には日下常務の裁断にまつことになるが、私の判断は間違っていないと思う。そんなところでどうだ」

「はい。まことに結構です」

松山は這《は》いつくばうような態度を示した。

田崎はたしかにことがらの重大さをさまで理解してはいなかった。渡米チームから外されたときもそれほどこたえなかったが、十月一日付で本社企画部調査課付の辞令を手にしたとき、田崎は初めて挫折《ざせつ》感ともいうべきものに胸をふさがれ、暗澹《あんたん》とした気持ちになった。

部下の面倒をみてやろう、といった気負いがあったことは事実だし、優秀社員として表彰されたことに内心よりかかり、驕《おご》りがあったことも否定しようがない。大和鉱油の社員にとって労組問題は文字どおりタブーだったのである。それが蟷螂《とうろう》の斧《おの》に過ぎなかったことを、田崎は身をもって思い知らされたわけである。

まさか栄転とまではとり違えていまいが、それを知ったときの信子のはしゃぎようといったらなかった。

「ママ、健治さんが東京に転勤することになったわよ……」

母親をはじめ、小型のアドレス帳を繰りながら次から次へと長距離電話を入れている信子の弾んだ声に、田崎は耳をふさぎたくなった。

第二章　癒着の構造

1

宮本修《みやもとおさむ》の眼が据わってきた。狼藉《ろうぜき》を働くわけではないが、話がくどくなり、酒ぐせは良いほうではない。過去に何度かつきあって、宮本が梯子酒《はしござけ》であることを承知している田崎健治は、これでは当分解放されることはないな、と覚悟を決めた。

田崎は先まわりして、宮本のご機嫌をうかがうように言った。

「河岸を変えましょうか。そろそろ銀座へ出てみましょうよ」

「そうするか」

死んだ鰯《いわし》のようなとろんとした赤い眼がうれしそうに笑っている。

例によってノンキャリアの宮本が、ＭＩＴＩ《ミティ》（通産省）の上司をさんざんこきおろしたあとだった。

「むかしは洟垂《はなた》れ小僧の総括班長を手とり足とりでいろいろ教えてやったもんだ」

酔うと口ぐせのように言うが、そろそろ五十に手が届く宮本は、エネルギー産業庁の石油工業部に配属されてからは比較的閑職の課長補佐らしく、それがひどく不満の様子だった。

ふたりは新橋の小料理屋を出ると、肩を組んで銀座方面へ歩いて行った。肩を組むというより、上背はないが、がっしりした宮本が田崎にぶら下がるようなあんばいだった。

きょうは立春だが、二月の風は冷たい。しかし、日本酒で躰《からだ》があたたまっているうえに、宮本の体重が右肩にかかっている田崎は躰じゅうじっとりと汗ばんでいた。

田崎は、宮本を〝バンク〟という店へ連れて行った。そこは新橋寄りというだけでなく、軍歌が好きな宮本によろこんでもらえると田崎は考えたのだ。田崎は上役の調査課長の新井昭二《あらいしょうじ》に連れてこられて、きょうで三度目だが、名刺も通してあり、ツケが利くはずだった。

〝バンク〟は店のつくりが小劇場風になっていて、専属のコーラスガールのナツメロなどを売りものにしていた。舞台がしつらえてあり、グランドピアノの伴奏に合わせて、コーラスガールが客のリクエストに応じて軍歌などをコーラスで、ときにはデュエットやトリオで歌って聴かせる。四十ほどある客席はすべて教室のように舞台を向いており、音響効果も良く、ウイスキーを飲みながらナマの歌をたのしみ、往時をしのぶという趣向だった。

コーラスガールの中には放送局のオーディションをパスした歌手志望もいて、とくに自信のある娘《こ》はソロで歌って聴かせる。

アルコールは国産ウイスキーの黒と決まっており、あとはオンザロックか水割りかソーダ割りの違いだけで、それにピーナッツとあられ煎餅《せんべい》などの乾いたつまみがほんの少々添えられるだけだった。

最前列があいていて、宮本が勝手にまんなかの席に陣取ったので、田崎もやむなくその隣席に座らせられるはめになった。舞台と客席が接近しているので、そのあたりは照明を浴びなければならない。

コーラスガールが入れかわり立ち替わりマイクの前に立つが、目あての軍歌はなかなか出てこなかった。

田崎がリクエストしなければだめかなと思ったとき、

「いいぞ、一条さゆり！」

と、すぐそばでかけ声がかかった。

二度目に、それが宮本の声だと気づいて、田崎は心臓が止まるほどびっくりした。気取った紳士客が多いだけに、これではぶちこわしだった。

宮本は顔を真っ赤にして、両手をメガホンにした。

「待ってました！　一条さゆり！」

田崎が袖《そで》を引くのを振り切るようにして、がなった。そのしゃがれ声は舞台のマイクで拡大されて、店内に響きわたった。

マイクの前で三人のコーラスガールが立ち往生している。

「ここはストリップ小屋じゃないぞ」

客席の後方から叱責《しっせき》の声が飛んだ。

「マダム、こんなガラの悪いのまで入れるのかい」

きこえよがしに、田崎たちより一列うしろの客が言った。マダムといわれた着物姿の中年の女が田崎の前にやって来た。いつも舞台の右袖の小さな丸椅子にちんまりと座って、客席のほうへ嫣然《えんぜん》と笑みを投げかけている女だった。

マダムは田崎を覚えていたらしく、険しい面差しを彼に向けてきた。

「ここは静かに歌を聴いていただくところですから、静かにできなければお引き取りください」

「なにを気取ってるんだ」

宮本がやり返したので、田崎はいよいよ焦った。

「宮本さん出ましょう」

「ああ出よう出よう。客を追い出すとはいい度胸だ。くそおもしろくもない」

怪しげなろれつの宮本をかかえるようにして、田崎はビルの二階の〝バンク〟をほうほうの体で後にした。

「こんな店のどこがいいのかね。だいたい〝バンク〟などという名前からして気にくわん」

脚をふらつかせながら二階を見上げて、まだそんな悪態をついている宮本をもてあまして、田崎はすこしうんざりした口調になった。

「どうします。帰りますか」

「帰りたければ勝手に帰れよ」

宮本はまだ飲みたりないのか、つっかかるような口吻《こうふん》だった。

「僕はどっちでもかまいません。よかったら宮本さんのお好きなところへ案内してください」

「よし行こう。きみにいいところを教えておいてやろう」

宮本は田崎が言いだすのを待っていたように眼を細めた。そして先にたって、ずんずん歩いて行った。げんきんなもので、その足どりがしゃんとしている。

宮本に連れて行かれた店は〝すみれ〟というクラブで、店内が妙にうす暗かった。田崎はいままでに宮本に紹介されたバーやクラブが何軒かあったが、〝すみれ〟は初めてだった。

「田崎君、ここは無礼講だからな。バンクだかなんだか知らんが、あんなおかしな店とはわけが違うぞ。だいたい客に唄《うた》わせないという法があるか」

宮本はすっかり機嫌をなおしていて、禿《は》げあがったひろいひたいをおしぼりで念入りにぬぐいながら、いわくありげに片眼を瞑《つぶ》ってみせた。

「すみません。へんなところへお連れしちゃって」

田崎が詫《わ》びを言うと、宮本は手を振った。

「そういう意味で言ったんじゃないよ」

「バンクって、コーラスを聴かせるあの〝バンク〟」

宮本についたホステスが勝手に水割りをつくりながら言った。

田崎がうなずくと、そのホステスはさも鼻もちならないといいたげに肩をすぼめ、顔をしかめた。

「ホステスなどの水商売関係の女性の同伴は固くお断りします、なんて入り口に貼り紙してあるのよ。感じ悪いったらありゃあしない。自分だって水商売のくせに」

「ユカちゃん、さては門前払いをくったな」

「ミーさんもそのくちじゃないの」

「俺は堂々とあそこのマダムとやり合ってきたんだから立派なもんだ。逆に俺たちのほうでボイコットしたようなものだよ。なあ田崎君」

「まあ、そういうことになりますかね」

田崎が苦笑しいしいうなずくと、ホステスは、

「カッコいい」

と、アクセントをつけて言った。

「田崎さんは〝すみれ〟は初めてみたいね。ミーさんのお友達にしては若いし、ハンサムで素敵よ。私ユカリっていうの。よろしくね」

ユカリが名刺を出したので、田崎も名刺入れをズボンのポケットからとり出した。どっちにしても請求書の関係で名刺は渡さなければならない。

「マキです。座っていいかしら」

田崎のところにもやっとホステスがついた。ユカリもマキもアイシャドーを濃くぬりたくって、眼のふちをくまどっている。いずれも肉感的だが、美人というイメージからは遠く、若いだけが取り柄の女だった。

田崎は、マキというホステスにいきなり股間《こかん》をまさぐられて、眼を白黒させた。見ると、宮本はすっかりやにさがって、ユカリとちちくりあっている。暗くて不明瞭《ふめいりょう》だが、あっちでもこっちでも、もぞもぞとうごめいているような感じで、店内はあやしげな雰囲気がただよっていた。店内のラテン系リズムのレコードが妙なムードをあおっているようにも思える。おさわりバーとでもいうのだろうか、銀座にもこんなすさまじい店があるとは……田崎はあっけにとられて、しばらく宮本たちの様子を眺めていた。

「そうまじまじと見てられちゃ体裁が悪いなあ。きみも遠慮しないでやらなきゃ損だぞ。こないだ若いのを連れてきたら、ほんとうに発射しちゃったのがいたが、なんならきみもどうだ」

おさわりに熱中していた宮本は田崎の視線に気がついて、照れかくしに水割りを飲んだが、別に悪びれたふうでもなく、ひといき入れると、またアタックしていった。

マキは乳首まで覗《のぞ》けそうなほど深く割れ込んだドレスの裾《すそ》で、田崎の膝《ひざ》を被《おお》った。

マキの手が田崎に触れ、そこは勃然《ぼつぜん》と反応した。田崎はあわてて腰を引き、左手をズボンのポケットに突っ込んで、そこが突っ張らないように上から抑えつけた。酔いが醒《さ》めてほとんど素面《しらふ》に近い田崎は、さすがに宮本のようになりふりかまわず振る舞う元気はなかった。

「どうしたのよ。あんたインポじゃないんでしょう」

マキは執拗《しつよう》に手を這《は》わせてきたが、やがて乳房を押しつけるようにして田崎の右手をとって、自分のほうに誘導した。そこは、いくらか湿りけが感じられた。

田崎が時計を気にしだしたのを見てとって、宮本が声をかけてきた。

「きみのところは遠かったんだな。俺は適当に帰るから、先に帰ってもいいぞ」

田崎は救われた思いで、宮本のためのクルマの手配をユカリにたのんで新橋駅へ急いだ。

横浜駅から私鉄で二十分ほどの旭区に大和鉱油の社宅があった。

運よく横須賀《よこすか》線に飛び乗れた。車内は遅い時間にしては混んでいた。

いつまで、こんな使い走りみたいなことをさせられるのだろうか——田崎は電車に揺られながらわびしい気持ちになっていた。ふと、宮本の言葉が田崎の耳に甦《よみがえ》ってきた。

「大和鉱油が厭《いや》になったら、いつでも相談に乗るぞ。きみほどの男ならどこへでもいけるだろうが、こうみえても俺は顔が広いから、わるいようにはしないつもりだ。ここが錆《さび》つかないうちに、あんなふざけた会社はきみのほうから見限ってやったらどうだ」

まだ、酒の酔いがまわらないうちに、宮本は右手で自分の左の上膊《じょうはく》を叩《たた》きながら冗談ともつかずに言ったのである。

そのときは気にもとめず聞き流したが、田崎はいまごろになって胸にひっかかった。

2

机にうつぶせになって、まどろんでいたとき、遠くのほうから名前を呼ばれたような気がして、田崎はハッとして顔をあげ、姿勢をただした。懸命に欠伸《あくび》を嚙《か》みころしたが、そのせいで生理的に眼に滲《にじ》んだ涙をぬぐう余裕まではなかった。

「いい若い者が昼寝でもあるまい。それともどこか躰《からだ》の具合いでも悪いのかね」

聞きおぼえのある苛立《いらだ》ったような疳走《かんばし》った声が背後から迫ってきた。

「なにかご用でしょうか」

田崎は起立して、松山のほうに向き直った。

石油危機以後二年にもなるのに、大和鉱油の本社ではいまだに昼休み時間は節電のため消灯することになっている。ひとたび社主のツルの一声でそうと決まったらさいご、社主の声がかからない限り絶対に元の姿に戻ることはない。なんによらず、よきにつけあしきにつけそうした仕組みになっていた。

消灯中のだだっぴろいフロアは黄昏《たそがれ》どきのように薄暗く、いまは眼《ま》のあたりに立っている松山の顔が涙眼のせいでぼんやりとけむったように田崎の眼に映った。

田崎は松山の表情が読みとれず、一層緊張した。

「用があるから、おまえを探してたんだ。今晩あけといてくれ。七時に新橋の〝白梅〟で待っている」

松山は業務命令でもつたえるように硬い口調でそれだけ言うと、田崎の返事を背中で聞いて、足早に田崎から遠ざかって行った。

田崎は急いで四周に眼を配った。誰もいないことを確かめ、なぜかほっとしたが、今晩、松山と顔を合わせなければならないと思うと気が滅入《めい》った。しかも昨夜遅くまで通産省の宮本とつきあって、寝不足のせいで躰が重かった。

多分、松山は仕事で上京して来たのだろうが、なにか俺に特別な用でもあるのだろうか。中国製油所から本社に転勤してきて四ヵ月余にしかならないが、松山との対面は一別以来なのだから、声をかけられたときもうすこし返事のしようがあったかもしれない――田崎はそんなふうに後でうじうじ考える自分に愛想が尽きる。気が弱くなっていると自分でも思うことが多い。

松山とほとんど入れちがいに調査課長の新井が部屋へ入ってきた。猪首《いくび》で、下腹がせり出しているずんぐり型のわりには身が軽くて、ねずみのように小まめに動きまわる男だった。

まだ五十のこえはきいていないはずだが、額から後頭部にかけてぞっくり禿《は》げ上がっており、残り少ない鬢《びん》をポマードで張りつけるように頭のてっぺんまで運んでいた。それが直立不動の姿勢をとって新井を見おろすようなかたちで対峙《たいじ》している田崎の眼にいやでもとび込んでくる。

「なんだ、おまえ帰ってたのか。中国製油所の松山部長がおまえを探してたが、もうお会いしたのか」

「はい。たったいま」

旧陸軍士官学校出身の海千山千のつわもので、典型的な大和マンといわれている新井は、田崎を部下に迎えたとき「俺は貴様の再教育係だ。大和精神を叩き込んでやるぞ」と威嚇して田崎の心胆をさむからしめたが、ふとっぱらなところもあり、神経質でねんじゅう貧乏ゆすりをしている松山よりはつきあいやすかった。

「じゃあ話は聞いたな」

「ええ」

「俺もつきあうから久しぶりにゆっくりやろう。ところでＭＩＴＩ《ミティ》のほうは変わったことはなかったか」

　新井はすぐに話題をかえ、通産省の動きを訊《き》いた。

「とくに変わったことはありませんが、石油業界再編成問題の熱が冷めかかっていることに気を揉《も》んでいる様子でした」

「そう何から何までＭＩＴＩの言うとおりにことが運ぶと思ったら大間違いだ。だいたい、ＭＩＴＩはつまらんことにくちばしを入れ過ぎる。再編成問題はわが社は圏外だから高みの見物、お手並み拝見といきたいが、箸《はし》のあげおろしにまで、いちいちとやかく言うのはスジちがいだ。都合が悪くなると、諸悪の根源などと勝手なことをほざいて、世間体ばかりとりつくろって、逃げまわるくせに」

　新井は思い出すだに腹が立つ、といわんばかりに口をひん曲げた。

「しかし、課長、それは二年も前のことですから」

田崎が途方にくれたような顔で言うと、新井はいきりたった。

「なにもおまえがあの野郎の肩を持つことはないだろう」

田崎は、MITIの前事務次官に対する新井の個人攻撃を、この四ヵ月余の間に何度聞かされたかわからない。口ぎたなく罵《ののし》るというか、石油業界の怨《うら》みつらみは骨髄に徹しているとばかり、わめきちらすのだ。

二年も前のこととはいえ、石油業界を諸悪の根源とするその次官発言は、たしかに新井のみならず、石油業界人にとって、あと味の悪いものであった。

昭和四十八年秋、東京地検によって通産省エネルギー産業庁の石油工業部の汚職が摘発された。

課長補佐がひとり、収賄の容疑で起訴されたが、石油工業部ぐるみの飲食費、タクシー代などのつけが業者に回されていた、と当時の新聞は報じている。この事件は、石油業界とMITIの癒着関係を白日の下にさらした形だが、癒着の関係を断ち切るためには、多少アクセントをつけた発言になるのもやむを得なかったということもできる。それどころか、第四次中東戦争に端を発した石油危機による物価狂乱の引き金をひいた元凶こそ、石油業界にほかならないときめつけるほどの波及的効果を、その次官発言はもたらしたと一般に受けとられていた。さらに、四十九年二月十九日に石油業界は、ヤミカルテルのかどで公正取引委員会から告発された。四十八年中に行なった石油製品の値上げ協定や生産制限が独禁法に違反するとして告発されたものだが、ＭＩＴＩの次官がそこまで予断していたかどうかはともかく、態《てい》よく体をかわされた、と石油業界の目に映ったことは確かである。箸のあげおろしにまで介入するＭＩＴＩが価格問題にタッチしないはずはない、それが公正取引委員会の告発後、まったく関知するところではないと口をぬぐっているのは、あまりといえばあまりな仕打ち、と石油業界は憤激した。

いわば、本来は一蓮托生《いちれんたくしょう》の身でありながら、罪を石油業界だけになすりつけた、とする見方に結びつくが、石油危機を誇大に受けとめ、たっぷり入ってきている原油をそうでないように喧伝《けんでん》した石油業界に対し、ＭＩＴＩが業をにやして、〝次官発言〟になったことも事実であろう。

それにしても二年後の今日まで、諸悪の根源発言が後遺症となって尾をひき、ＭＩＴＩと石油業界の仲がしっくりいっていないとすれば、なにやら怨念《おんねん》めいたものを感じさせずにはおかない。

「とにかくＭＩＴＩから眼を離すな」

新井は、なにがそんなに忙しいのか、そう言いおいて、あたふたと部屋から出て行った。

田崎はいったん椅子に座って、とつおいつ昨夜、宮本と飲み歩いたことなどを考えていたが、室内灯がついて部屋の中がざわついてきたのをしおに席を起《た》った。

石油などエネルギー問題や関連産業の情報を収集したり、会社との連絡事項で通産省に日参するのが企画部調査課付の田崎の主な仕事であった。

同業他社の動きをふくめて石油問題に関する情報を細大洩《も》らさず収集するようにと、田崎は新井に厳命されていた。

「そのために必要な交際費はけちるな。石油工業部に出入りする者がどこの誰で、目的がなんであるか、そこまでやれといっても無理だろうが、おまえの前任者の佐藤敏《さとうとし》明《あき》などは新聞記者以上といわれたものだ。ＭＩＴＩの中の人脈にも精通していて、人事異動なども事前によくキャッチしてきた。おまえに佐藤の真似をしろと高望みするわけにはいかんが、せめてその三分の一でもやってくれたらめっけものだと思っている」

本社に転勤して間もないころ、新井は田崎の前任者を殊さらに持ちあげて田崎を焚《た》きつけた。

「おまえがＭＩＴＩの課長と対等に口がきけるようになるのは大変なことだ。本省の課長ともなると、そろそろ権威を鼻にかけておまえのような若造を相手にしてくれるはずがない。原課の班長、係長クラスとせいぜい酒でも飲んで仲良くすることだ。総括班長クラスを飲み屋にひっぱり出せるようになったら、おまえも一人前だ」

まるで酒で歓心を買うのが大和鉱油の流儀だといわんばかりの言いようであった。

「嘘でもいいから役人という役人には相手構わずゴマを擂《す》れ。歯の浮くようなお世辞でも褒められれば悪い気はしないものだ。おまえはすこし頭《ず》が高いから、その点注意しなければいかん。相手の顔を見ながら頭を下げるようなことはするな。自分の膝《ひざ》を見て深々と頭を下げるんだ。ただひたすら頭を下げていれば、相手がどんな生意気なことを言おうが、厭《いや》なことを言おうが、頭の上を素通りして行くだけだ」

新井は膝を折って、お辞儀の仕方まで実演してみせた。

新井は処世術を田崎に懸命に教え込むように、会議室で起《た》ったり座ったり、身ぶり手ぶりで言ってきかせた。

四十八年秋の汚職事件の発覚以来、通産省エネルギー産業庁に出入りする業者は極端に少なくなったが、田崎は新井に追いたてられるようにしてMITIに通った。

「きみの机を一つ用意する必要があるね」

ある日、田崎は古参の役人から肩を叩《たた》かれた。それが宮本だった。二年ほど前に同僚の班長が東京地検に逮捕されて以来、業者とのつきあいを極度に警戒している役人の多い中で、宮本はそんなつまらぬことは意に介さぬといわんばかりに、あけっぴろげで、ひとなつっこいところがあった。

いわゆるノンキャリアのひとくせありそうな役人で、皮肉ともつかず、田崎に話しかけてきた。

「大和鉱油の人はガラの悪いのが多いけど、きみは珍しく紳士だね。そんなにおとなしくしてたんじゃ、おたくでは勤まらんだろう。それとも猫をかぶってるのかね」

課長、班長クラスのほとんどが会議の連続で、席を外しているのに、宮本は比較的閑職なのか自席にいることが多く、ひまをもてあましていて、田崎を恰好《かっこう》な話し相手と見たてたらしかった。

「大和鉱油の人間尊重主義なんて、拝金主義の間違いじゃないの。わるいけど、見えすいているよ」

宮本にそんなふうに言われても、田崎は不思議と反撥《はんぱつ》心がわいてこなかった。

「むかしは大和鉱油といえば行儀が悪い会社で有名だった。業界の一匹狼を自任してるらしいが、業界の人のなかには日本語が通じない会社だなどという人もいたくらいだ。血みどろの販売競争に勝ち残るためには業界協調などかまっていられなかったのだろうが、消費者本位なんてうまいキャッチフレーズを考えて、ひところはずいぶん無茶苦茶をやったという話だよ」

宮本はカサにかかってこきおろした。

「いちどお近づきのしるしに一杯いかがでしょう。いろいろご高説を聞かせてくださいませんか」

これではあんまり卑屈すぎるかな、と田崎自身思ったくらい、相手の顔色をうかがうようにしてこわごわ切りだした。

「ああいいよ。なんなら今晩でもいい」

宮本は気軽に応じ、ついでに新橋の小料理屋を指定してきた。

その夜、田崎は生まれて初めて会社の経費で人を接待した。田崎は父親の血をひいてアルコールには弱いほうだったが、精いっぱい宮本をもてなした。宮本は並外れて酒に強く、その小料理屋の二階の小部屋で飲むほどに酔うほどに田崎を相手にぶちまくった。

「次官通達だか長官通達だか知らないが、業者と一切つきあってはいけないことになっているらしい。俺に言わせれば、そんなドロナワのとってつけたようなことをしてもだめだ。いまさらクリーンMITIでもあるまい。気取ったところで知れてるよ。

意味ないね。現に俺はこうしてきみと飲んでるし、飲みたいヤツは飲むし、ゴルフをしたいヤツはする。それでいいじゃないか。要は程度問題だ。俺はもちつもたれつ、癒着して当然だと思っているよ。二人三脚で日本を経済大国に引きあげたんじゃないか。もっとも、これに政治が絡んでくると始末が悪いがね。石油は利権の巣窟《そうくつ》で、利権には人がむらがるのも人の世のならいだが、ある程度は必要悪でもある。どこで線を引くか、の問題だろう。きみはノートリアスMITIという言葉を知っているかね。おそるべき通産省というわけで、わがMITIは世界に冠たるものがある。俺はエネ庁へ来てそう長くはないので過去のことはわからんが、法律を持っているので業者との力関係はそれなりにはっきりしているから、過去においてほかの原局にくらべて眼に余るところがあったことは否定できないだろう。たとえば民族系石油資本育成の旗印のもとに相当なメチャクチャをやったのも事実だ。特定の石油会社にべらぼうな設備枠を与えて、業界の顰蹙《ひんしゅく》を買ったり、業界の態勢整備と称する開発銀行の融資についても片寄ったやり方をしたこともある。神ならぬ人間のすることだから時にはエラーもあるしミスがあっても仕方がないが、販売力のない石油会社に設備枠を与え過ぎれば、業界が混乱するのも無理からぬことだ」

宮本はぐい呑《の》みで、ぐいぐい呷《あお》る。ぐい呑みを持つ手もよく動くが、舌の回転もなめらかだった。

「しかし昨今、ノートリアスMITIも落ちたものだ。行政指導ひとつ満足にできないんだから厭になる。権威失墜もいいところだ。何に遠慮しているのか、何をびくついているのか知らんが、石油業界の再編成問題でさえイニシアチブをとれない。この話にはカラクリというか何か裏があるように思えるが、自民党に石油部会ができた。銀行だか、石油メーカーのどこだか知らんが、誰かがうしろで糸をひいているに違いない。MITIは神経を逆撫《さかな》でされて、みんなぶんむくれだが、牽制球《けんせいきゅう》を放られておたおたしているのが、なさけないじゃないか。政治献金《カネ》が動いているかどうかまでは知らんが。MITIと石油業界がこんなふうにギクシャクするのは、例の〝諸悪の根源〟がいまだに、祟《たた》っているんだろうかね。癒着というと聞こえが悪いが、MITIと産業界は緊密な連帯関係にあって当然で、これは一朝一夕にしてなったわけではなく、二十年も三十年も前から連綿と続いているのだ。それが証拠にはキャリア、ノンキャリアを問わず、われわれの先輩が産業界に掃いて捨てるほどちらばってるじゃないか。MITIに限らず政官財のかかわりはいくらでもある。大蔵省と銀行、証券など金融界との癒着ぶりを見ろよ。人の出し方にしたって相当なもんだぜ。MITI顔負けの癒着ぶりじゃないか」

そこで宮本はしゃべりくたびれたのか、盃《さかずき》を乾《ほ》して、杯洗ですすぎ、田崎に差し出した。そして、徳利を傾けて、なみなみと酒をついだ。

「ま、一杯受けてくれ」

「だいたい石油業界のことを何も知らないぽっと出の連中がキャリア面《づら》して、再編成だのなんのということからして噴飯ものだがね。業界再編成だ、和製メジャーの育成だのと、えらそうに夜中の一時二時まで酒をくらいながら議論のための議論をたのしんでいるそうだが、出世欲にのぼせあがったやつらの顔を見ると吐気をもよおす。どいつもこいつもMITIは俺ひとりでしょっているといわんばかりのデカイ面したやつばかりだ」

いわば初対面の田崎に、酒のうえとはいえ、宮本がこうまでキャリア組を罵倒《ばとう》するにはそれ相応の理由がありそうだ。ひらたく言えばキャリアは将軍、ノンキャリは下士官。課長クラスはまさに将軍と思える。

宮本が返盃《へんぱい》を催促したので、田崎は眼を瞑《つぶ》って酒を喉《のど》に流し込んだ。胸が焼けるように熱くなり、眼尻《めじり》に涙が滲《にじ》んだ。

田崎は宮本がそうしたように杯洗でぐい呑みをすすいでから、それを返し、酌をした。

宮本が故意にそうしているのか、女将《おかみ》も仲居も姿をみせない。

田崎は躰《からだ》がカッと熱くなって、すこし気持ちがほぐれてきた。すこしく世を拗《す》ねたようなところはあるが、世間知らずの田崎には宮本の話がすべてにわたって興味をひいた。

だしぬけに宮本が言った。

「きみもキャリア面しているが、やっぱり東大かね」

宮本のねばっこい視線から逃れるように、田崎ははにかんだように顔をうつむけた。

田崎は宮本の機嫌を損ねることになりはしないかと気遣ったが、宮本は、ほーう、と感じ入った、というように快活に言った。

「どうりでしっかりしてるわけだ。法科なのか」

「いいえ、工学部です」

「技術屋さんかね。俺も実は技官ということになっている。旧制の高等工業で化学を学んだ」

「それじゃ、いまどきの大学なんかよりよっぽど実力は上ですよ」

「そう無理しなくてもいいよ」

宮本は笑うと邪気のない童顔になった。

「それにしては妙な仕事をさせられてるんだねえ。畑ちがいとはいわんが、現場の経験はないのか」

「昨年の九月まで、中国製油所で排煙脱硫関係の仕事をしてました」

「それはおみそれした。大和鉱油の排煙脱硫技術は大変なものだ。いまや花形だよ。引く手あまただろうに。何年やってた」

「三年以上になります」

大気汚染系の公害の元凶と目される亜硫酸ガスを、原油、重油から除去し、硫黄《いおう》や硫酸として回収する技術の開発、プロセスの建設にかかわっていた技術者としての誇りをくすぐられて、田崎はわるい気はしなかった。田崎はつい図に乗って、本社に転勤してきた経緯を手短に宮本に話して聞かせた。このことを誰かに話したい、聞いてもらいたいという欲求を抑えることができなかったのである。

「愚痴になりますから、聞かなかったことにしてください」

「そんなことがあったのか。大和鉱油では労組問題はタブーだそうだからな。きみのようなエリートでも容赦しないというわけか。きみもけっこう苦労してるんだな。正義派というわけか」

田崎は決して自分を美化したり誇張して話したつもりはなかったが、宮本にそんなふうにしんみり言われると気がさす半面、そぞろ身に憐《あわ》れを覚え、

「とんでもないことです。そんな立派なんじゃなく、ただそそっかしいだけですよ」

と言いながら、言葉をつまらせていた。

それ以来、宮本は田崎に親近感を覚えたらしく、なにかと気を遣ってくれ、情報をそれとなく教えてくれたり、ときには驚くほどのビッグニュースをそっと耳うちしてくれた。

3

田崎は、宮本の強い酒には閉口したが、何度か相手をしているうちに酒量が上がっていった。宮本との交友関係が深まるにつれて、通産省に知己もふえ、宮本が石油関係以外の部署にいる仲間を連れて来て、飲み歩いたこともあった。ノンキャリアはノンキャリアで肩を寄せあって、相互に連帯感を深めているようだった。

ある日、通産省の近くのレストランで昼食を共にしたあと、飯野ビルの地下一階の喫茶店でコーヒーを飲みながらだべっているとき、佐々木《さ さ き》というノンキャリアの若い

事務官が溜《た》め息まじりに口の端を歪《ゆが》めて自嘲《じちょう》するように言った。

「実際キャリアとノンキャリアでは人間と馬ぐらいの差がありますね。われわれは馬車ウマみたいにこきつかわれて、ボロ雑巾《ぞうきん》みたいにされちゃうのでしょうか」

「きみのところはそんなに忙しいのかね」

「宮本さんがいたときはどうでした。やっぱり課長や総括班長にきりきり舞いさせられたでしょう」

「俺は要領がいいから、どこのポストにいようがあまりかわらんね。仕事なんていうのは密度と効率の問題で、遅くまでやっていればそれでよいというわけではあるまい。もっとも、仕事好きな妙に張り切っている課長や総括班長の下につくと気骨が折れるな」

「まったく課長が交代したくらいで、どうして世の中がこうも変わるかと思うくらい行政指導の方針が変わることがありますね。MITIの在り方なり方針には一貫性がなさ過ぎますよ」

「佐々木君はよほどしごかれてるとみえるが、原局の局長なり課長が替わったとたんに当局の行政指導の度合いが強くなったり弱くなったりすることはあるかもしれないな。そのたびに右往左往させられる産業界こそいいつらの皮だが、逆に言えばそれは当然でもあるわけだ。そのために人事を刷新するともいえる。極端から極端というのはどうかと思うが、その時々の情勢に応じ、時代に即応した的確な方針を打ち出す。それでいいんじゃないのか」

「それにしても局長や課長のポストがめまぐるしく替わりすぎますよ。局長なんて、だいたい平均一年ぐらいで、首のすげかえが行なわれてるんじゃありませんか。新旧局長の歓送迎会が終わらないうちにポストが替わっていたなんていう笑い話があるくらいですからね」

佐々木が食い下がった。

「中央官庁はＭＩＴＩに限らないのでしょうが、ポストによって忙しいところと、そうでないところとずいぶん違うようですね」

田崎が初めて口をはさんだ。

「そういうことはあるかもしれないが、人にもよるな。ＭＩＴＩというところは忙しくしようと思えばいくらでも忙しくなる不思議なところだ。佐々木君はボロ雑巾みたいにさせられてしまうと言ったが、俺に言わせればキャリアの総括班長クラス、法令審査員クラスがいちばんしんどいんじゃないか。問題の度合いにもよるが、大抵の問題は総括班長のところで処理され、課長、局長は決裁するだけだ。アナクロニズムなところもあるが、彼らは使命感に燃えている。天下国家を動かしている、お国のために働いているという意識があるからこそ、あれでつとまるんだ。やれ国会だ、やれ予算だ、行政指導だと夜を日についで働いている。彼らの作文能力、資料づくりには頭が下がるが、習い性となって身を粉にして働いていないと不安でしようがないらしい。もうすこし要領よくやれそうな気もするが」

田崎はおやっと思った。初めての酒席であれほどキャリアを罵倒《ばとう》した宮本がきょうはキャリアを擁護《ようご》している。若いノンキャリアをなぐさめようとしているつもりもあって、オクターブを高めているのかもしれないが、宮本の感情にも屈折したものがあるのだろう、と田崎は思った。田崎はMITIの組織なり仕組がわかりかけてきた。課によって総括班長というのは、課の首席事務官で、入省七年くらいでその位置につく。課によってごく稀《まれ》に技官の場合もあるが、東大法科出が多かった。そして年を追って、当該課内の格が上昇してゆき、法令審査委員（外局を含めた局の首席事務官）を経て、ほぼ十三、四年で課長となる。いずれも選び抜かれたエリートである。

「MITIの方々の働きぶりにはほんとうに頭が下がりますが、日本人の勤勉は国民性ですね。貧乏性といってもいいと思いますが、ウチの会社なんかも猛烈社員の集団みたいなものです」

それにはとりあわずに宮本が話をつづけた。

「佐々木君と同じ局にいる押沢をみろよ。およそ仕事をしているのを見たことがない。毎日重役出勤でのこのこやってくるが、ボケッと机の前に座っているだけで、電話が鳴っても取ろうともしない。ところが、馬齢だけはかさねているから、給料は若手の課長よりとっているはずだ。三十五年以上勤続すると恩給の率も退職金もケタちがいによくなるそうだから、考えてみれば役所なんていうのはコスト意識がなさすぎるというか、いいかげんなところだぜ。定年がないというのもノンキャリアの特権かもしれないぞ」

「押沢みたいなのは例外中の例外ですよ。ただそこに居るというだけでまったく役にたたないのに、毎日六時になると冷蔵庫からビールを出して飲みはじめるんです。そのくせ、残業代をひと一倍持っていくんですから、メチャクチャです。彼は庶務係長ですから、課の残業代の配分を自分で決めるらしいんです。どうしてあんなのをMTIに置いておくんでしょうか。みっともないだけじゃなく、公害ですよ。誰かれかまわずクンづけで呼ぶんですから、信じられませんよ。元次官の大企業の社長を、同じ会社の人に××君元気かね、なんて訊《き》いてるんですから恥ずかしくなります」

佐々木は悲憤慷慨《ひふんこうがい》した。

「押沢はたちが悪すぎるが、年寄りでなんにもしないでボケッとしているのがずいぶんいるな。民間ならとっくにクビになってるようなのが。しかし、超過勤務手当を押沢が一人前にもっていくというのは聞きずてならない話だな。もっとも大蔵省もいいかげんなものらしいよ。予算のときなんかひどいもんだ。あいつらは昼と夜をとりちがえ、昼間寝て夜仕事する、ふくろうみたいなやつらだが、びっくりするほどの残業代をとっていくそうだ。三日も四日も続けて徹夜してるなんてカッコをつけてるが、バケモノじゃあるまいし、それで躰《からだ》がもつわけはない。水商売と同じで、夜、夜中でなければ予算折衝に応じない。昼間やればいいものを、それじゃ残業代がかせげないというわけだろう。いかにも日夜を分かたず仕事をしているようなポーズをとっているが、俺に言わせれば国民をあざむいているとしか思えない」

「ほんとうですか。ちょっとオーバーですよ」

「話がみみっちくなったが、どっちにしてもMITIに限らず役所には税金ドロボウみたいなのがいっぱいいるなあ。地方自治体のほうがもっと酷《ひど》いっていう話も聞くが、その点、キャリアはうかうかしていられない。次官レース局長レースでしのぎを削っている。猛烈なコンペティション、生存競争をやってるわけだ。局長のポストは限られてるから脱落していくのも多いが、民間に天下るにしても外郭団体に出るにしても手厚く面倒をみてもらえるから悪くはないかもしれないな。いちばん割りをくっているのはキャリアの技官かもしれないぞ。課長のポストは少ないし、その上ともなったら数えるほどしかない。民間に出るにしても大変らしいしね。佐々木君、忙しいのはお互いさまだが、あまりムキにならず、のんびりやれよ。いまのポストがどうしても厭《いや》なら、なんとか口をきいてやってもいいが、押沢を見ならえとはいわんが、気のもちようだけでも違うものだ」

「べつにいまの課が厭なわけではありません」

「そうか。それならけっこうだ」

宮本は伝票をつかんで起《た》ち上がって、佐々木の肩を叩《たた》いた。

「それは困ります」

田崎があわてて宮本の手から伝票をとろうとすると、

「これくらいは俺にやらせてくれよ」

宮本はレジのほうへ歩いて行った。

宮本は若いノンキャリアにも気を配っていて、いたわるつもりで昼食に誘ったようだった。

4

松山はもちまえのせかせかした調子で、新井や田崎が酌をしようとする間もないほど手酌で盃《さかずき》をかさね、新井はゆっくりと酒を味わうように盃を乾《ほ》すと、それを田崎の眼の前に突き出して酌を強要する。そして田崎も手酌でグイグイ呷《あお》るように酒を飲んだ。

石油労連の連中とは絶対につきあってはならない、と松山はくどいほど念を押した。きょうはひまだからサービスさせてもらいますよ、と割烹《かっぽう》〝白梅〟の女将《おかみ》がお愛想を言うのを、松山は仕事の話があるから席を外してくれ、と不粋に追い返して、さんざん田崎にお説教をたれたあとだった。

「田崎、おまえそんなに飲んでだいじょうぶか。工場にいたときはあまり飲まなかったが」

松山が田崎の乱暴な酒の飲み方を見咎《みとが》めた。

「心配いりませんよ。田崎は酒を飲むのが仕事みたいなものですから、手があがってるんですよ。これでもまだ鍛えたりないくらいに思ってるんですよ。もてなすほうが先にできあがってたんじゃ、相手に失礼ですからね」

新井がおもねるような調子で口をはさんだ。

「もっともちかごろのMITIはばかに神経質になっちゃって、一応は業者からの接待ゴルフや酒席には一切応じてはならんことになっているそうです」

「例の石油工業部の汚職事件以来、通産省も神経質になってるんだろうね。なんにしてもあんまり派手にやらんことだな」

「その点、ウチは安心です。MITIのOBがいるわけじゃないし、田崎みたいに若いのがウロチョロするぐらいどうってことありませんからね」

「田崎の仕事ぶりはどうなんだ」

「思ったよりやってますよ。なんせ私が気合いを入れてるんですから、なあ田崎」

田崎は曖昧《あいまい》な笑いを浮かべたが、黙って二人のやりとりを聞いていた。

「エネ庁の石油工業部は鉱業局時代から眼にあまるものがありましたからね。話に聞くだけでも外貨割当時代の彼らの腐敗ぶりはひどいもので、なにしろ外貨を割り当ててもらわないことには油を輸入できない時代ですから、石油業者はMITIに生殺与奪の権利を握られていたようなものでしょう。先輩の話を聞くと大和もずいぶんいじめられたそうじゃありませんか。そのころの担当官の狼藉《ろうぜき》、横暴ぶりにくらべたら、いつだかつかまった例の小野田《おのだ》などはまだ可愛いくらいで、むかしの担当官の中には赤坂の待合から毎日役所にかよったなんていうものすごいのがいたそうですよ」

「そのツケを業者にまわすわけだな」

「ひどいのは料理屋と結託して、請求書を水増しして出させ、一財産つくったなんていうのもいたそうですから、そんなのにくらべたら小野田なんて顔色ないですよ」

「まさかキャリアにはそんなひどいのはいないだろう」

「さあ、どうですかね」

新井は鰤《ぶり》の照り焼きに箸《はし》を入れながら、考える顔になったが、とっておきの話を聞かせてやろうとでもいうように、おおげさに上体をそっくりかえした。

「あれはどのぐらい前になりますかね。私がMITIに出入りしてたときですからずいぶん前ですが、畑中という悪党面したやり手の総括班長がいたんです」

新井は気をもたせて、ことさらゆっくりした動作で盃をとって、酒を口にふくんだ。

「その男が結婚祝いに業者からかなりの金品を受けとったわけです。ウチも多少のことはしたかもしれませんよ。それだけならどうということもなかったのでしょうが、その男は女ぐせが悪くて、関係のあった下宿先の女に、いやまてよ、下宿の女と結婚したんだったかな。どっちだったか忘れましたが、とにかくふられた女が腹いせに、あることないことを当時の鉱業局長や関係業者に手紙や電話で暴露したんです。女の執念も怖《おそ》ろしいもんですね。その内容たるや聞くに堪えないすさまじいもので、鉱業局長もさすがに怒ったそうです。尾津島という局長、松山さんもあのころ本社におられたから覚えてるでしょう。ウチが生産調整に反対して一時期石油協会を脱退したとき、トップのところへ何度も足を運んで、協会へ再加入するよう働きかけたのが尾津島氏ですよ」

「たしか、なかなかニュートラルで、スジを通す温厚な役人で、社主も褒めてたんじゃなかったか」

「その通りです。次官まで行った人です。その男はその後、尾津島局長にアルゼンチンだかどこだったかジェトロの出先に飛ばされたはずですよ。もっともそんなたちの悪い役人でも本省の課長になれるんですから、役人も悪くありませんね」

「人間なんていうのは、いちど怠惰に流れたらどこまで流されるかわからんぞ。キャリアもノンキャリアもないかもしれんな。大和鉱油に役人の天下りがいないのは、あんがい社主が役人の傍若無人ぶりを承知しているためかもしれないね。純血主義というか、そんなところにも大和の生き方の良さを感じるね」

松山が感じ入ったように言った。

大和鉱油は閉鎖社会を構築しているに過ぎない、と田崎は思い、ＭＩＴＩの役人からは大和をクソミソに言われ、松山と新井は一部の役人の腐敗ぶりをあげつらう。目くそ鼻くそを笑うたぐいではないか、と田崎は内心おかしくてならなかった。

「田崎、おまえなにか言いたそうだな」

松山が、田崎がかすかに冷笑したのを眼の端にとらえたらしく、絡んだような言い方をした。

「べつにそんなことはありませんが、たちの悪い役人はいつの世にもいると思います。しかし、それは役人の世界に限らず、民間企業だって同じことですよ。人さまざまで世の中にはいろんな人間がいるということだと思います……」

話しながら、どこかで聞いたことがあるせりふだな、と田崎は酔った頭で考え、そうだ広瀬政子だ、と、すぐに思いあたった。懐かしさが田崎の胸を満たしたが、彼は話をつづけた。

「石油工業部の体質は一朝一夕にできたわけではないと思います……」

これは宮本の受け売りだなと、田崎は考えながら自分なりにモデファイして言った。

「長い間にドロ臭い体臭を身につけてしまったわけですが、競争で役人をだめにしたのは業者のほうかもしれません。しかし、いまはイメージチェンジの最中かもしれませんね」

「ふーん、きいたふうなことを言うじゃないか。すると、おまえも小なりとはいえその片棒をかついでいるわけか」

松山が眼鏡の奥の金壺《かなつぼ》まなこを鈍くひからせ、いよいよ絡んできた。

「あるいはそうかもしれません。でも接待したりされたりはどこの世界にもあることです。大切なことは程度の問題であり、けじめの問題ではないでしょうか。いま、われわれだってこうして会社のカネで酒を飲んでいるじゃありませんか。どこまでが公でどこまでが私だか知りませんが」

言ってしまって、田崎はしまったと思った。

「生意気を言うな」

こめかみのあたりに青筋をたてて、松山が咆哮《ほうこう》した。

「おまえは、言ってみれば執行猶予の身だぞ。大和精神のなんたるかもわからんくせに、なにかといえば東大出を鼻にかけやがって。クビになるところを俺がつないでやったんだ」

田崎はカッと頭に血がのぼり、われ知らず激しあがった声になっていた。

「僕がいつ東大出を鼻にかけましたか。僕がいつクビになるところを部長に助けてくれなんて言いましたか。だいたいおかしいじゃありませんか、大和には首切りがないはずです。どうせ僕は落第生かもしれませんが、いくら松山さんでもそんな言い方をされて黙っているわけにはいきません」

「田崎、よさんか」

新井が止めなかったら、田崎は松山にほっぺたをひっぱたかれていたかもしれない。

「松山さんはおまえのことを心配しているからこそ、こうしてつきあってくださってるんじゃないか。利口なおまえがそんなこともわからんのか。『あさかぜ』で帰れるところを、あすの七時の新幹線に切りかえたのはなんのためだと思ってるんだ。さあ、松山部長にお詫《わ》びするんだ」

田崎はわけがわからないうちに後頭部を新井に押しつけられるようにして、つんのめるような恰好《かっこう》で頭を下げさせられていた。

単細胞の上に多血質ときているから始末が悪い、と田崎は腹の中で松山に悪態をついた。

気まずい顔で、松山が冷めた盃《さかずき》の酒を喉《のど》に流し込んだ。

「だいたい東大出はむかしから理屈ばかりこねて、動きが鈍くていけませんね。これなんか、ましなほうですよ」

新井がすかさず銚子をとって、機嫌をうかがうように松山の猪口《ちょこ》に酒をついで、つづけた。

「とくに一高、東大出身のやつはなにかといえば、すぐにこれみよがしに同窓会名簿だか卒業生名簿をめくりたがるからかないませんね。そんなやつに限って、お体裁ばかりつくろって仕事ができないときている。私の中学のクラスメートで一高、東大の同窓会名簿をいつも手提げカバンに入れて持ち歩いているのがいますが、どこそこの誰は一高が何年で東大は何年の卒業だなんて同窓会名簿をひらひらさせながらやるんですから、やりきれません。一高、東大の誇りだけで生きてるようなやつです」

松山が真顔で言った。

「東大病というやつだな。それにつけてもウチの社主は偉大な人だなあ。新入社員の入社式で必ず〝卒業証書を捨てよ〟と訓示する。学問にたよるな、人間以外のものにたよってはいけない、学問に引きずられてはならん、ということだが、この言葉を肝に銘じておく必要があるな」

「田崎よく聞いておけ」

新井が改まった調子で口を添えた。さすがに新井は大和鉱油の申し子と言われるだけのことはあった。

松山はすっかり機嫌を直していたのである。

田崎は、東大出のエリート意識をくすぐるものが大和鉱油にはあるまい、といつだったか通産省の宮本から心の中を見すかされたように言われたことを思い出していた。大和鉱油に入社した動機などはとりたててない、ただなんとなく、と田崎は思いたかったが、すこし毛色の変わった会社だが、役員にも社員にも東大出が殆《ほとん》ど見当たらないから、俺のようなものでもなんとかつとまるかもしれない、といった打算めいたものもあったのではなかったか。財閥系の化学会社や大和鉱油以外の石油会社は東大出身がゴロゴロしていて、そんな中でコンペティションをやりたくない、といったひるんだ気持ちがあったことが俺を大和鉱油に走らせて、いま深い後悔に苛《さいな》まれている。裏を返せば人並みに東大出のエリート意識をもちあわせていたからこそ大和鉱油を選択したのではないのか——。田崎が考え込んで黙っているのが気にいらないらしく、松山がまた絡んできた。

「おまえ専門学校出の俺を馬鹿にしているわけだな。俺のような下司《げす》とは口もききたくないというわけか」

「そんなことはありません」

田崎は気弱なかすれたような声で返した。

新井が追従笑いを浮かべた。

「松山さん、口なおしに銀座に出て一杯やりましょう」

「田崎に公私混同なんて叱られやせんか」

松山が厭味《いやみ》たっぷりに言った。

「大和鉱油は大家族主義ですから、たまには盛大にやるのもいいじゃありませんか。手のうちを言いますと、MITIがあんなふうなので交際費が余ってるんです。軽くめしを食って出かけましょうか」

「そうだね。のり茶をもらおうか」

松山は他愛なく相好をくずした。

「田崎、下へ行ってたのんできてくれ。白菜の新香があったら、それもたのむ」

「はい」

田崎は神妙に返事をして、腰をあげた。

「あいつ、見込みはあるかね」

松山が、田崎が出て行った襖《ふすま》のほうを顎《あご》でしゃくった。

「大和の水にはなじまないところはありますね。どこやらのお嬢さん並みにおんば日傘で蝶《ちょう》よ花よと育てられて、いまだに乳離れしない根性の足りないところはありますが、それでも仕事のほうは慣れてきたようですよ。青白きインテリはウチではつとまりませんからね。ああいうのを使っていくのも楽じゃありませんが、これでも手取り足取り一生懸命気合いを入れてやっているつもりです」

松山が吐き捨てるように言った。

「まさか蒲柳《ほりゅう》の質というわけでもあるまい。大いに鍛え直してくれ。まあ、きみにあずけておけば安心だ。八木《やぎ》取締役もなんとか技術屋として大成させたいらしいが、組合なんかに関心を持っているようじゃ話にならんよ」

「目下のところは、石油労連と連絡をとっているふしもないようですし、田崎みたいなタイプがアカに染まるなんてことは、どうもぴんときませんが」

「猫をかぶってるんだろう。オペレーターの連中に、まず懇親会をつくろうなどと知恵をつけたくらいのやつだから油断できんよ」

「技術屋としてはどうなんですか。事務屋の私にはわかりませんが。排脱関係ですっかり男をあげたと思ってたんですがね」

「運がよかっただけのことだろう。そりゃあ、仮りにも東大の応化を出てるんだからな。実はきみも知ってるだろうが、ウチの排脱技術が外国にかなり売れそうなんだ。アメリカのU社の採用が確定したために、三つ四つばたばたっと決まるかもしれない。

そうなると技術屋の数を確保するだけでも大変なことになる。田崎はウチの第一号機で設計から建設までタッチしてたからな」

「それじゃしばらく私のところへあずけてもらい、みっちり鍛えなおして、また松山さんのところへお返ししますよ。ともかくせっかく、いまの仕事が慣れてきたところですからしばらく私にまかせてください」

新井が胸を張ったとき、階下からついでに放尿をすました田崎が女将《おかみ》を伴って戻ってきた。

「雪はやんでるようですけど、外は寒いですよ。きょうは大和さんに貸し切りのつもりなんですから、ゆっくりなさってくださいよ。さあお熱いのをおひとつどうぞ」

女将が松山と新井に酌をした。

「あなたもどうぞ」

田崎にも銚子を向けてきた。

「田崎さん、私も一杯いただきたいわ」

若づくりの色っぽい女将に流し眼を送られて、田崎はあわてて猪口を杯洗に浸《つ》けてから差し出した。

「ママ、田崎、田崎ってなんだい。ひがむぞ。だいたい、きょうアレンジしたのはこの私ですよ。いくら田崎が若くてハンサムだからって、こいつばっかり贔屓《ひいき》することはないでしょう」

「そりゃあ、こんなおばあちゃんでも女ですからね。男前の若い人には弱いですよ」

女将はやり返した。

「おばあちゃんなんてご謙遜《けんそん》。ここのところまた一段ときれいになったみたいだぜ。若いツバメでもできたのと違う？　年恰好《としかっこう》からいえばママと私とちょうど似合いなんだがな。やっぱり頭が薄くなっちゃだめか。ほんとうにカツラでもかぶれば、私もぐんと若返るんだがなあ」

「カツラって言えば最近はいいのがあるそうよ。使用前、使用後の広告写真を見ると、本物の髪の毛そっくりですものね」

「ちぇっ、使用前、使用後とはくさらせるなあ」

咄嗟《とっさ》に話題を変えて軽口がたたける新井がうとましいのか、松山がにがり切った顔で言った。

「そろそろ退散しようじゃないか」

「松山さんは相変わらず仕事一途《いちず》ですね。東京にいたころとぜんぜん変わってないわ。でも偉くなるには、よく遊ぶことも必要ですよ。それより石油屋さんには恨み骨髄ですよ。石油危機のときは、たっぷりある油を売り惜しんで、値をつりあげ、やたら頭《ず》が高くなって、ウチの板前《いた》さんが、あのやろうたちただじゃおかないってカンカンに怒ってたのをいまでも覚えてるけど、今度はもみ手しながら売りにくるわりには、値段のほうは上がる一方でしょう。いったいぜんたい、どうなってるのですか」

年増《としま》の女将に歯切れよくぽんぽん言い放たれて、松山はしらけきった顔で、憎まれ口をたたいた。

「相変わらず口の減らないばあさんだな。原油の輸入価格が上がってるんだから、しようがないだろう。ウチなんか何百億も赤字を出して青息吐息だよ。文句があるんならアラブの王様にでも言ってくれ」

仲居がのり茶を運んできたが、田崎は「家が遠いのでお先に失礼します」と申し出た。

5

「先輩をおいて先に帰るやつがあるか。それでもおまえは大和鉱油の社員か」

松山の手前をつくろう新井に盛大にどなりあげられて、田崎は銀座まで来てしまった。

時間は九時半をまわったところで、銀座のバー街は盛りのはずだったが、先刻までの雪と不景気のせいか間が抜けたように静かだ。

「しばらく来ないうちに銀座もさびれたねえ」

松山がびっくりしたくらいだった。

「そんなことはありませんよ。店によってはけっこう混んでます」

新井が見てきたようなことを言ったが、それがぴったり当たって、並木通りのビルの地下にあるクラブ〝美保〟は客が四組も狭い店内にひしめいていた。格別趣向を凝らしたわけでもなく、粒よりの美人のホステスをそろえているわけでもないが、ワイヤレスマイクを客のテーブルにまわして歌が唄《うた》える仕かけになっているのと、ホステスが素人くさいのが受けているらしく、けっこう客ダネに恵まれ、常連が足繁くかよってくる。十人ほどいるホステスの何人かはある新劇の劇団の研究生で、アルバイトのつもりか遊びに来ているつもりか、客あしらいもなにもなく、地のままで一緒になって唄ったり騒いだりするのがかえって客にうけているふうでもあった。

きらびやかなドレスをまとって、厚化粧をほどこしたホステスをはべらせる成金趣味のキャバレースタイルではなく、衣装も髪や化粧についてもうるさくないらしい。

みんな思い思いのふだん着のような小ざっぱりした身なりをしていた。客が唄い出すと、アルバイトの女性のピアニストが伴奏をしてくれる。

田崎もこの店の雰囲気は好きだったが、新井が贔屓にしているので、二度新井と来ただけでなんとなく避けていた。

新井が勢いよく肩でぶつかるように〝美保〟の重い扉を押しあけると、先客とホステスたちの合唱を、なまぬるい澱《よど》んだ空気とともに店外にいる田崎の許《もと》へ運んできた。新井がお目あてのホステスを眼で探すまでもなく、その女が目ざとく新井を見つけて飛んで来て、三人を奥のボックスに導いた。

女が舌たらずのような甘ったれた口調で言った。

「新井ちゃん、うれしいわ。なんだか、カズミ、きょうあたりお顔を見せてくださるんじゃないかなあなんて、気がしていたの。こういうのテレパシーっていうのかしら」

「私もゆうべカズミちゃんの夢を見たよ。もちろんふたりで寝た夢だ。たしかに一発やらかしたはずなんだが、夢精してないんだ。トシかね」

新井はテーブルにつくなり調子を合わせてそんな口から出まかせを言って、松山の顔をうかがいながら舌を出した。

「ひどーい。新井ちゃんってエッチねえ」

カズミが肩をぶとうとするのを新井は素早くよけて、ウインクしてみせた。

「つまり、きみとそうなりたいっていうことさ」

おしぼりを三人に順ぐり手渡しながら、別のホステスが言った。

「新井さんとカズミちゃんじゃ、ぜんぜんイメージが違うわ。カズミちゃんは八頭身だから、こちらのお若い方にぴったりね」

「やけにはっきり言いやがる。どうしてこう田崎ばっかりもてるんだろう。実際不愉快だ。この際、言っておくがこいつは坊やみたいな顔してるが、独身じゃないぞ。子供はいないが、れっきとした美人の奥さんがいて絶対に離婚の可能性はないが、その点俺はその可能性が大いにある」

そこまで言って、新井はむすっとしている松山に気がついて、話題を変えた。

「松山さん、歌でも唄いましょう。マイクをまわしてくれ」

松山は新井のはしゃぎようが癇《かん》にさわるのか、憮然《ぶぜん》としていた。

田崎はすきっ腹に酒をすごしたせいで胸がむかむかしていた。

ボーイがＡＲＡＩのネーム入りのウイスキーのボトルとアイス、ミネラルウォーターなどを運んできた。カズミが手ぎわよく水割りをつくる。

先客の四人連れがどやどやと帰って行ったので、田崎はがまんしきれなくなってトイレへ立った。指を口に突っ込んで強く舌を押すと、胃の腑《ふ》におさまっていたものが一気につきあげてきた。田崎は吐瀉《としゃ》物を流し、念入りにトイレットペーパーで便器のまわりの汚れをふきとった。

東京へ転勤して来て酒の席へ出るようになってから、田崎はよくそうした目にあっている。たいして飲んでいないつもりでも酒を殺して飲んでいるのがいけないのか、宿酔《しゅくすい》でどうにもならない胸悪さと頭痛で死ぬほど苦しい思いをしたことが何度かあった。吐き出すものはすべて吐き出しても胸のむかつきが治らず、無理に吐こうとすると黄色の胆汁がつきあげてくる。そのときのにがさ、鳩尾《みぞおち》のあたりをわしづかみにされたような苦しさといったらない。涙がこぼれ、いくら嗽《うが》いをしても口の中にひろがったにがみがとれず、どうして俺はこんなむごい仕打ちに合わなければならないのか、と田崎は誰かを呪いたくなったことさえあった。

田崎は胸がすっきりして元気が出てきた。トイレから出ると、松山がマイクを両手で握りしめるようにして唄っていた。〝学徒出陣の歌〟という軍歌で、製油所にいたとき聴かされていたのでメロディには聴きおぼえがあった。

当人は顔を真っ赤にして懸命に唄っているが、ただ声を張りあげるだけで、とても歌などといえたしろものではない。それを二番まで聴かされるのだから、たまったものではなかった。つづいて新井が万朶《ばんだ》の桜で始まる〝歩兵の本領〟を唄って気勢をあげたが、松山ほどではないにしても、これも相当なものだ。

ふたりが肩を組んで〝戦友〟を唄いはじめたとき、田崎の脇に、別のホステスが割り込んできた。

「私もお仲間入りさせてください」

「どうぞ」

「マサコといいます。よろしくおねがいします」

ベージュ色のスーツを着ているその女は田崎の耳もとでささやくように言った。

田崎はドキッとした。〝美保〟は三度目だが、初めて見る顔だった。広瀬政子の瑞々《みずみず》しい顔が田崎の脳裡《のうり》をかすめ、その女の顔にかさなった。

「マサコって本名ですか」

田崎は松山たちに気取られないように小声で訊《き》いた。

「ええ」

女がうなずくのにかぶせるように、田崎がひそめた声で言った。

「マサはどういう字」

「みやびやか、優雅の雅です」

「そうですか、こっちは政治の政、まつりごとだけど……」

「ありふれた名前ですから、奥さまと同じかしら。正しい、政《まつりごと》、日を二つかさねた昌《まさ》、真実の真をつけて二字で組み合わせたマサ、いくらでもありますわ」

熱い息を耳朶《みみたぶ》にふきかけられて、田崎は頰を染めた。さっきまでの胸のむかつきが嘘のように気持ちが弾んできた。そういえば心なしか広瀬政子と〝美保〟の雅子は眼のすずやかなところが似ているように思えてくる。

あの娘《こ》はどうしているだろう、と田崎はひそやかな思いで遠くを見るような眼をした。

〝戦友〟はまだ続いているが、田崎の耳に入らなかった。

「田崎、なにをこそこそやってるんだ。今度はおまえの番だぞ」

新井がテーブルをへだてた真向かいの田崎にマイクを放り投げてきた。田崎は現実にひき戻された。

「僕はだめです。軍歌は知らないので……」

田崎が隣の雅子にマイクを返そうとすると、松山がわめくように言った。

「誰が軍歌じゃなければいけないと言った。ぐずぐずせずに唱歌でもなんでも、さっさとやれ」

田崎はちょっともじもじしていたが、思い切ってマイクを手にし、〝野ばら〟を原語で唄いはじめた。学生時代コーラスで鍛え込んでいる、音程をしっかりとらえた見事なテナーであった。騒々しかった店内が静かになり、韻を踏んだドイツ語がピアノに乗って美しく流れた。

雅子がハミングでついてくる。

気持ちが弾んでいる勢いと、雅子へのほのかな見栄《みえ》で、田崎はゲーテの詩をくちずさみたくなったが、とたんに軽い後悔をおぼえていた。松山も新井も興ざめした顔で、不味《まず》そうに水割りを舐《な》めているのが眼に入ったのである。

田崎は中途でやめるわけにもいかず、最後まで唄《うた》ったが、まわりの席から拍手され、よけい居心地がわるくなった。

「すてき、田崎さんって見直したわ」

新井にしなだれかかっていたカズミが姿勢を直して、おおぎょうにいつまでも拍手した。

「素晴らしいわ」

雅子が田崎だけに聞こえるように、だが情感を込めて言った。

「もう一曲おねがいします」

別の席でホステスの誰かの声がした。

田崎は、松山と新井の神経をさかなでしたのではないかと気をまわし、それが一方で得意気な気持ちとないまぜになって、アンバランスな感情になっていた。気取って原語で唄うなんて、気障《きざ》で脆弱《ぜいじゃく》なやつだと軽蔑《けいべつ》されても仕方がないな、と田崎が思ったのと同時だった。

「そんな女々しいのじゃなく、もうすこし元気のいいのをやれよ」

新井が、意にそまないでブスッとしている松山の胸中を忖度《そんたく》して、田崎にあびせかけてきた。

「課長、そろそろ電車がなくなるので、これで失礼させてもらいます。松山部長、きょうは遅くまでいろいろありがとうございました」

田崎は、われながら唐突な感じがしたが、テーブルにマイクを置いて起《た》ち上がった。これ以上ぐずぐずして気まずい思いをしたくなかったのである。

カズミと雅子がひきとめにかかったが、田崎は腰をおろさなかった。

「きょうはごくろうだった。松山部長は私が四谷寮にお送りする。われわれもぼつぼつ退散するよ」

新井が鷹揚《おうよう》に言い、松山は黙って右手をあげた。

雅子が田崎のバーバリーのコートを持って後から階段を昇って外までついてきた。

「田崎さんは背がお高いのね」

雅子は背伸びして、田崎がコートを着るのを手伝ってから前にまわった。

「きょうはたのしかったわ。また、お目にかかれるといいのですけど」

田崎を見上げるようにして、まばたきした。

やや小柄だが、眼鼻だちが大づくりで、面長の美人だった。田崎には広瀬政子に面影が似ているように思えて仕方がなかった。

田崎は名刺を出したくなったが、それを我慢した。

「また来ます」

田崎はうしろを振り返りたいのもこらえて、どんどん歩いた。

第三章　二人のマサコ

1

とりちらかしたキッチンの食卓の上に大皿に盛ったナポリタン風のスパゲティとインスタントのポタージュスープが耐熱ガラス製の鍋《なべ》の底のほうに沈んでいた。信子はおよそ家庭料理などに頓着《とんちゃく》するほうではなく、休日に限らず平気で夕餉《ゆうげ》を店屋もので間に合わせかねない女だった。

帰宅が遅くなり夕飯を外で済ませてくると電話ぐらいしておくべきだった、と田崎は思いながら、流しの前で嗽《うが》いした水を吐き出そうと顔を落としたとき、食卓椅子の上の白い封書が眼についた。

田崎はそれをひろいあげて、まさしく自分宛の手紙であることを確かめ、裏を返してドキッとした。その掌《て》に量感を伝える部厚い手紙の差し出し人は広瀬政子だったのである。

偶然とはいえおかしなめぐりあわせだと田崎は思い、またしても二人のマサコの顔がだぶって眼に浮かんだ。

女性にしてはすこし硬い感じだが、几帳面《きちょうめん》なきれいな字がならんでいた。田崎は胸をどきつかせながら封書を開こうとした次の瞬間、頭に血が逆流した。なんと恥知らずな女だろう。開封し、それを隠そうともせずにそのままにしておく神経は、もはや異常というほかはない。田崎は、奥の部屋で寝ている妻を叩《たた》き起こして、横っ面を張り倒してやりたい衝動にかられた。田崎は怒りと寒気にふるえる手で封筒から手紙をとり出した。

田崎さん、お元気ですか。本社に転勤なさって四カ月ほどになりますが、お仕事にもすっかり慣れ、さぞ御活躍のことと拝察いたします。

実は二月二十日付で秋元さんが会社を辞めることになりました。それで、田崎さんにお手紙をしたためる気持ちになったのです。

本当は去年十月に田崎さんが東京へ行かれて間もなく、私たちが田崎さんを誤解していたことが判ったのですから、すぐお詫《わ》びかたがたお手紙を差しあげるべきでしたし、御年賀状をとも考えたのですけれど、ついつい出しそびれてしまいました。

あのときどうしてすぐに、そのことに気付かなかったのか、まったく迂闊《うかつ》でしたが、田崎さんがそんな卑劣漢であるわけはないと思いながらも、田崎さんの本社への転勤と結びつけて、勝手にそう考えてしまったのです。ところが、栄転だと思い込んでいたのは私たちだけで、実際は左遷だということを事務部の大村さんから聞かされ、本当にびっくりしました。大村さんは「田崎君は大和イズムを勉強しなおす必要があったのだ」と言っていましたが、私たちにひとことの弁解もなさらずに本社に転勤なさって行った田崎さんに申し訳ない気持ちでいっぱいです。

あのころの田崎さんの物悲しそうな顔が眼に浮かび、なにも知らないでつんつんしていた自分がいまさらながら恥ずかしくなります。

田崎さん、本当にごめんなさい。私たちの思慮のなさから貴方《あなた》に大変御迷惑をおかけしたことを心からお詫びします。

秋元さんは「大村なんかに話をしたことはゆるせない」と、いまだに怒っていますが、内心は、そんなこととは無関係に労組の結成など思いもよらなかったことがよく判っているようです。

秋元さんが会社を退職するのは、依願退職という形がとられていますが、やはり居心地が悪くなったのではないでしょうか。

おもてむき会社は慰留したと言っていますが、有形無形の圧力がかかっていたように思われてなりません。その点、私は女性なので大目にみてくれているのかどうか判りませんが、会社からなにも言われていません。それを良いことにして図々《ずうずう》しく居すわっています。大村さんも私には意地悪をしませんが、あの人は私たちの組合運動の芽を摘み取ったことを誇らしく思っているようです。私たちとは人生観が違うと言うべきなのか、私たちの考えが間違っていて、あのような人が正常なのかよく判りませんけれど……。

ただ、私が不思議に思うのは、かつて秋元さんたちの運動に理解を示し、共鳴した人たちまでが、秋元さんの退職について全く無関心なことです。あるいは無関心をよそおっているのかもしれません。熱が冷めてしまって、抜け殻みたいになってしまったのか、自分たちの無力感をしみじみとあじわっているのか、そこのところは判りませんが。

もちろん、私にはいまだに大和精神、大和イズムなるものが理解できません。その中で個人の考えやイデオロギー、人間の尊厳をどう位置づけたらよいのか。いろんな人間を同じ枠の中にはめこんでしまうのが良いことなのでしょうか。それにしても、あの出来事は私たちがなにか悪い夢でも見ていた、ただそれだけのことなのでしょうか。

ところで秋元さんは川崎の石油会社に就職が決まっていると聞いていますが、なまいきを言うようですけれど、秋元さんはすこし激情家ですから、新しい職場で新しい仲間の人たちとうまくいけばよいのですが、などと気を揉《も》んでいます。

私は間もなく二十三になりますから、そろそろ片付かないことには家の者がうるさくて仕方がありません。でも、私のような者ではお嫁の貰《もら》い手がありませんわ。田崎さんのように素敵な方で、私のような者をお嫁にもらってくださる奇特な方にめぐりあえることを念じているのですけれど、そんな夢みたいなことをいっても仕方がありませんわね。

東京に学生時代のお友達が大勢いますので、一度上京して、就職探しをしようかなどと考えたり、父に義理だてして土地の方とお見合いしてみようかしらと思ったり、とても落ち着かない気持ちです。

機会がありましたらいちど田崎さんにもぜひお会いして、いろいろお話をお伺いしたいと思っております。

まだ寒い日が続いておりますので、お躰《からだ》を御大事になさってください。

奥さまにくれぐれもよろしくおったえくださいませ。

二月×日　　　　政子拝

田崎は胸に熱いものがこみあげてきた。読み終わって田崎はスーツの内ポケットにそれをしまい、大切なものをいとおしむように上からそっと押さえながら、放心したように食卓の前で立ちつくしていた。寒さが足底から這《は》いあがってき、彼は着たままのコートの襟をかきあわせたが、胸の中はあたたかいものが流れていた。

あの娘はわかってくれていたのだ、それだけで充分だ。そう考えると、妻への怒りが薄れ、政子への想いが募った。だが、それもつかの間で、田崎は現実にひき戻された。

襖《ふすま》の向こうで信子の声がした。

「どうしたの。こんなに遅く。それならそうと電話ぐらいかけてくれてもいいじゃないの」

信子にものうげな口吻《こうふん》だが、非難がましく言われて、田崎の心に怒りがまい戻ってきた。田崎は粗雑に襖をあけた。

「静かにしてよ。いま何時だと思ってるの」

「きみは信書の秘密ということを知らないのか」

「おおげさなこと言わないで。なによ、それぐらいのことで血相変えて。私に読まれて都合の悪いことでも書いてあるんですか」

田崎のけんまくに臆《おく》することなく、信子はかけ蒲団《ぶとん》を剝《は》いで、上半身を起こして挑むように言った。

「誰がそんなことを言った。気持ちの問題なのだ。きみに隠しだてするようなことは何もない。心の問題を言っているのだ。もういい、うんざりだ」

田崎はコートやスーツやネクタイをそのへんに脱ぎ捨て、パジャマも着ずに寝床の中にもぐり込んだ。

「あなた、そんなに怒るなんて、ほんとうになんだか変よ」

「きみのような恥知らずな女は顔を見るのも厭《いや》だ」

田崎は、信子に背中を向け、蒲団をかぶった。

ややあってから、信子がくぐもった声で言った。

「寝入りばなを起こされて、なかなか寝つかれないわ。あなた、もう生理、終わったのよ。そっちへ行ってもよくて」

田崎の返事がないのは、了解し妥協したがっている証拠だ、と信子は勝手に解釈して、田崎の寝床に裸体をすべり込ませてきた。

「お蒲団がまだあたたまってないから、寒いわ。私があっためてあげる」

それは信子の常套《じようとう》手段であった。田崎は躰のほうがいうことをきかず、たいていは受けいれてしまうのだが、信子が田崎の背中を乳房で押しつつむようにぴったり躰を密着させ、呼吸を速めながら、左手を田崎の中心部に這わせてきた。

「ふざけるな」

田崎はじゃけんにその手を払いのけ、依怙地《いこじ》に躰を動かさず、じっとしていた。

「私たちは夫婦なんだから秘密を持ち合うなんて私は厭。あなた、広瀬さんに変な気持ちがあるから、よけい怒ってるのね。なんでもなければそんなに怒るわけはないわ」

おまえはどうなんだ。俺に秘密がないとでもいうのか。勝手なことをしていない、不貞をはたらいたおぼえはないといえるのか。田崎は喉《のど》まで出かかったが、それをのみ込んで頑固におし黙っていた。

田崎がうとうとしかけたとき、信子が蒲団から這い出してゆく気配がしたが、彼はそのまま眠りにひきこまれていった。

2

朝まだき、田崎は下腹部に熱いものを感じて思わずハネ起きた。快感の余韻が身体の芯《しん》に残っていたが、くらがりの中で急いですててことブリーフを脱いだ。それは、実際びっくりするほどおびただしい量だった。

夢のなかで女とまじわったことはまがうべくもないが、朦朧《もうろう》とした頭でいくら考えてもそれが広瀬政子なのか、〝美保〟の雅子なのか判然としなかった。あるいは、ふたりといっぺんに躰をまじえたのかもしれない。田崎はひと知れず赤面した。

田崎は下着を入れた洋箪笥《ようだんす》の抽出《ひきだ》しから手さぐりで着替えを出して、もぞもぞと蒲団の中ではいた。

腕時計を闇にすかしてみると、蛍光塗料で鈍く光る針が五時三十分を差していた。ふと松山の顔が眼に浮かんだ。けさ七時の新幹線で中国製油所へ帰ることが思い出され、田崎は咄嗟《とっさ》に松山を見送ろうと心に決めた。昨夜、松山につっかかったことを気にしていたのだ。

田崎は洋箪笥から紺のスーツをハンガーごと取り出し、ついでにワイシャツと靴下を抱えて、そっと隣の四畳半に移動した。箪笥を閉めるとき、信子が寝がえりを打ったが、眼を覚ました気遣いはなかった。田崎は用心ぶかく襖を閉め、電気をつけた。

田崎は寒さにぶるぶる震えながら外出の仕度にかかった。

昨夜、脱ぎっぱなしにしたままのグレーのスーツをひろいあげ、政子の手紙を移しかえた。

田崎は自分のことはタナにあげて、それを片づけようともしない妻を憎悪した。どうせいつまでもいぎたなく惰眠を貪《むさぼ》っているような女だ、と信子への憎しみを増幅させながら、田崎は凍りつくような水道の水で顔を洗い、歯を磨いた。そしてかじかんだ手で頭を撫《な》でつけながら社宅を出た。

田崎は汚れた下着をくるんだ新聞紙の包みを忘れなかった。眠気はとうに覚めていた。

いてつくような寒気のためか頭はさえ、吐く息が白い。きのうの残りの雪が凍って、アスファルトがスケート・リンクのように滑った。田崎は爪先《つまさき》に力を入れ、ころばないように用心深く足を運んだ。すまじきものは宮仕えというところだな、と田崎はみじめな思いもしていた。

横浜に出る私鉄の希望ケ丘駅のホームで、誰かに見とがめられはしないかと気遣いながら、田崎は包みを屑籠《くずかご》に捨てた。

横浜駅で横須賀《よこすか》線に乗り換え、ホームの中央で下車して、東京駅の十九番線ホームへ階段を昇り切ったところが、ちょうど七時発の「ひかり」のグリーン席のある十一号車と十二号車の停車位置の近くにあたっていた。

松山や新井などの古参社員はグリーン車を利用できる身分なので、そのいずれかの車輛《しゃりょう》に乗り込むはずだと見当をつけて、田崎はエスカレーターをかけ上がるようにして発車五分前に息せき切って、そこへたどりついたのである。

しかし、松山の姿は見当たらなかった。念のために車内に入って探してみたが、やっぱりいなかった。まだ時間があるから、ギリギリにかけつけてくるのかもしれないと思いながら、田崎は九号車から順を追って普通車のほうへ歩いて行った。田崎の眼が五号車のデッキの前の松山をとらえたのと、発車一分前を告げるベルを聞いたのとほとんど同時だった。

田崎はハッとして足が竦《すく》んだ。新井と、田崎と同年次で技術部の水谷《みずたに》勇が見送りに来ていたのだ。

二人の中年男は寝不足と深酒のためかいくぶん顔がむくんでいたが、にこやかに談笑していた。一歩距離を置いて水谷が笑いながら二人の話を聞いている。田崎はなぜか二、三歩あとじさった。

ベルが鳴りやみ、松山の姿が車内に消えた。

新井がさかんに手を振っている。「ひかり二三号」は定刻どおり発車し、複雑な思いでホームの隅っこに佇《たたず》んでいる田崎を黙殺して、あっという間に遠ざかった。

朝が早いのにつぎの七時十五分発の「ひかり」が同じプラットホームの十八番線から発車するため、乗客がつぎからつぎへとくりだしてくる。人の波にさえぎられて、田崎は新井と水谷の姿をたちまち見失ってしまった。

どうして俺は素直に松山たちのところへとび込んで行けなかったのだろう。新井と水谷に先を越されたからといって、なぜ躊躇《ちゅうちょ》しなければいけないのか。情緒不安定というのか、どうかしている、と田崎はわれながら不可思議な心理状態の説明がつかなかった。

田崎は遣《や》り場のない打ちひしがれたような気持ちですごすごとホームの階段を降りて行った。無意識に握りしめていた入場券が汗で印刷インクがにじんで原形をとどめておらず、改札口を通過するとき駅員が胡散臭《うさんくさ》そうな顔をした。

田崎は駅の売店で新聞を買って、丸の内北口の待合室で時間を潰《つぶ》した。ほかに適当なところが思いつかなかった。粗末なベンチに腰かけて新聞をひろげてみたものの、活字に眼がうわすべりするだけで、頭に入ってこない。待合室は人影がまばらで、節電のためか早朝のせいかスチームがきいておらず、みんな外套《がいとう》に顔を埋めるように身をこごめていた。

田崎はひとしお寒さがこたえた。寝ぐせのついたままのぼさぼさの頭髪、見苦しい髭《ひげ》づら、寝不足の濁った眼。田崎は自分がみじめになって、早々に待合室を出た。ゴルフバッグを背負って、いそいそと改札口に急ぐ男とすれちがった。ラッシュ前でまだ人通りは少ない。

田崎は閑散とした丸の内のビル街を、オフィスのある日比谷に向かって、背中をまるめてとぼとぼと歩いた。ゆっくり歩かなければ時間がもたない。風が冷たくて鼻づらがツンツン痛い。街路樹の枯葉が絡みつくように頬に張りついた。田崎は、そのまま十歩ほど枯葉を運んで歩いた。

愚かな俺が猛烈社員を気取ったところで、たかが知れている、うまく立ちまわろうなどと考えること自体ナンセンスだ、そう思うと自嘲《じちょう》めいた笑いがこみあげてくる。躰《からだ》の中を寒風が吹きすさぶような索莫《さくばく》とした心地だった。

3

八時に田崎がオフィスに入って十分後に新井が悠然とあらわれた。先刻、新幹線のホームで見かけた顔が嘘のように生気があった。

ほかの課ではすでに出勤している者もいたが、調査課ではふたりきりだ。

「おはようございます。きのうはありがとうございました」

「おう、気合いが入っとるな……」

これは新井の口ぐせで、気合いが入っとらん、気合いを入れてやると、叱咤《しった》された覚えはいくどもあるが、褒められたのはこれが初めてかもしれない。

「きのう遅かったにしてはよくこんなに早く出てこれたな。それにしても髭《ひげ》ぐらい剃《そ》ってきたらどうなんだ。おまえ、まさか家に帰らなかったわけじゃなかろうな」

新井は、小ぶとりの短軀《たんく》を斜に構えて田崎を眺めまわした。

「時間を間違えてあわてて飛び出して来たものですから。あとであたります」

田崎は起立した姿勢のまま、ざらつく口のまわりを掌《て》でこすりながら、自分の気持ちをごまかした。

「ワイシャツは替えてきてるようだな」

新井は目ざとく言って、課長席へ去ったが、着席してからも大声で話しかけてきた。

「田崎も多少大和マンらしくなってきたな。俺も早起きして松山部長を駅へ送って来た。そういえばおまえと同期の水谷も来てたぞ。そのあと時間潰《つぶ》しに東京温泉でひと風呂《ふろ》浴びてきた。二日酔いにはサウナがいちばんだな。水谷が背中を流してくれたが、おまえも水谷なんかに負けないように頑張れよ。あいつはおまえと違って〝駅弁大学〟の出だが、なかなか見どころがある。田崎はきのう松山部長にかみついていたが、ああいう態度はよくないぞ」

新井は湯上がりののっぺりした顔を気持ちよさそうにつるっと撫でた。

なるほど〝東京温泉〟という手があったのか、と田崎はうらめしそうに課長席に眼を遣った。

新井が机の上に新聞をひろげて読みはじめたので、田崎はようやく腰をおろすことができた。

「これはすごいことになったなあ。どのページをめくってもロッキード問題一色じゃないか」

新井はひとりごちて、大部な新聞を気ぜわしげに繰っている。昨夜、帰りが遅く、夕刊を読んでいない田崎にとっても、ロッキード事件は、初めて知った衝撃的なニュースだ。さっき、東京駅の待合室で、朝刊をひろげたときは、それほどショックを受けなかったのに、気持ちが平静になってみると、これはただごとではないという思いがする。

田崎が夢中で新聞の活字を追っている間にほとんどの社員が出勤し、調査課でも八時三十分には全員の顔ぶれが揃う。

社内がざわついている。みんなロッキード問題でもち切りだ。

「おっ、公正取引委員会の委員長がいよいよお辞めになってくださるな」

新聞を読んでいた新井が頓狂《とんきょう》な声を発した。

「これで、石油危機の時の悪役二人がひのき舞台から姿を消すわけだ。さんざんわれわれ石油業界をいじめぬいて。驕《おご》る平家は久しからず、というわけだな」

新井は、誰にともなくうれしそうに言って、席を立った。

八時半から二十分ほどの間、新井は毎朝、測ったように、新聞を小脇に行方をくらます。この男は、排泄《はいせつ》は会社のトイレと決めているらしい。それを待っていたように、田崎の向かい側の葉山《はやま》正夫が間延びした顔で乾電池式の電気カミソリでジージーやりだすのも調査課の朝の光景だ。頭髪はポマードで七三にきれいに分けているくせに、なぜか髭をあたってきたためしのない妙なやつだ。

いつもはうるさそうに顔をしかめる田崎だが、きょうはその電気カミソリをあてにしていた。

そして、八時五十分から課内会議が始まる。

「葉山君、すこし急いでやって、それを僕にも貸してくれないか」

「いいですよ。きょうはどうしたんですか」

田崎は、葉山の悠長な動作にいらいらしたが、葉山のペースはさして改まらなかった。

「髭づらの田崎さんもわるくないみたいよ。奥さんと仲良くしすぎて、寝坊でもしたんですか」

末席の女子社員に冷やかされて、十九かそこらにしては可愛げのない娘だ、と田崎は軽く睨《にら》みながら部屋を出て、階段を一階分だけかけおりた。新井との対面を避けるため五階のトイレへ急いだのだ。

田崎が大急ぎで髭を剃って自席へ帰ったら、

「ちょうどよかったわ。お電話です」

女子社員に受話器を手渡された。

「はい。田崎ですが」

「中野《なかの》だけど、忙しいか」

「中野さんって、どちらの……」

「田崎、何をそんなに緊張してるんだ。東京支店の中野だよ」

「ああ、中野さん。誰かと思いましたよ」

中野は、同じ大学の経済学部を出ていた。

田崎より一年先輩だ。

「すこしはしおたれてると思ったが、元気にやってるそうじゃないか」

「そうでもないですけど、こんなに早くなにごとですか」

「ご挨拶《あいさつ》だな。こうみえてもきみのことを心配してるんだ。鬼軍曹は席にいるのか」

「鬼軍曹って……」

「鈍いやつだな。きみんとこの課長のことだよ。あのおっちゃんには、新入社員教育のときにしごかれたからな」

「いまちょっと席を外してますけど」

田崎はまわりの課員たちにはばかるように声を落とした。

「今晩あいてるか」

「ええ。でも、ここのところ遅いのが続いているので、早く帰ろうと思ってますが。急用ですか」

「そうじゃないけど、たまには田崎を慰めてやろうって、きのう社員食堂でみんなと話したところだ。きみが中国製油所で妙な目にあったことは聞いてたが、慰めていいものかどうか迷ってたんだ。だいぶ落ち着いたらしいから、いちど四、五人でめしでも食いたいと思ってたわけだ。今晩じゃなければいけないことはないけどね」

「けっこうですよ。あまり遅くならなければ」

「そうか」

中野の声が勢い込んだ。

そのとき、新井が手洗いから戻ってきて、課員の面々がファイルなどを抱えて会議室にたって行くのが田崎の眼に映った。

「場所はどこにしよう」

「すみません。会議が始まるんで、後でこちらから電話しますから、場所はそのときに教えてください」

「場所はきみが決めてくれよ。みんなには俺が連絡するから」

中野があわてたもの言いでつづけた。

「きみは立場上、交際費も潤沢らしいからな」

「そんなことはないですよ」

「まあ、そう謙遜《けんそん》するなよ」

「それでは虎ノ門の飯野ビルの地下の中華料理店はどうでしょう。通産省の新館の前のビルです」

田崎は電話を早く切りあげたかったので、仕方なしに言った。

「けっこうだね。会社から離れてるし、へんな眼でみられても困るからな。七時前に集まることにしよう。じゃあ、あとでな」

中野の電話が切れた。

田崎は資料などを整理して会議室に急いだ。

信子と差し向かいで夕食を摂《と》ることの気づまりを回避したい気持ちが、田崎をして中野の誘いを受けさせたのだ。

4

田崎が中華料理店に着いたのは七時ちょうどだった。

アコーディオン・ドアで間仕切りした奥の座敷の丸いテーブルを囲んでいたのは富《とみ》田《た》、鈴木《すずき》、渡辺《わたなべ》、中野の四人で、富田は昭和三十八年の入社だが、鈴木と渡辺は田崎より二年先輩で、いずれも東大文系の出身者ばかりだった。東大で田崎の同期は、中国製油所の事務部にいる大村だけだ。

室内が煙草のけむりで噎《む》せ返るほど濁っていた。煙草をやらない田崎はこれが苦手だ。窓があればあけたいくらいだ。

暖房がきいているうえに、中華料理で躰《からだ》の中をあたためられているせいで、みんな湯上がりのようにのぼせた顔をしていた。

太り肉《じし》の富田などは腕まくりしているワイシャツのボタンを二つほど外して、おしぼりでしきりに首から腕のあたりの汗をふいている。

挨拶してから、田崎も背広を脱いだ。

「わるいけど始めてるぜ。鬼軍曹じゃ何時になるかわからんと思ってね。ロッキードの話題で時間を潰《つぶ》してたところだよ」

中野が吸いさしの煙草を灰皿に投げ捨て、田崎に隣に座れとすすめるように位置をずらした。

「まずは乾杯だ」

先輩格の富田がコップを眼の高さまでもちあげたので、田崎もからっぽのコップを手にした。中野がそこへビールを注いだ。

「ごくろうさん」

「いただきます」

「それじゃあ」

五人は口々に言って、ビールを乾《ほ》した。

中野がテーブルの上のマーボー豆腐を小皿に盛って、田崎の前に回してくれた。円卓は二重構造で上部が自在に回る仕掛けになっていた。

「大村に指《さ》されたという話だけど、きみが中国製油所で労組運動の旗を振ったっていうのはほんとうなのか」

鈴木が度の強い眼鏡の中心部を左手の人さし指で気にしながら、いきなり切り込んできた。

「ケミストのきみが本社の調査課付なんて妙なポストについたんで、なんだかおかしいとは思ってたけど、まさか本気で組合をつくろうなんて考えたわけでもないんだろう」

「田崎君が労組の闘士なんて、およそ考えられん、きみには研究所あたりが似つかわしいとばっかり思ってたが」

渡辺も、中野までが田崎の顔を覗《のぞ》き込むようにして、揶揄《やゆ》的な口調で言った。

「僕が旗を振った、なんて伝わってるんですか」

田崎は、中っ腹で鈴木の眼を見返して、渡辺にも中野にもきつい視線を投げた。慰めてやろうなどと、人を誘い出しておきながら、これでは俺を肴《さかな》にして酒を飲んでいるだけではないか。田崎はひがんだ受けとり方をしていた。

「みんな半信半疑なんでね。そのへんのところをレクチャーしてもらおうと思って、わざわざ集まったわけだ」

渡辺が煙草のけむりと一緒にしれっとした語調で言い、意味ありげに中野と顔を見合わせた。富田だけがじっと田崎を凝視していたが、あとの三人はへんにうすら笑いを浮かべている。そんな彼らに田崎は反抗的な感情になっていた。

「僕は組合問題についてはまったく無関心派のひとりでしたが、いまは違います。はっきり関心を持っているといっていいでしょう。あなた方はどう思っているか、腹の中まではわかりませんが、内心は、心の底では従業員組合はあってもよい、そう思っているような気がしてならないのです。僕もつきつめて考えたわけでもないし、製油所でも相談をもちかけられた程度に過ぎませんが、すくなくとも現場で働く人たちにとっては組合はあったほうがベターだと考えています。その結果が会社にとってマイナスだとばかり考えるのは偏見だと思うのです。むしろ、僕は皆さんの意見が訊《き》きたくて、ここへやってきました」

田崎の返事が思いがけず強い調子のものだったらしく、みんなの表情がひきしまった。

黙って腕組みしていた富田が重い口を開いた。

「田崎君は正直に自分の気持ちをさらけ出したわけだが、はっきりしていることは、大和鉱油においては理屈抜きに労組問題はタブーで、どうしようもない、というのが私の実感だ。われわれより先輩の社員だって、みんなこの問題では頭を悩まし、よるとさわると、かくれて議論した時代もあると聞いているが、とどのつまりは労組問題は手に負えないことがわかって、ある意味では諦観《ていかん》してしまったのだと思う。私は大阪支店で販売をやっているときに古参の高卒の社員に、それでも東大出かと、蹴《け》とばされたことがあるくらいいじめられた。正直いって、私にも東大出のプライドもあるしエリート意識がないといえば嘘になるが、この会社ではそんなものがたいして通用しないことは確かだ。だからこそ、大和鉱油はここまで躍進できたのかもしれないし、そのために専門学校出や高卒の社員がどれほど励みになったかしれない。東大出の私が言うと気障《きざ》に聞こえるだろうが、それが当社の美点であり利点であることは確かだと思うな」

「富田さん、学歴無用論と組合の問題は厳密にいって無関係でしょう」

中野が口を挟んだ。

「そのとおりだが、私が言いたいのは、あまりむきになって、考えるなということだ」

「僕は別にむきになったつもりはありませんが、若い従業員や女子社員から学んだことは確かです。個人の尊厳をどう考えるのか、と女子社員に言われたのですが、それがいまだにずっしりとこたえています」

田崎は背広の内ポケットに手をやった。広瀬政子からの手紙を披瀝《ひれき》したい気持ちにかられたが、それを我慢した。

「大和の人間尊重主義も家族主義も、裏側から見たり、はすかいに見たら、そりゃあボロが目につくだろうし、私も大学のクラスメートに、見え見えでまやかしもいいところだ、なんて言われて、くさったことがある。しかし、なにはともあれ、製油所を持たない一販売店から業界の最大手にのしあがった事実は事実として評価すべきだろうね」

「富田さんの話はどうも脇道にそれるんでいけませんね。それじゃ組合問題の前に富田さん好みの話をしますが、大和鉱油が高度成長を遂げた一番の理由は、もちろんエネルギー革命で石油がエネルギーの大宗になったことと、日本経済の高度成長にもよるでしょう。しかし、よそと異なるところは支店の独立採算性と借金経営だと思います。信賞必罰主義で支店長に絶大な権限をもたせて支店の運営をまかせた。どこの支店もプールして採算ラインに乗っていればいいわけだから、当たるべからざる勢いで、例の直売方式で、ある一時期、既存のシェアに猛烈な勢いでくいこんで行った。それが大和の販売力の秘密だと思う。成績の上がらない支店の支店長は容赦なく更迭される。既成の秩序を無視して大和は攻めの経営に徹したわけです。そして相当のシェアを確保したところで業界協調の姿勢をとったわけでしょう」

中野は言い終わって、運ばれてきた料理を自分の小皿へすくった。

「そう言えば、石油化学に進出しようとした昭和三十七年だったか八年にも、ちょっとしたセンセーションを巻き起こしたそうですね。石油化学コンビナートというのはパイプで有機的に結合されているので、ひところ運命共同体なんていわれたが、大和はプラスチックの原料などのエチレン、プロピレンを安い価格で既存のコンビナートのユーザーにタンカーで供給してあげますといって物議をかもしたという話を聞いたことがあります。さすがにMITI《ミティ》が反対して、ストップをかけたそうですが」

渡辺の話を、鈴木がひきとった。

「低密度のポリエチレンとかポリプロピレンなどの合成樹脂は他のメーカーから融通を受けて販売の練習をしているようだけど、そのうち自分で作るようになれば、ひとあばれするかもしれないな。なんせ直売で、売り子の猛烈社員が、担ぎ屋よろしく街のプラスチックの加工屋が朝早く工場をあけるのを待っていて、一番で飛び込んで行くという話じゃないか。石油で歩いてきた道を石油化学でも歩こうというわけだろうが、既存のプラスチック・レジンのメーカーにしてみれば大和ぐらい憎いニューエントリーはいないということになるかもしれないよ。後発メーカーで基盤の弱いところは戦々兢々《せんせんきようきよう》としているらしい」

「まさかそれほどでもないだろうけど、そのかわり公正取引委員会に表彰されるかもしれませんね。シェアの固定化を排除して、大和はひとときとして競争原理、自由経済を忘れたことがないわけですから」

中野のおどけた語調に、みんなゲラゲラ笑った。

鈴木が眼鏡の中心部を右手の中指で持ち上げるようにしながら言った。

「石油化学といえば、ずいぶん前に新聞で読んだけど、C県の知事がウチをずいぶん応援してくれてるんですねえ。財閥系の石油化学会社のエチレン増設を認める条件として、大和へのエチレン供給を義務づけるなんていうのは、考えてみれば乱暴な話ですよ。通産省の行政指導はつとに聞こえているが、そのお株を奪って、自治体の首長が産業界の投資調整の話に首を突っ込んでくるんだから、通産省がむくれるわけだ。ウチは自治体にも強いことがこれでもわかるが、ちょっと恥ずかしい気がしないでもないな。まさか知事さんを抱き込んじゃったわけでもないでしょうが」

「その記事なら僕も読みましたが、この程度のことにいちいち照れてるようじゃ大和マンはつとまりませんよ。ウチの社員は、きめ細かいといえば聞こえはいいけど、ヨソの気取ってる会社の社員にはできないようなドロ臭いことを抵抗なくやれる体質をもってますからね。はじめは恰好《かっこう》悪くて気にそまないと思っていたことでも、免疫みたいなものでいまではなんとも思わなくなっちゃった。やっぱり日ごろのつきあいが大切なんですよ。もっとも、これがウチの会社が逆な立場にたたされていたら、めちゃ苦茶な知事だと怒るところですけど」

中野がまたみんなを笑わせた。

「自治体や地域住民に取り入るのが上手だと大学のクラスメートに言われたことがあるが、ものは言いようで、サービス精神が旺盛《おうせい》なんだとも言える」

富田がきまじめな顔になってつづけた。

「さっき中野君が言った借金経営といえば一理あるね。資本金を大きくして株主に配当するためには税金その他を考えると、二倍の利益をあげなければならない。しかし、銀行金利を支払う限りは損金算入できる。五〇パーセント近い法人税をもっていかれることを考えれば、銀行金利など安いものだという考え方だ。しかし、石油危機以降の減速経済下ではそうもいってられない。自己資本比率の極端に低い当社は、他の外資系にくらべて、金利負担で大変なことになっている。もっとも五千億円も借金していれば、絶対に会社が潰《つぶ》れることはないだろうけど。ウチが倒産したら、銀行だって危ないものな」

中野が富田のほうを見て言った。

「どっちにしても大和周造なる人物は卓越した事業家であることは確かですよ。土地に対する執着というか手の打ち方は機敏というか実にすごい。先手先手と先を読んで、大胆に土地を確保してますからね」

富田が応じた。

「そりゃあ土地ぐらい自分の財産として、はっきり形として残るものはないからね」

「定年制がないっていうのはどうなんですかね。そろそろ行き詰まってきてるんじゃないかな」

鈴木が眼鏡がよくなじまないのか、まだ気にしながら言って、老酒《ラオチュウ》を猪口《ちょこ》に注ぎ、その上から細かにくだかれた氷砂糖を小匙《こさじ》にすくって入れた。手順が逆になって、茶色の液体が盛りあがって、こぼれた。鈴木は口を老酒に近づけて、ひとくちすすった。

彼は自分の発言に誰のフォローもないことを見てとって、富田に水を向けた。

「富田さんは人事部にいるんだから、よくわかるでしょう」

「よその会社をみると、とっくに部長になっている年代がウチではせいぜい課長かその手前をうろうろしている。役員のうち何人かは首をかしげたくなるのがいる。大和一族は別として、肩書が年齢に応じて上がっていかないというのはサラリーマンとして相当いらいらして、勤労意欲をそがれるな。私なんかも女房にほかの会社へ行ったクラスメートと比較されて、うるさくいわれるのが辛《つら》いよ。もう課長になってるのがいるからね」

富田はしゃべっていて身につまされたのか、渋面《じゅうめん》を下に向けた。

「ここにいる五人の中で技術屋は田崎だけだが、その点、技術屋は上のほうが少なくて、見通しが明るいよね。製造部門を持ったのが昭和三十年代に入ってからのせいで、そのころ大学の助手やマスターコースにいたのでウチにスカウトされたのはずいぶん得しているんじゃないのか」

　田崎は鈴木に皮肉を言われたのかな、とあやしんだが、そうではないらしかった。

　中野が考え込むように話した。

「定年制の導入は時間の問題かもしれませんねえ。中小企業ならいざ知らず、これだけの大世帯になってしまうと、動脈硬化をおこしてしまう。もっとも定年制がないというのは、いまや名目だけで、実際はあるようなものでしょうけど。厭《いや》がらせをして、いたたまれなくするのですか」

「大和周造という人は不平分子、つまり自分の意見や生き方に反対する役員や弓を引くものを容赦なく切り捨ててきた半面、尻尾《しっぽ》を振ってついてくるものは最後まで面倒をみる。死ぬまで大和鉱油に置いておくというやり方ですね。ほんとうに能力のある者が登用されているのかどうか疑問に思うことがあります。いままではよくも悪くも大和周造の強烈なキャラクターでもってきたが、これからはそうはいかないでしょう」

　渡辺もすこし深刻な顔で言った。

「とにかく毛色の変わった企業ということで、ちかごろはわれわれの後輩に敬遠されちゃって、良い学生が来ないそうですよ」

われわれは別だ、エリートなのだ、という思いをこめた中野の言い方を、他の三人も認めて、一斉にうなずいたが、田崎は、同時にこれはマスターベーションみたいなものだ、と思わないわけにはいかなかった。

もっぱら飲み食いにまわって、先輩社員たちのやりとりを聞いていた田崎が話をむしかえした。

「MITIの人にも言われたことがありますが、家族に組合があるかという理屈で、労組を認めるくらいなら会社を潰したほうがましだという社主の考え方は、あんまり短絡していてロジカルではないと思います」

「そうだ、われわれは労組の話をしてたんだな」

中野がまじめくさって言うと、鈴木が田崎をからかった。

「いやにこだわるじゃないか。きみ、まさかコミじゃないだろうな。本社で赤旗を振りまわすのだけは勘弁してくれよ」

「こいつがコミュニストなんて、ばかなことがあるか。大病院の御曹司で、奥方は大商社のエライさんの令嬢ときてる。ブルジョアジーもいいところだ」

中野がわざとらしく、素《す》っ頓狂《とんきょう》な声で応じた。

田崎には冗談や冗句にむきになるところがある。こんなやつを結婚式などに呼ぶのではなかった、と三年以上もむかしのことにホゾをかみながら、田崎は中野を黙殺して、富田に話しかけた。

「さっき富田さんはタブーでどうしようもない問題だとおっしゃいましたが、たしかにそのとおりだと思います。おっしゃる通り僕が恰好《かっこう》のサンプルです。しかし、だからといって、この問題に眼を瞑《つぶ》って避けて通ろうとするのは間違いだと思います。みんなで真剣に考えなければならないテーマであり、わが社にとってこれからの最大の課題ではないでしょうか。組合を認めればすぐにストライキをぶつという発想がトップにあるのかどうか知りませんが、大抵の会社は健全な労使関係を保っており、企業内組合の限界というものが自らある以上、労使に相互信頼関係があればいいわけだし、組合の結成イコール労使の対立ということにはならないはずです。僕はノンポリそのもので、なんとしてもこの問題に巻き込まれたくないと考え、秋元という男から相談を持ちかけられたとき初めは翻意するように説きふせようと考えました。しかし、彼らと話しているうちに、自分の気持ちがすこしずつぐらついていくのがわかりました……」

田崎の頭の中を、四角張った秋元の顔と、政子のふっくらした清潔な面差しがよぎった。これは、一種の感情移入とでもいうのだろうか、ふとそう思いながら、田崎は秋元や政子が自分の口を借りて、しゃべっているような気がした。

「僕は大村君に相談したことをいまでもくやんでいます。そのために、結果的に秋元君たちを裏切ることになってしまったからです。なにか不安というか、責任のがれの臆《おく》した気持ちで大村君によりかかろうとした自分がなさけなくなります。もっとも、僕が大村君に話さなかったとしても、秋元君たちの運動は挫折《ざせつ》したでしょうが……」

秋元ってどんなやつだ、と誰かが言い、中国製油所のオペレーターだ、と富田が小声で応《こた》えた。

「しかし、口はばったい言い方になりますが、問題提起というか、捨て石というか、大和鉱油の多くの社員になにかを示唆し、考える起爆剤にはなったはずです。これは夢かもしれませんが、いつの日にか大和鉱油に組合が誕生するのではないか、僕にはそんなふうに思えてならないのです」

「秋元というオペレーター、辞めることになったらしいな。大村から連絡があったよ。結局、孤立無援で、どうすることもできなかったらしい」

富田はぼそぼそした口調でつづけた。

「田崎は大村をうらんでいると思うが、私に免じてゆるしてやってくれ。あいつは、私がゼミの教授にたのみこんでひっぱってきた男なんだが、単細胞というか、ちょっとお先走るところがあるんだ。しかし、きみがそれほど思いつめているとは知らなかったよ」

「そんなことはないですよ。ただ、秋元君たちにはすまないことをしたと思ってます」

「しかしだな、きみもわかっているように、誰がなんといおうと労組問題はタブーなのだ。事実は小説より奇なりというが、技術屋のホープで、岳父のバックもあるきみでさえも、そのためには配置転換されてしまう。よその会社の人が聞いても信じられないようなことだが、大和ではそれがごく当たり前のこととして受けとられる。この事実は事実として、きみも考えてほしい。タブーはやっぱりタブーであって、これに挑戦する手はない。そこのところをよく考えてくれ」

「富田さんの言うとおりだよ。労組について、心情的賛成か消極的賛成だか知らないが、その程度の気持ちはみんなもってるさ。ただ、きみのように態度で示さないだけだ。いや示してはいけないことを承知してるんだ」

中野のしみじみとした口吻に、みんなが首肯した。

「田崎君がそんなにロマンチストとは思わなかったよ。いまのポストがいかがなものか、よくわかった」

渡辺が大きくうなずいた。

「きみはリアリストというわけか」

鈴木が渡辺の顔をうかがった。

「いや、そんな立派なんじゃない。オポチュニストだ」

渡辺がこたえたので、どっとなった。

「田崎君、われわれの前できみが何を言おうが一向にかまわないが、会社や、上役にそういう態度をとることだけはたのむから慎しんでくれよ」

富田の眼に、後輩をいたわるようなやさしさがやどった。田崎は富田の厚意が痛いほどよくわかった。

「話は違うが、こないだ週刊誌にウチのチョウチン記事が出てたね」

渡辺が口の中の料理をもぐもぐさせながら言った。

「その中に組合は過去に何度か生まれたが、自然消滅したとかいう人事部長の話が載ってたけどそんなもんかねえ」

「さあね、でも家族手当が妻帯者で一万四千円、子ども一律七千円というのは事実だし、記事全体から受ける印象はそう間違ってはいないだろう」

富田に渡辺がつづいた。

「体制側の発言というか、いいことずくめで、一面しか伝えてないという感じだね。家族手当のことを言うなら、残業代がゼロということも出してもらいたいですよ。ベースアップだって会社のおしきせだし、査定が厳しいから、下の者はしょっちゅう上役のご機嫌をとりむすんでいなければならないわけだ」

田崎は、渡辺の話を聞いていて、ゴマスリ集団ときめつけた秋元の顔がまたしても眼に浮かんだ。そして、その横で秋元の饒舌《じょうぜつ》にまかせて、じっと聞き入っていた広瀬政子の顔を……。

「僕もあの記事なら読みましたけど、会社もいい気なものだっていう感じで、あんなユートピアみたいな会社があったら、こんなところへ来てグチを言ったり、コボしたりすることもないんでしょうけどね。僕には、隣の芝生がみんな青く見えますよ。見えるんじゃなくて、青いものはやっぱり青いんでしょう、そう思うなあ」

中野の感慨をこめた言い方に、みんなしばしの間シュンとなった。

「しかし、あの記事はチョウチン記事とも言えないぜ。奇妙きてれつな不思議な会社があるもんだ、ほんとうだろうか、と疑問符をつけ、多少皮肉なトーンになっていたように覚えてるが……」

渡辺が話をつなげ、鈴木が応じた。

「どっちにしても、自然消滅なんて言われれば、田崎君が怒るよ」

念を押すように顔を覗《のぞ》き込まれたが、田崎はその記事を読んでなかったので応えようがない。だいたい鈴木の語調になにやらいわくありげな皮肉なひびきが伴っている。田崎にはそれが内心おもしろくなかった。

田崎が黙っていると、鈴木がニヤついた。

「不思議といえば田崎のようなエリートが、なんで組合なんかに関心をもったのか、俺にはそっちのほうがよっぽど不思議だよ」

「自分でもわからないんですから、鈴木さんにわかるはずがないでしょう」

田崎はちょっとしつこいぞ、というようにイヤな顔を見せたが、鈴木はひるまなかった。

「いってみれば、われわれは管理社会の人間だろう。つまり体制側というわけだ」

「それはどうですかね。当社に限っていえば、思いあがりというか、すこし違うかもしれませんよ」

中野に言われて、鈴木は白けた顔で、煙草をふかしはじめた。

富田が腕時計に眼を落としながら言った。

「中野君、たまにはこうしてコンパみたいに集まってだべるのもわるくないね。きみが仕組んだにしては上出来だよ。ビールでも老酒でもどんどん取って、料理も遠慮なくもっともらったらどうかね。きょうはわが人事部でもたせてもらうよ」

「富田さん、いいんですか。田崎君は通産省係で、交際費も潤沢で羽ぶりがいいから、きょうのところは彼におぶさっちゃおうと思ってたんですけど」

「私がいてそういうわけにはいかんよ。わが社は、飲み食いについてはどの部でも割り合い寛大なんじゃないか。それがわが社の最大のメリットなんて言ってるやつもいるらしいが、中野君なんかもそのくちじゃないの」

「手きびしいなあ」

中野が頭をかいた。

「人間誰しも、飲み食いに弱いもんですよ」

みんなの哄笑《こうしょう》がやんだところで、中野が下を見てぽつっと言った。

なにやら実感がこもっているように田崎には思えた。

富田が表情をひきしめ、田崎に眼を向けた。

「きょう、こうしてわれわれが集まっていることをウチの課長は承知してるんだ。中野君からの電話を傍で聞いていて、東大グループの寄り合いか、なんて訊《き》くから、そうですと答えたら、例の田崎も一緒か、って訊かれたんで隠す必要もないと思ったんで否定しなかった。まあ、田崎君はひとつも気にする必要はないが、きみはわが社では有名人で、人事課長としても関心をもってるわけなんだろう。先輩としてよく指導してやってくれと言われたんで、そうしますと答えておいたよ」

鈴木と渡辺がなんとなく落ち着かない素ぶりで、腰を浮かせたり、座り直したりしている。

人事課長がきょうの集まりを承知していると言った富田のひとことで、すっかり調子が狂った風情だ。

5

社宅の場所が異なる富田、鈴木、渡辺の三人は飯野ビルの地階から、連れだってまっすぐ帰った。

「これでもうおしまいか。なんだかちっとも飲んだ気がしないな。もう一軒ぐらいどう。銀座へ連れてけよ」

田崎は、中野に肩をぶつけられるようにねだられて、さっそくその気になってしまった。

「疲れてるんですよ。ほんとうに一軒だけですよ」

迷惑そうに言いながら、田崎は内心、それを待っていたきらいがある。〝美保〟の雅子の顔を思い浮かべていたのだ。さっきから何度となく広瀬政子に思いを馳《は》せたことで、せめて手近な雅子でもと、ほのかな気持ちをそそられたのだ。

二晩続けて同じ店というのも面映ゆかったが、それ以外の店に行く気はしなかった。

〝美保〟は一段落したところらしく、一組の客を残して、奥の隅にホステスがひとかたまりになってお茶をひいていた。

新井のなじみのカズミという女は、客を見送って外へ出たとかで、真っ先に雅子が田崎たちを迎え、ふたりのコ《こ》ートを脱がせてくれた。掃き溜《だ》めに鶴は、褒め過ぎだが、惚《ほ》れた弱みで、田崎にはそう思える。

雅子はOLか女学生のような小ざっぱりした身なりで、肩にかかる長い髪をそよがせながら田崎の手をひいて、ピアノの近くに導いた。

「うれしいわ。よくいらしてくださいました」

聞こえるか聞こえないかの細い声で雅子が言った。

「きのうのきょうなので、なんだか照れくさいんですけど、この人がどうしてもきかないもんだから」

田崎は実際照れくさそうに手の甲でひたいのあたりをごしごし擦《こす》った。

「お安くないね。それにしても、気の利いたところを知っている。しかし、はっきり言っておくが、俺はたしかに銀座へ連れて行けとは言ったけど、この店を指定した覚えはないぞ。事実は田崎が勝手に俺をここへ連れてきたんだ。その理由もこの人に会ってわかったがね」

中野が雅子に眼くばせした。

「へんに気をまわさないでくださいよ。中野さんといって、わが社でいちばん口の悪い男です。口は悪いが腹は良いというのならわかるが、口も悪いし腹も黒い人だから気をつけてください」

田崎にしては珍しく冗談が言えた。

ククッと雅子が笑ったので、中野がやり返した。

「どうせ俺は三枚目で田崎みたいにもてないが、こういう田崎のような男がいちばんあぶないんですよ。泣かされないようにしてください」

「はい。よくわかりましたわ。要するにおふたりとも気のおける人っていうことですね。注意します」

別のホステスが三人やってきて、ふたりを包囲するかたちで座った。

田崎が名刺を雅子に手渡した。

「きょうの分は僕のほうにまわしてください」

「わかりました。新井さんのボトルでよろしいのでしょう」

「ええ、そうしてください」

「なんだ、ここは鬼軍曹のシマか……」

中野がさもがっかりしたようにつづけた。

「おかげで酒が不味《まず》くなるな」

「新井ちゃんに言いつけちゃおう」

ホステスのひとりが言った。

「冗談よせよ。いよいよいけない。ひどいことになってきた。俺、もう帰らせてもらうよ」

中野がおよび腰になったので、みんなが笑いころげた。

田崎は、雅子のきれ長の大きな眼にぶつかって、けさ夢の中で、この女とまじわったのだろうか、とふと思った。自然、表情がゆるんだ。

「田崎さん、思い出し笑いなどして、おかしいです」

雅子が小さく、肩をふれてきた。

「そのうち鬼軍曹があらわれるんじゃないだろうな」

中野は本気で心配しているようだった。田崎と中野は水割りを二杯ずつ飲んで、思い切りよく席を立った。

「きょうはお歌を唄ってくださらないのですか」

雅子が眼をキラキラさせたが、田崎はコートをつかんだ。

「さすがの僕も疲れちゃった」

田崎が扉を手元へ引くのを待ってたようにカズミが帰ってきた。

「あら、私の顔を見るなり帰るなんてどういうこと。ひどいじゃない。田崎さん」

田崎はカズミに腕をとられた。

「新井さんがいまにあらわれるよ」

かまわず振り切って、階段を昇って行った。

「それ、ほんとうなの」

カズミの声が下から聞こえた。

「そのへんまでおともします」

雅子が後からついてきて、田崎と中野の間に分け入った。ハイヒールなのに、長身の田崎の肩までしかない。田崎はぼさぼさの頭髪を気にしながら歩いた。

6

三階三〇七号室の社宅は真っ暗で、玄関の電灯も点《つ》いていなかった。田崎は鍵穴《かぎあな》にカギがなかなか入らず、いらいらした。手さぐりで壁に手を這《は》わせスイッチを押した。

部屋の中はちらかっていた。グレーのスーツもワイシャツも投げ出されたままで、寝床が二つとも敷きっ放しになっていた。部屋の空気が乾燥しているのに、うす汚く淀《よど》んでいるように思えて、田崎は窓をあけて冷たい外気と入れ替えた。

食卓の上に、便箋《びんせん》の走り書きがあった。

そんなに私が嫌いなら、いつでも別れてあげます。広瀬政子さんでも誰でもけっこうですから、お望みの人と再婚したらいいでしょう。しばらく鎌倉へ行ってます。

信子

朝早く、田崎が出て行ったあとで、感情にまかせてペンを走らせたようだった。なんという愚劣な女だろう。信子との間に破局が近づいてきていることを田崎は初めて意識した。

田崎は妙に頭が冴《さ》えて寝つけないので、広瀬政子に返事をしたためようと思いたった。

拝復

お手紙ありがとうございます。大変うれしかったです。きみや秋元君のことが懐かしく思いおこされて、きょうは楽しい日でした。お元気そうで御同慶の至りです。

ただ、秋元君が会社を辞めると聞いて、びっくりしています。僕としても内心忸怩《じくじ》たる思いがあります。大変難しい問題だと思いますが、秋元君や広瀬さんの労組問題への取り組みはいまにして思うとやはり準備不足だったような気がします。もっとも僕が火つけ役になってしまい、結果的にぶちこわすようなことにしてしまったのですから、やっぱりいちばん悪いのは僕かもしれませんね。タブーはタブーなのだ、それに挑戦するのは馬鹿者だと、さっきも先輩社員に言われたばかりです。

おそらくそのとおりなのでしょうが、きみたちに組合問題についてもっと粘り強くアプローチしてもらいたかったような気がします。

しかし、一方では秋元君のようにすぱっと割り切って、行動に出られる人を僕は羨《うらや》ましく思う気持ちもあります。仕事熱心で優秀な彼のことですから、どこへ行っても充分やっていけるでしょう。もし、秋元君の就職先がおわかりなら教えてください。川崎でしたら、近いのでいつでも会えますから。

泣きごとを言うようですが、僕は正直なところ中国製油所で組合問題に巻き込まれたとき、迷惑千万なことだと考えました。あのことがなければ、エンジニアの端くれとして海外へも行けたし、新しい技術の開発やプロセスの改良にも取り組めたかもしれませんし、無難なサラリーマン稼業が送れたのではないかという気がします。しかし、ほんとうに負け惜しみではなく、広瀬さんや秋元君と親しく知り合う機会を得て、いろいろ教えられたり啓蒙《けいもう》され、なんだか自分で言うのもいい気なものですが、ひとまわりほど人間が大きくなったような思いがするのです。

また、東京で慣れない畑ちがいの仕事で毎日悪戦苦闘していますが、通産省のお役人などともおつきあいできる仲になりました。僕なりに世間が広くなったような気もします。

繰り返しになりますが、大和鉱油においては、労組問題はまさしくタブーです。とくに本社では無関心派がすべてといっても過言ではないでしょう。少なくとも、いまは無関心でいなければいけないと先輩にもクギをさされました。もちろん、僕は自分が捨て石になろうなどという勇気は持ち合わせていませんが、僕なりに関心を持ち続け、遠くのほうからでもよいから睨《にら》んでいてやろうと考えています。

仕事の関係もあって、すこしお酒が強くなりました。広瀬さんはどうですか。ビール一本ぐらいなら飲めるのではありませんか。もしそうならご馳走《ちそう》しますよ。本当にいちど折りを見て上京なさいませんか。お酒はともかく東京見物の御案内ぐらいします。

広瀬さんは東京での生活も長かったそうですが、この二、三年でずいぶん変わりましたよ。

念のために申し添えますが、僕のポストは企画部調査課で、電話番号は03―212―5×××番の内線607です。それから自宅は(0462―32―6×××番)です。会社では出歩いていることが多いのですが、朝八時半から九時半までと、夕方の時間でしたら必ず会社にいます。自宅では夜が遅いのですが、日曜日は一日中ゴロゴロしています。お元気で。

敬具

二月×日

田崎　生

田崎は寝床に腹這《はらば》いになって、これだけ書くのに、たっぷり一時間もついやした。近ごろ珍しく充実した一日だった、と思う間もなく、消灯するのも忘れて、眠りに落ちていった。

翌朝、田崎が眼を覚ましたとき、時計の針は八時をまわっていた。久しぶりに熟睡したときの充実感と爽快感《そうかいかん》があった。

要領を使ったと思われるのは厭《いや》だな、そんな思いがチラッと頭をかすめたが、田崎は会社へ電話を入れ、通産省へ直行する旨を同じ課の者に伝えた。土曜日はほとんど仕事にならない。同業の石油会社でも休日にしているところが多いが、大和鉱油ではまず無理な相談のようだ。

もっとも、さしもの猛烈社員たちも交代で休みをとり、ゴルフに出かけるのもいる。きょうは、鬼軍曹はどうだったかな、と思いながら田崎は用をたし、洗面をすませた。

そして昨夜からきょうにかけてしたためた広瀬政子宛の手紙を読み返した。便箋《びんせん》一、二枚のつもりがけっこう長文の手紙になっていた。すこしくどいかなと思ったが、それを封筒に入れて、背広のポケットにしまった。広瀬政子からもらった封書がそれに重なって背広の内ポケットが不恰好《ぶかっこう》にふくらんだ。

いつもはトイレに持ち込む朝刊を持って、田崎は社宅を出た。さすがに気がせいて、大股《おおまた》で走るように駅へ急いだ。

第四章　情　事

1

土曜日だというのに通産省はどの階も、どの局もざわついていた。田崎は旧庁舎のエネルギー産業庁の石油工業部へ顔を出すのは遠慮して、新しい本館の四階の重化学産業局の化学原料課を覗《のぞ》いたが、会議でもしているのか、みんな出払っていたので、同じ局の総務課に足を向けた。

石油化学原料油のナフサ（粗製ガソリン）の需給状況、価格問題などについて調べておくように、新井から命じられていたのである。

もっとも、いきなり飛び込んで来たものの、誰に面会するあてがあるわけでもなく、入り口の近くでウロウロしていた。

「どういうご用件でしょうか」

田崎は、色白の愛想のよさそうな若い女性に声をかけられた。

大蔵省に二、三度足を運んだ以外に通産省以外の官庁のことは知らないが、田崎は、ＭＩＴＩ《ミティ》に来るたびにどうしてこうも愛想のない女《ひと》が大勢いるのだろうと思う。しかも若い女性は驚くほど少ない。かくも居心地の良いところなのだろうかなどと、いらぬことまで考えてしまう。だから、ＭＩＴＩでたまに若い親切な女性に出会うと、なにか拾いものをしたような気分になる。

「大和鉱油の者ですが、課長さんはおられますか」

田崎は度胸をすえて、大きく出た。

「いま席を外してますが、お約束でしょうか」

「いいえ。そうではないのですが、お訊《き》きしたいことがあるものですから……」

「急用でしたら、局長室だと思いますからお呼びしてきますが」

「そんなことはありません。総括班長さんは……」

田崎はうろたえた。一面識もない課長を呼び出すなどとんでもないことだ。恐れ多いというべきかもしれない。田崎は場ちがいのところへ、さまよい出てきたような不安な気持ちだった。

「いらっしゃいます。お名刺をいただけますか」

その女性に言われて、田崎は気をとり直した。

名刺を女性に手渡すと、声が届いたのか、向かって突き当たりの窓を背にした席のワイシャツ姿の男が読みさしの書類を机に置いて、田崎のほうに視線を向けてきた。

その男は、女性から名刺を受けとると、小首をかしげたが、椅子にかけてあった背広をつけて、田崎のところへ大股《おおまた》で近づいてきた。

「牧口《まきぐち》です。よろしく」
三十五、六歳と思える田崎と同じくらい長身の男は名刺を出して低音の太い声で丁寧に会釈を返し、先にたって中央のソファに田崎を導き、自分も向かい側に腰をおろした。
「さあ、こちらへどうぞ」

名刺を見ると牧口勉とあった。牧口は眉《まゆ》が秀で、きりりとはっきりした顔つきで眼に光があった。もみあげを長く伸ばしているが、にやけた感じがしなかった。

田崎は、牧口が真摯《しんし》な態度で接してくれたことで、むしろ勝手が違い、頬が上気し、胸をどきつかせていた。

ある業者が某局の総括班長に電話でものを尋ねたところ「総括班長に電話でものを

きくとは相当なもんですね」と皮肉たっぷりに言われたことがある、という話を田崎は聞いたことがあった。牧口にそうしたキャリア官僚を笠に着たイメージはまるで感じられなかったのである。

「石油業界もいろいろ問題が多くて大変ですね」

牧口はにこやかに口火を切ってくれた。田崎は緊張感がとれ、気持ちが楽になった。

「はい。原油価格は上がる一方ですが、製品価格になかなか転嫁できないので四苦八苦しています」

「さあ、それはどうですかね。むしろナフサや重油などの標準額が、われわれの予想以上に高い水準に設定されたために、にっちもさっちもいかないのはユーザーの石油化学業界のほうですよ」

牧口は笑いながらおだやかな語調でつづけた。

「ここは石油化学工業の原局でもあるんですから、石油業界の方が見えたとあっちゃあ、緊張しますね。ナフサではいつもいじめられてますから、油断はできません」

「とんでもない。ここの局長さんが辣腕《らつわん》をふるうために、われわれの業界は大変、割りを食っているんです」

田崎は、牧口に呑《の》まれていた。所詮《しょせん》、役者が違うというべきだろう。

「冗談はともかく、ご用件をお尋ねしましょうか」

牧口に正面切って訊かれ、田崎は一瞬たじろいだが、最近の石油化学工業の動向やナフサ消費量の見通しなどを質問すると、彼は細かい数字を並べて、要領よく説明してくれた。

子会社の出してきた数字がシビア過ぎるように思われたため、チェックする必要があると考えたのだが、たしかに牧口が説明してくれたように石油化学業界の不況は需要の不振で相当に深刻のようだ。

「ところで、石油業界の再編成問題はどうですか。われわれ外野席から眺めていてエネ庁と業界の仲がしっくりいっていないようにも思えますが……」

牧口が話題を変えてきた。

「ええ。ごぞんじのようにウチの会社は、企業の体質がちょっと変わっていますので、この問題では圏外にいるともいえますが、業界の中には諸悪の根源発言を二年経ったいまでも根に持っている人が多いようです。私のところの課長などもそれを思い出すだに、頭に血がのぼるそうですよ」

牧口は、合点がいかぬと言いたげに眉をひそめた。

「そんなに根が深いのですかあ」

「その当時、私は工場にいましたから、中央のことはよくわかりませんでしたが、石油業界の側にも反省すべき点は多々あるとしても、もっと血のかよったものの言い方ができなかったのかどうか、あまりにも配慮がなさ過ぎたように思えるのです。政治的発言とでもいうのでしょうが、それにしても独り良い子になっている、そんな気がします」

「前次官になりかわって、お詫《わ》びします」

牧口は笑いながら低頭した。

「ただ、あえて言わせてもらいますと、石油危機のころの話をいまさらむしかえすのもどうかと思いますが、あのときの次官発言は正確に伝わらず、ジャーナリズムに増幅されてとりあげられ、誤解されている面が多分にあるように思うのです。石油精製会社よりも、ガソリンスタンドとか薪炭業者などを含めた流通段階の混乱ぶりを見かねて、ああいう発言になったのではないでしょうか。当時、千載一遇の好機などという文書を支店や販売店に流して勝手放題をした石油会社がありましたが、田崎さんは、あれがイカサマの怪文書などというつもりはないでしょう。MITIの姿勢が産業界寄りであることが、国民経済的にマイナスになるとは思いません。しかし、より国民の側に立って目を向けていくように軌道修正した。そのために多少アクセントをつけた発言になったのだと、私は理解しています。官僚は血も涙もない鉄面皮などと思わないでいただきたいですね。観点を変えてみれば、次官はひとり悪者になって、火の粉を一身に浴びて、それを振り払ったという見方もできると思うんです。たとえばウチの局長を見てください、部下に対して責任はすべて自分が取る、という態度です。かくありたいと思いますね」

牧口はロングホープを田崎にすすめたが、田崎が小さく手を振ると、そのまま上衣のポケットに戻した。

「ついでにもうひとつ言わせてください。これは、たったいま思い出したことですが、この局で私も懇意にしていたある技官が最近、地方の通産局の課長に栄転したんです。ウチの局長は、その男に、見送りに行けなくてすまないことをした、これからも頑張ってください、という意味のハガキを出して、激励したそうです。その男が感激して私に電話をかけてきたんですが、どうです、泣かせる話でしょう。局長がハガキを出した相手が技官というところがこの話のミソですが、なかなかゆき届いた心遣いというべきです。これは、かけ値なしの実話で、ほんのサンプルに過ぎませんが、MITIにも血のかよった役人が大勢いるということを、あなたに言いたかったのです」

牧口が白い歯をみせた。

「わかりました。銘記しておきます」

田崎は素直に微笑み返した。牧口のものの言い方に、清々《すがすが》しさが感じられたからである。

田崎がなにか言いかけたとき、牧口が起《た》ち上がった。話はこれで終わりだ、と態度で示されたような気がして、田崎も腰をあげたが、そうではなかった。

「それよりどうです、まだ昼食の時間には早いようですが、ここの食堂で蕎麦《そば》でもめしあがって行きませんか。きのう遅かったものですから、朝食抜きなんですよ。へんなくせで、ひとりでめしを食う気にはなれんのです」

牧口は気さくに食事を誘ってきた。

「ありがとうございます。実は私もまだなんです。ご一緒させてください。それでは外へ出てみませんか」

田崎は初対面の牧口に親切に接してもらったことがうれしかったし、局の首席事務官（法令審査委員）と一緒に食事ができるというのも正直悪い気はしなかった。

「それじゃ、少し歩きますがいいですか」

田崎は飯野ビル九階のレストランか、地下の中華料理店と考えていたが、牧口は外へ出てからそう言って、さっさと歩きはじめた。

目立たない程度に猫背で前屈《かが》みだったが、肩で風切るほどではないにしろ大股《おおまた》で颯《さっ》爽《そう》たるものだった。

末は次官か局長というところだろうか、と思いながら、田崎は急いで牧口と肩を並べた。

「溜池《ためいけ》の交叉点《こうさてん》の角に小松ビルがあるのをごぞんじですか。てっぺんにブルドーザーを据えてあるビルです」

「ええ、存じてますが」

「あのビルの地下一階に〝さつき〟というとんかつ屋があるんですよ。世界一を称しているおもしろいとんかつ屋です。東京一は間違いない、東京一なら日本一のはずだし、日本一なら世界一だという論法なんですが、世界一というのはどうも眉《まゆ》ツバだとしても、なかなか良心的な店で、インフレのこの時代に、値上げしないで頑張ってるんです。さつきランチとかいう定食で、とんかつと漬物とあかだしが付いて、たしか四百円でしたかね」

「それじゃ昼の時間は混んで大変でしょうね」

「そうらしいです。私は昼はきょうが初めてで、夜しか行ったことがないんですが、行列をなして並んで待っているというからたいしたもんですよ。まだ早いし、土曜日ですから、きょうはそんなことはないでしょうけど。そのかわり夜はすいていて商売にならないそうです。それでときどき酒を飲みに行って、これでも多少は加勢してるつもりでいるんですが」

ふたりとも腹をすかしているため早足になり、いつの間にか〝さつき〟に着いた。

二人が背を屈めて暖簾《のれん》をくぐると、女にしてはすこしだみ声だが、威勢のいい声が二人を迎えた。

「いらっしゃいませ」

「こんにちは」

「あら、牧口さん。昼間見えるなんて久しぶりじゃありませんか」

小がらな中年の愛想の良い女が満面に笑みをたたえて二人を迎えた。

「久しぶりなんてものじゃないですよ。昼間来たのは初めてです」

「そうでしたかしら。いずれにしてもよくお出《い》でくださいました」

「田崎さん、ビール一杯ぐらいならいいでしょう」

「ええ。いただきましょうか」

牧口はビールをたのんで、田崎のほうに向き直った。

「さっきの石油業界の再編成の問題ですが、ナフサ、ガソリン、灯油、軽油、重油などのすべての石油製品が急上昇し、原油の高騰分に見合うようになれば、いずれは累積赤字も解消できるはずですね。メーカーの皆さんが最近、再編成問題を話題にしなくなったのは、標準額によってその見通しがついたからでしょう。食い逃げ論を展開する人もいますが、まさに熱さが喉元《のどもと》を過ぎた結果、皆さんはそれを言わなくなったと私は思うのです。一時は石油産業国有化論がうんぬんされたこともありましたね。原油の高騰で赤字に耐えられないから、なんとかしてくれ。つまり第二の食管みたいな発想で、まったく動機は不純ですが、私見を述べれば、国有化はともかく石油業界の再編成は絶対にやるべきではないでしょうか。ＭＩＴＩの民族系石油企業の育成策は、目下のところは予期したほど成果をあげてませんが、イギリスのＢＰ、イタリアのＥＮＩのような国策会社がなくてもよいのではないか、私はそう考えています。国策会社はともかく、せめて民族系を二つか三つに集約する必要はあると思いますね」

牧口は、力強い眼でまっすぐ田崎を見ながら、話をつづけ、ときおり喉を鳴らして旨《うま》そうにビールを飲んだ。

「しかし、販売力のない協同石油グループに設備枠を与え過ぎたことの咎《とが》めがいま顕著に出ているのではありませんか」

田崎が訊《き》くと、牧口はあっさりこたえた。

「そういう面はあるかもしれませんね」

ふたりはビールの大瓶一本をほぼ等分に飲んで、カツライスを注文した。牧口への厚意なのか、つきだしに出された烏賊《いか》の塩辛が甘口で旨い。

「一九五〇年代に全世界で消費された石油の数量が有史以来四〇年代までの消費量と匹敵し、六〇年代の消費量が五〇年代までのそれにほぼ見合うといわれていますね。七〇年代もそうなると多くの人が予測したようですが、石油の価値が上昇し、しかも需要の停滞にもかかわらず産油国のカルテルで売り手市場になっている状況では、いまや夢物語ですね」「住民運動家たちの反企業運動もひところのモノ不足でどうやら下火になったようですが、某私大の教授は農耕生活へ還《かえ》れといわんばかりのことをしゃあしゃあと言ってのけ、それにジャーナリズムが迎合する。明治の初めで三千四百万人、大正九年でしたかね、その時の国勢調査でたしか五千六百万人と覚えていますが、そこまで還れとは言いませんが、せめて昭和十五年の七千三百万人に日本の人口が戻らなければ、それは無理な、ないものねだりと同じことですよ。一億一千万人がこのせまい国土で生きていかなければならないのですから。公害防止技術の進歩で日本の空もきれいになってきましたが、公害問題も人口問題と不可分ではないわけです。私の友人で、人間が住んでいること自体が公害なのだ、と言ったのがいましたが……

……」

通産官僚の博覧強記ぶりには驚かされることは多いが、牧口のそれにはひけらかしがなく、聞いていて清々しい気持ちにさせられる。

「そういえば、大和鉱油さんの排煙脱硫技術は、なかなか大変なしろものだそうですね。いつだったか、新聞で読みましたよ。乾式で実用に耐える排煙脱硫では世界で初めてだとか」

牧口に言われて、田崎はレクチャーしたくなったが、ぐっと辛抱した。

「おかげさまで、うまくいきました。牧口さんはいろいろお詳しいですね。石油行政にタッチされたことがおありですか」

「石油化学関係で多少勉強してますから……」

牧口は照れくさそうに笑って、カツのひときれを頬張りながら、左手で鬢《びん》のあたりを押さえた。

「これ、やっぱりおかしいですか」

「いいえ」

田崎は不意をつかれて、あわててかぶりを振った。なんとなしに、その見事なもみあげに眼が止まっていたのを、牧口は気にかけたようだ。

「散髪屋のおやじにおだてられて、いたずらしてみたんです。ごらんのとおりまずい面《つら》で、眼つきが悪いので、すこしはましな面になるかなと思ってはみたものの、やっぱりどうもね。そろそろ剃《そ》ろうと思ってたのですが、ある上司に先を越されてなんとかしろと言われ、その気がなくなりました。ものは言いようですよね。その上司の言い方がおもしろくなかったので、意地でもこのままにしておこうと考えが変わりました」

牧口は、フォークを置いて、今度は右手で頬をさすりながら、照れくさそうに言った。

「牧口さん、あなた髭《ひげ》が濃いし、面長で色白だからお似合いよ。そちらのお客さまもそうするといいかもしれませんわ」

店がひまで、ふたりの話を聞いていた女主人がニコニコしながら、入り口のレジから、こっちを見て話しかけてきた。

田崎は眼を白黒させ、牧口は笑った。

「よせやい。からかわないでよ。ほんとうにもうやめるんです。記念に写真を一枚女房に撮《と》らせてね」

ふたりがカツライスを食べ終わったころには、店の中が客でざわついてきた。清潔な感じの店で、カツに使っている肉も良質なものらしく、安い割りにはなるほど美味だった。

牧口は伝票にサインをして、女主人に手渡した。

田崎がびっくりして、それをとろうとした。

「ここは私にまかせてください。お誘いしたのは私のほうですから」

「ありがとうございました。お近いうちにまたいらしてください」

巻舌とも思えるほど歯切れのいい女主人の声を背に、ふたりは、〝さつき〟を出た。

田崎はキャリアの中にも牧口のような男がいることで、MITIを見直す気持ちになっていた。素晴らしい人にめぐりあえた、真実そう思った。もみあげの話で、一層親近感が増したようだ。

「田崎さん、難しい時代でお互い辛《つら》いことも多いでしょうが、歯をくいしばって頑張りましょうよ」

小松ビルを出てきたところで、牧口が立ち止まって、手をさし延べてきた。

田崎は、毛深いその手を強く握り返しながら、〈この人は宮本からなにか聞いているのかな〉と咄嗟《とっさ》に勘繰ったが、関係なさそうだった。

「これからどうします」

「会社へ帰りますが、なにか」

「それだとタクシーしかありませんね」

「はい」

牧口が途中まで便乗したがっているのかと考えて、田崎はうなずいた。

「それじゃここで失礼します。私は本屋へ寄ってから役所に戻ります。なにか私でお役にたつことがあればいつでもどうぞ」

牧口は虎ノ門のほうへどんどん歩いて行ってしまった。牧口は一度も振り返ってはくれなかったが、田崎の胸の中にさわやかな風が流れ込んできた。

2

田崎が牧口と別れて、タクシーで会社へ顔を出すと、所在なさそうに新井が葉巻をくゆらせていた。この人はときどき板につかないことを平気でする。

「しかし、牧口といったかな。そういう牧口のような総括班長クラスが権力志向型というか、統制時代を夢みてるんじゃないのか」

田崎の報告を聞いて、椅子の背によりかかり、組んだ手を枕に躰《からだ》をのけぞらせた恰《かっ》好《こう》で新井が言った。

灰皿に置いた葉巻が燻《いぶ》って、その煙を吸い込んでしまった田崎がむせながら、返した。

「牧口さんから、そんな気負ったような様子は受けませんでした。むしろリベラルな感じでしたが」

新井が椅子のバネにはじかれたように、直立不動の田崎のほうに躰を近づけてきて、葉巻を咥《くわ》えた。

「しかし、あんなふざけた次官でも弁護するところが気に入らん。ひとり悪者になって……などとよく言えたものだ。牽強付会《けんきょうふかい》もはなはだしい。あいつの魂胆は見えすいているよ。大方、選挙にでも出るつもりで、そのために人気とりで、あんなふざけたことをほざいたんだ」

「たしかに観点を変えてみれば、MITIの威信を傷つけないように、厭《いや》な役まわりをしているというふうにも、とれないことはありませんが」

「馬鹿者。おまえは誰にメシをくわせてもらってるんだ。カツ丼だか天丼だか知らんが、役人におごってもらったくらいで気が動転したのと違うか」

新井のもの言いにトゲはなかった。

「しかし、なんにしてもそういう大物の事務官と話ができるようになったのだから、田崎も長足の進歩を遂げたわけだよな」

そのとき田崎の席の電話が鳴った。向かい側の葉山が受話器をとって、やけに大きな声を張りあげて田崎を呼んだ。

「田崎さん、吉田《よしだ》さんっていう女の人から電話です」

「これで失礼します」

田崎が挨拶《あいさつ》すると、新井は顎《あご》で受けた。

吉田という女性に覚えはなかった。田崎はバーか飲み屋の人かもしれない、と思いながら受話器をとった。

「田崎ですが」

「吉田雅子《まさこ》です。もしもし、おわかりになりますか」

田崎の心臓が音をたててへこんだ。田崎はぎゅっと受話器を握る手に力を入れ、痛くなるほど耳に密着させた。

「ええ、わかります」

「二日も続けてお店にいらっしゃっていただいたのですから、お礼にお電話ぐらい差しあげたいと思ったのです。お忙しいのでしょう、よろしいかしら」

「かまいません。土曜日なのでもう仕事は済みました」

田崎の声がうわずった。

「これからご予定がおありですか」

「いいえ」

「ご迷惑でなければお茶でもご馳走《ちそう》させていただきたいのですが、すこしあつかましいでしょうか」

「とんでもない。ありがたいですね。願ったりかなったりです」

「まあうれしい。思い切って電話をした甲斐《かい》がありました。これでも胸がドキドキしてますのよ」

「それはお互いさまです。場所と時間を決めてください」

田崎は左手で受話器を包むようにして、声量を落とした。

「それでは一時間後に高輪のプリンスホテルの一階のティールームでいかがでしょうか」

「けっこうです」

固く握りしめていたために受話器も掌も汗でぬるぬるしていた。電話を切って、田崎はフーッと大きくひと息ついた。

田崎は約束の一時まで時間をもてあまし、十分前に指定されたホテルのティールームに来てしまった。

この四ヵ月ほどの間に、田崎のようなものにも銀座の女がおぼろげながらわかりかけてきた。大抵の女が思い入れたっぷりに田崎の膝《ひざ》に手を置いたり、なかには露骨なきわどいせりふで誘いかけてくる。お名刺いただける、と言われなかったためしはほとんどない。吉田雅子は違った。不思議なほど丁寧な言葉遣いで、それだけでもおやっと思わせずにはおかない。

妻の信子が厚化粧の派手な女だけに、その反動で、清潔感をただよわせている女に魅《ひ》かれるのだろうか、とも田崎は思ってみる。

田崎はそわそわと時間ばかり気にしていたが、五分前にホテルの自動ドアから、こっちへ歩いてくる雅子を見かけ、ほっとするやらうれしいやらで、思わず席を起ってロビーまで彼女を出迎えていた。

「あらっ、ずいぶんお早いのね」

雅子がぱっと表情を輝かせた。

純白のレースで縁取ったブラウスにチャコールグレーのカーディガンを羽織り、黒いスラックスのくつろいだ軽装で、踵《かかと》の低い靴を履いていた。ふだん着のまま家から抜け出して来たといった風情だ。豊富な黒髪をヘアーピンでもちあげるように束ねていた。それが田崎の眼に清々《すがすが》しく映る。

もうひとりの政子も、こんないでたちが似合ったのではなかったか、と田崎は思いながら、彼女を伴ってティールームに戻った。

「吉田さんって、はじめは誰だかわからなくて、びっくりしました」

「本名です。土曜日なので、いらっしゃらないと思いました」

「通産省から帰って来たばかりのところへ、あなたから電話があったというわけです。急いで帰って来てラッキーでした。それより、どういう風の吹きまわしですか、僕に電話をくれるなんて」

「ほんとうにお礼を言いたかったのです。でもそれだけではありませんわ。気まぐれというのでしょうか、ふっと田崎さんのことを思いだしたのです」

「気まぐれはご挨拶だな。でもありがとう。気まぐれでもなんでも、思いだしてくれて。どうせ、きょうは松戸市の親父のところへでも行こうかなどと考えていたんです」

緑の制服に身を包んだウエイトレスがやって来た。雅子はオレンジジュースを注文した。

「日曜日はどうなさいますの」

「別にあてはありません」

「まあ、奥さま孝行なさらないんですか」

「そんなものどうでもいいじゃない」

田崎は、厭なことを訊《き》くなと言わんばかりに、乱暴な口調になった。

「心にもないことをおっしゃって。強がりをいう人ほど愛妻家だって、誰かに聞いたことがありますわ。きっと田崎さんもそういうお方なんでしょうね」

「そういう話はこの際やめておきましょう。僕もあなたのことを根掘り葉掘り訊くような野暮なことはしませんから」

田崎は苦い思いを払拭《ふっしょく》するように、笑いながら返した。そして照れ隠しに、ティーカップの底のほうにわずかに残っている紅茶を飲んだ。ついでに、しぼり切ってひからびたレモンの一片を口に放り込んで、むしゃむしゃやりだした。

カクテルグラスのような小さなグラスに生ジュースを入れて、ウエイトレスが運んできた。ほんのひとくちで飲み乾せそうな分量だ。雅子はカクテルでも飲むようにそれを口に含んだ。

「お食事はどうなさいますか。私はついさっき朝ごはんをいただいたばかりなんですが」

「実は僕もそうなんです。十一時ごろでしたか、通産省のお役人にカツライスをご馳走になったので、お腹は減ってません。とっても美味《おい》しいカツライスでした。今度お連れしますよ。これからどうします。映画でも観ますか。あなたは門限はありますか」

「いいえ。門限なんてありません。お店もきょうはお休みですし。田崎さんのほうこそお時間だいじょうぶですか」

「ぜんぜん、まったくだいじょうぶです」

アクセントをつけたその言い方がおかしいのか、雅子は肩をゆすりあげ声をたてて笑った。表情が豊かで、見ているほうで快くなるような笑顔だった。

「田崎さんはドライブなんておきらい？　よろしかったら、これからクルマを走らせてみませんこと」

「ドライブですか。いいですけど……」

田崎は怪訝《けげん》そうな顔をした。

「私、クルマで来てるんです。まだ免許を取ってから一年ちょっとにしかなりませんが、無事故ですことよ。おてんばで運動神経はあるほうですから、生命は保証しないなどとは申しません」

「オーナードライバーですか。驚いたなあ」

田崎は眼をまるくし、感に堪えないような声になった。

「ちゃんとお家までお届けしますから、ご安心ください。田崎さんを取って食べるようなことはしません」

雅子がニコッと笑って、伝票をとった。

「それは僕のほうがやります」

田崎は手を伸ばした。

「お約束ですから」

雅子はレジのほうへ歩いて行き、支払いをすませ、駐車票を黒いハンドバッグから取り出して、証明の判を押してもらっていた。背後から、それを覗《のぞ》き見ながら、牧口といい雅子といい、きょうはよくよくご馳走にありつける日だ、と田崎は思った。

「こんな恰好《かっこう》じゃすこし寒いわ」

雅子が腕組みして身をちぢめるように背中をまるめて小走りに駆けて行くのを、田崎は大股《おおまた》でついて行けた。ホテルの前の路上駐車場の端にホワイトグレーのニューコロナが駐車してあった。後部座席のシートの上に、縫いぐるみの大小の犬が二匹と白っぽいスプリングコートが置いてある。

田崎は、わりあい少女趣味だな、と思いながら、そこへ自分のうす汚れたコートを放り込んだ。そして、雅子が車内からドアをあけてくれたので、助手席におさまった。

「そのシート、後ろへずれるようになっていますし、寝かすこともできますから、大船に乗ったつもりで楽にしててくださいね」

その操作の仕方を教えながら雅子が言った。

窮屈そうな感じがしていたが、思ったよりもスペースがあって、長い脚も投げ出せた。

コロナは軽快にすべり出した。

雅子は守衛の前で一時停車し、ウインドーをあけて駐車票を差し出した。

「横浜のほうにでも行ってみましょうか」

「どこでもけっこうです。美人の運転で、いい気分です」

口笛までは吹かなかったが、田崎はそんな軽口が出るほど悦に入っていた。

「田崎さん、お歌を聴かせてください。きのう唄《うた》ってくださらなかったのですから」

前方に眼を凝らし、両方のバックミラーにも注意深く眼を配って慎重にハンドルを操作しながら雅子が言った。

「きのうはきみの顔を眺めに行ったのです」

「まあ、そんなうれしがらせばかりおっしゃって。田崎さんって、私が考えていたよりもスミにおけない方なのかしら」

「ほんとうの気持ちを言っただけです。僕のことをどう考えていたのですか」

「さあ」

雅子は首をかしげ、ややあって、つづけた。

「照れ屋さんね」

「そんなでもありませんよ。それじゃ、照れないで唄います。ヘタの横好きですが、歌が好きなんです。まさかクルマの中には糠味噌《ぬかみそ》はなさそうだから」

「ほんとうに照れ屋さんね」

雅子がクスッと忍び笑いをした。

「唱歌を唄います。三番まで唄いますから、笑わないでくださいよ。〝どこまでも行こう〟というやさしい曲です」

田崎は感情をこめてたのしそうに唄った。

どこまでもゆこーう

みちはきびしくとも
　くちぶえをふきながら
　はし|ってゆこ|う

「ハンドルから手を離して拍手したいくらいです。でもその歌でしたら私も聞いたことがありますが、たしかコマーシャルソングじゃありません？」

「よく覚えてましたね。たしかにそのとおりで、小林亜星という太ったおじさんが作詞作曲したタイヤ会社のコマーシャルソングです」

「思いだしました。ずいぶん前のような気がしますが、タイヤがひとりでころがっていく、あれでしょう。お日さまのようなニコニコしたマンガのタイヤが……」

「そのとおりです。フクちゃんの横山隆一描くマンガで、絵もよかったけれど、メロディーもきれいで、僕はすごく気に入ってたんです。これが唱歌でもあるんですよ。小学校じゃないから、唱歌というのは正確ではないけど、れっきとした文部省検定済教科書に採用されているんです」

「ほんとうですか」

　雅子がチラッと眼をくれた。

「社宅の近くの子供が唄っていたのですが、たしか中学二年生の音楽教科書だったと思います。知ってる女子生徒ですから、なんならコピーして持ってきましょうか」

それは事実だった。田崎はそこまで正確に覚えていたわけではないが、教育芸術社刊の「中学生の音楽2」で、〝どこまでも行こう〟は採用されていた。

「コマーシャルソングが教科書に採用されたのがこれをもって嚆矢《こうし》とするかどうかはわかりませんが、このことを知ったときは、うれしかったなあ。フレキシビリティがあるというか、教科書を編んだ人たちの勇気を称《たた》えたいくらいです」

「コマソンらしからぬ歌なので、教科書に載っていたとしても、ちっともおかしくありませんわね。ほんとうに良い曲だわ」

「そのとおりですね。♭《フラット》が一つでドから始まるからへ長調の、誰にでもすぐ覚えられるやさしい曲です。これが三部合唱になってるんですよ」

クルマが急に速度を増した。環状八号線を抜けて、第三京浜に入った。

「良いことをお聞きしました。あとで詞をメモさせてください。さっそく、お店のお友達に教えてあげます。田崎さんって、ロマンチストでもあるのですね」

「きのうも会社の先輩に言われましたが、いまどきそんなのは流行《はや》らないし、多分に軽蔑《けいべつ》されてることもわかります」

「いいえ、違います」

雅子は正面を向いたままいやいやをするように小さく頭を振った。

田崎はシートを限度いっぱい後ろへ引いて倒した。そして上を向いた行儀の悪い姿勢で〝どこまでも行こう〟をふたたび口ずさんだ。いい歳をして、すこし、はしゃぎ過ぎるようだ、と思って、田崎は途中で唄うのをやめた。

3

田崎と雅子は、横浜駅西口の有料の地下駐車場にコロナをあずけて、タクシーで山下公園に行き、ひとしきり公園の中を歩いた。冬の陽はすぐに陰って、肌寒くなってきたので、中華街で熱いものでも食べようと話を決め、またタクシーを飛ばした。

田崎は中華料理をたらふく食べ、ビールと老酒《ラオチュウ》を飲んだ。

「私、健啖家《けんたんか》の男の人、たのもしく思えて大好きです」

雅子の酒量も田崎の想像を超えていた。クルマはどうする気だろう、と田崎は心配したほどで、やけ酒ではないにしても、乱暴な飲み方だった。

「そろそろ帰りましょうか」

雅子が田崎を見上げたが、それは、私はまだいいのよ、と問いかけているように思えた。

田崎は胸をときめかせた。

「僕は門限などないですよ」

「私も……」

雅子が眼を伏せた。

「それじゃ、港の見える丘のホテルへでも行って、飲みなおしましょうか。歌の文句にあるくらいだから、タクシーに乗れば行ってくれるでしょう」

「はい」

田崎は横浜の街はまるで不案内だったので、すべてタクシーにたよるほかなかった。

来てみると、たしかにホテルのラウンジルームから横浜港の夜景をほしいままに一望のもとに見おろせたが、それをたのしむ余裕も、カクテルを味わうゆとりも田崎にはなかった。雅子もそうだった。

「こんなにお酒を飲んだのも、良い気持ちになったのも初めてです。久しぶりにゆったりとくつろいだせいでしょうか。なんだか眼がまわりそう」

雅子は、しばらくの間、田崎に横顔をのぞかせたまま横浜港の夜景を眺めやっていた。

東京に帰ることは、とうに放棄しているようだ。田崎はいよいよ胸が高鳴った。こんなとき、男はどうすればよいのか。俺は、ホテルに女を連れ込んで、手ごめにする勇気は持ち合わせない——田崎が気弱げに眼を伏せたとき、雅子がつぶやいた。

「これではとてもクルマは無理」

「僕にまかせてくれますか」

田崎は勇気づけられたが、声が喉《のど》にひっかかって、うまく言えなかった。

「はい」

その声も消え入りそうだった。

「下へ行きましょう」

田崎が席を立つと、雅子は黙ってついてきた。

フロントでサインをするとき、手がふるえ、膝《ひざ》がガクガクしたが、うすら笑いを浮かべ変な眼で見ている係の男に前金を要求されて、田崎は度胸がすわった。

そのホテルは、旅行鞄《かばん》などの手荷物を携帯していない場合は、宿泊料を前取りする仕組みになっていた。

八階のルームに案内してくれたボーイがキイを田崎に渡して引き取ったのを待ちか

ねていたように、田崎は雅子を抱擁した。口づけにも雅子は強く反応したが、田崎の胸の中で小刻みに躰《からだ》をふるわせていた。

田崎はそれをいとおしく思いながらも、ひきかえすことのできない感情になっていた。

「いけないわ。ゆるして、おねがいです」

雅子のかすれた声が遠くで聞こえたが、田崎は埋没して行った。深い陶酔がふたりをおしつつんだ。

雅子の頬が涙で濡《ぬ》れているのを認めて、田崎は胸をふさがれた。

「わるかった。このつぐないはします」

田崎は雅子から離れ、ツインのもう一方のベッドに躰を移動して、天井を睨《にら》んで言った。

「あなたが悪いことなんかありません。むしろ私のほうがいけないのです。深くお考えにならないで」

雅子の声が返ってきた。

「ただのホステスに過ぎません。そんなに心配なさらないでください」

田崎がいつまでもおし黙っているので、雅子が心配そうに言った。

田崎は、雅子をいとおしむ思いがふくれあがった。

気持が昂《たか》まり、躰の芯《しん》が硬直し、カッと熱くなった。田崎は雅子のベッドの中にもぐり込んだ。

差し乳というのか、胸のふくらみが成長し切っていないようにひそやかであった。白い頤《おとがい》も、うすく眼を閉じた二重の瞼《まぶた》も、形の良い厚みのある耳朶《みみたぶ》も、すべてが田崎の気持ちをそそった。

田崎はぎごちないしぐさで、雅子を愛撫《あいぶ》した。信子以外に女性を知らない田崎にとって、雅子との行為はすべて未知の世界だ。

雅子は田崎の飽くことのない欲望に、はじめはとまどいながら、だがしだいに強く反応し、白々と夜があけるまで、ふたりはもつれあい、絡み合っていた。

「こんなに愛してくださって、ありがとうございます」

あけがた、まどろみはじめた田崎に、雅子が背中を向けたまま恥ずかしそうに言ったのを、田崎は覚えていない。

翌日曜日も都内のホテルで過ごした。田崎が駄々っ子のように、どうしても別れるのは厭《いや》だとせがんだのである。

「私は気ままな女なのですから、どうでもいいのです。でも奥さまやお子さまに申し訳ありませんわ」

はじめ、雅子は拒んだ。

だが、子供はいないしワイフは実家《さと》へ帰っている、という田崎の言葉で、気持ちが変わったようだった。

田崎の財布は横浜で底をついていた。田崎がそれを告げると、雅子はクルマを運転しながら、言った。

「心配なさらないで、私にまかせてください。今度は私の番ですわ」

その日の午後、雅子はちょっと出かけて来ます、といって、ホテルの部屋から出て行った。一時間ほどして戻ってきた雅子は、ベージュのスーツに着替え、田崎の下着とブルーのカラーシャツなどを買い込んできた。

たった一時間ほどの間なのに、もう雅子は戻ってはこないのではないかと、田崎は気が気ではなかったが、デパートの店名が刷り込んである大きな紙袋にネクタイまでしのばせてあるのを知ったとき、雅子のゆきとどいた心遣いに胸がじんとなった。

「このままでは、あした会社へ行けませんもの。このネクタイすこし地味かしら。ネクタイをプレゼントするということは、首ったけっていう意味があるなんて、誰かに聞いた覚えがあります」

雅子は紺地に赤の模様をあしらったネクタイを田崎の胸にあてて、それから背伸びをして、キスをねだるように手を首にまきつけてきた。

その夜、雅子は、田崎がシャワーを浴びて頭髪を洗っているとき、大胆にもバスルームへ闖入《ちんにゅう》してきた。

それまで田崎がいくら誘っても一緒に入浴することをはばかっていたが、洋式の狭い浴槽の中で田崎の躰のすみずみまでシャボンをぬりたくって洗い流してくれた。そして田崎の中心部にそっと口づけし、身を起こして、はにかんだ泣きべそ顔を田崎の胸に倒してきた。まるみのある浴槽の底が不安定で、田崎は雅子を抱きとめられず、すこしよろけた。今度は田崎が雅子の躰を流す番だった。白い裸身に、石鹼《せっけん》をつけた両掌《りょうて》をうなじから、乳房、乳房から下腹部へといとおしむようにはわせて行った。

「右のおっぱいがすこし大きいみたいだね」

田崎がきまりわるげに言うと、雅子は小娘のように両手をクロスさせて胸をおおった。

行為のさなかにベッドの中で雅子が言った。

「おねがいです。雅子と呼んでください」

「マサコ、マサコ」

田崎がそれにこたえてやると、雅子は一気に昇りつめたようだった。ひたひたと波が引いていき、また大きな波が寄せてくるように、雅子は何度もたかまりが躰をつらぬくのか、全身を痙攣《けいれん》させ、撓《たわ》ませる。

それは、ひとたびエクスタシーに到達してしまうと、なかなか情感がもどってこない妻の信子とは異質のもののようだった。田崎は生まれて初めて、女体にのめり込み、耽溺《たんでき》した。

第五章　引き抜き工作

1

道路を歩いているときも、定例の朝の打ち合わせ会でも、田崎はみんなに顔を見られているような気がして下ばかり見ていた。できることなら、親しい友人にでもうちあけたい気がしないでもないが、やはり自分の胸の中にしまっておくべき性質のものであろう。

吉田雅子のような良質な女性が銀座にいることが不思議に思われてならない。T字形の安全剃刀《かみそり》、シェービングクリーム、メンソレータムまで雅子は薬局かどこかで買い込んでくれていた。

もっとも安全剃刀については、請求さえすればホテルでサービスしてくれることは後で知ったのだが、至れりつくせりの雅子の思いやりが田崎には切ないほどうれしく、ありがたかった。秘密をもつ、ということは、かくも心をときめかせるものなのか。

俺はすこし、いい気になり過ぎているのだろうか——。会議が終わって、つくねんとそんなことを考えているとき、自席の電話が鳴った。田崎はハッとわれに返り、課員の視線を意識して、また顔があからんだ。

「はい、田崎ですが」

「俺だよ。宮本だが、元気かね。ずいぶん会わないような気がするが……」

「先日はいろいろありがとうございました。先週の水曜日にお会いしてからですから、まだ五日にしかなりませんよ。石油工業部へ顔を出したくてうずうずしていたところです」

「それならどうだい。きょうの昼ごろはあいてるか」

「ええ。けっこうですよ」

「じゃあ、席で待っている」

「わかりました」

田崎は、業界関係の団体などをまわって、時間を潰《つぶ》し、正午十分前に通産省の受付から宮本の席の内線番号へつないでもらった。

「おう、待ってたんだ。いまどこなの」

「新館の受付です」

「遠慮しないで上がってこいよ。まてよ、そこにいてくれ、いま降りて行く」

ほどなくやってきた宮本は、年配の眼鏡の男を伴っていた。その男なら、田崎はたった一度顔を合わせただけだが、名刺を交換したことがある。たしか、外資系の陽光石油の企画室長で上林《かみばやし》といったはずだ。田崎は上林に眼でかるく会釈した。

宮本の席で偶然出くわし、紹介されたとき「大和さんも続々と新鋭を繰り出してきますなあ」と、皮肉めいた口調で言った男だ。上背もあるが、少し肥えた赤ら顔の男である。

「田崎君、実は上林さんが食事をご馳走《ちそう》してくれるっていうんだが、俺はちょっと席をあけられないので、きみだけでもおつきあいしてあげてくれ。いろいろ、話もしたいらしいから」

「そんなわけにはいきませんよ。それじゃなんだかへんです」

田崎は辞退した。

「たまには俺の言うこともきいてくれよ」

宮本がいつになく厳しい表情で言ったので、田崎はそれに逆らうことができなくなった。

中庭の駐車場に大型のハイヤーが待たせてあり、田崎が宮本に促されて、不承不承ひと足踏み入れると、田崎を後押しするように上林が乗り込んできた。

なにがなんだかわからないうちに、クルマは赤坂の料亭にあっという間に横づけされた。

「さあさあ、どうぞどうぞ」

上林はもじもじしている田崎をせきたてた。

二階の一室に、すでに酒席ができていて、田崎は床の間を背に座らされた。膳《ぜん》が二人分しか用意されていないところをみると、宮本の代理をつとめさせられているようだ、と田崎は思った。席を用意させてしまった手前、宮本に不都合が生じ、やむをえず田崎にお鉢がまわってきた、そう田崎は解釈した。一流か二流かわからないが、深い植え込みと石畳に水を打った、このように立派な料亭が昼食時にも営業していることを田崎は初めて知った。

それにしてもひどく座り心地が悪い。上座にすえられて、あぐらをかいていいものやらへんな具合いだった。

「田崎さん、そう固くならずに、楽にしてくださいよ」

上林が背広を脱いで言った。部屋の中は暖房がきいていて、上林は多汗性らしく、もう鼻のあたりに汗をうかせている。

懐石料理が次々と膳の上に並んだ。ビールと酒も運ばれてきた。外資系の会社は派手だなと田崎は思い、大和《うち》なんか地味なほうかもしれない、と妙なところで感心させられた。

仲居にしては、はなやいだ感じの和服の女にビールを一杯だけ酌をさせて、上林が言った。

「ここはいいから、席を外しててていいですよ」

「カーさん、じゃあお願いね」

女はあだっぽく言って、ついでに田崎にも秋波を送って、ひきとった。

「いまのがここの女将でね、とくに名は秘しますが、ある中央官庁の大物のOBのこれですよ。おもしろい話があるんです。それを知ってか知らずか、女将を手込めにしようとした豪の者がキャリアにいたんですから驚くじゃないですか。横恋慕というやつですな。法令審査委員クラスだったか、もう課長になっていたかな。いまは商社に天下った男ですが、味なことをやるじゃありませんか。たしかに、ふるいつきたくなるような良い女ですが、それを知ってかきくどいたとしたら、これは立派なもんですよ」

声をひそめて、上林はやにさがった。

ハイヤーの中で、霞《かすみ》が関《せき》の官庁街に十年以上も通っていると言っただけあって、いろいろと表裏に精通しているらしい。

「ところで、おたくの乾式排脱技術はたいしたものらしいですねえ。事務屋の私には詳しいことはわかりませんが、参考までにレクチャーしてくださいよ」

うす気味悪いほどの猫撫《ねこな》で声《ごえ》で、田崎の気をひくように上林が言った。

田崎は話題が自分好みのものになったので悪い気はしなかった。排煙脱硫の話なら得意とするところだ。この程度のことは企業秘密でも技術秘密《ノウハウ》でもなんでもない。

妙な下世話もあずかって、固さもほぐれてきた。

「以前は電力会社に重油を供給している石油会社としては買電にたよって自家発電を手びかえてきましたが、他力本願というわけにはいかなくなり、ボイラー、自家発電の必要上、重油の排煙脱硫へと進んできたわけです。つまり、排脱は電力会社などユーザーのテリトリーだと考えられてきたわけですが、電力多消費型産業の石油、石油化学コンビナートとしては自家発電に進まざるを得なくなり……」

「そのへんのところは私も承知しています。おたくの乾式排脱について、かいつまんでひとつ……」

上林が先を促した。

「つい最近までは排煙脱硫は湿式のほうが技術的に安定していると目されてきました。事実内外の多くの会社で採用されているのは湿式によるもので、脱硫率も九〇パーセント以下を保証値としているようです。ところが、SO_2対策だけを考えれば湿式法によるものでよいのでしょうが、ここ一、二年の間に窒素酸化物、いわゆるNO_X対策の必要性が光化学スモッグとの関係もあって急速に問題となってきました。環境庁がNO_Xの厳しい排出基準を設定し、施行しましたが、地方自治体によってはSO_2も含めて総量規制によってさらに一段と厳しい規制を施行しているところもあります。亜硫酸ガスについては脱硫技術の進歩でほぼ解決されたといえますが、窒素酸化物対策が今後の課題といわれています。つまり脱硝技術の開発が不可欠になってきました。わが社の乾式脱硫法は脱硝法との組み合わせ上、湿式脱硫法に比較して非常に有利なわけで、建設コスト、脱硫率も画期的なものといってよいでしょう」

飲み食いを忘れて、にわかに饒舌《じょうぜつ》になった田崎に、上林は、ビールを注いだ。

「めしあがりながらどうぞ」

「乾式脱硫の開発については、世界の名だたる企業が懸命に取り組んでおり、一部では成功したとも伝えられていますが、実態はまだ開発途上にあって、実用に耐えるものはないようです。乾式脱硫のネックといわれる高温下での電気集塵《しゅうじん》器による煤塵《ばいじん》、すすとごみの除去についてもわが社の技術は完全にマスターしています。実用に耐える乾式脱硫では世界で初めてといってよいと思います」

田崎はビールを乾《ほ》した。喉《のど》が渇いていたので、胸のあたりまでスーッとした。

「遠慮なくいただきます」

田崎は初めて箸《はし》をとった。

刺身も、たきあわせも、よくできている。

「つまり、脱硝との関係で乾式がクローズアップされてきたわけですね」

「ええ。それだけではありませんが、そうも言えると思います」

田崎の話を、「なるほど」を連発して、むやみに相づちばかり打って聞いていた上林は、しばらく思案顔で箸をせわしなく動かしていたが、急に改まった調子で言った。

「田崎さん、単刀直入に言いますが、大和を辞めてウチへ来ませんか。子会社の石油化学もありますから、技術屋として存分に腕がふるえますよ」

「はあっ……」

田崎は上林の話がにわかにはのみ込めなかった。

「実はあなたのような人をこのままにしておくのは、いかにも勿体《もったい》ないと宮本さんから当社に話があったのです。ずいぶん苦労されたそうですね。あなたがくさっているので、宮本さんが大変心配してましたよ。ざっくばらんに申し上げますが、あなたの経歴等については調べさせてもらいましたが、百点満点で一点のくもりもないことがわかりました」

「待ってください……」

田崎は生唾《なまつば》を呑《の》み込んだ。

「たしかに僕は宮本さんにこぼしたことはありますし、宮本さんに大和などは辞めてしまえと言われた覚えもありますが、そこまでは考えていません」

「まあ、そう堅く考えないで、私の話を聞いてください」

上林は、煙草に火をつけて、一服うまそうに吸った。

「なにも技術屋は工場や研究所にいなければいけないと決まったわけではないし、会社で上に行くためにはいろいろな経験を積むのも悪くありませんが、若いうちは現場でみっちり鍛えるのがいいのではありませんか。モチはモチ屋というか、適材適所というか、お役人相手の辛気臭い仕事は、田崎さんのような若い技術屋さんのすることではないですよ。失礼ながら、大和さんでは先が見えてしまっています。世襲制の同族会社の限界もあるでしょうが、その点ウチはそんなことはない。それにちゃんとした労組もありますしね……」

田崎はぎくりとして、顔をあげて上林を見た。その表情にはなんの変化もない。うまそうに煙草を吸っているだけだ。

「ご用組合のなんのといったって、中小企業じゃあるまいし、労組のない企業なんていうのは、どこかいびつな面があります。無理をしているというべきか、そう思いませんか、田崎さん」

腰の低い苦労人といった感じの男だが、ぴしりとツボを押さえている。田崎は肺腑《はいふ》をえぐられるような気がした。

「その点は同感です。しかし、僕にも愛社精神なんていうと笑われそうですが、そう簡単に割り切れないものがあります」

「どうも日本人というのは一般論としてそのへんがすっきりしない点はありますね。しかし、サラリーマンの在り方もだんだん変わってきてるようですよ。パーソナルパワーというか個人の力量を評価する考え方が出てきてますね。アメリカあたりではビジネスマンの移動、移籍など日常茶飯事ですし、有名な話ですが、自動車会社の社長が商売仇《がたき》の会社の社長としてスカウトされたことがあったでしょう。日本人はモラルのなんのかのとかくナニワブシになりがちですが、ウチは外資系のせいか、そこのところは割り切っていますし、中途採用が割りをくうようなことは絶対にありません。それから、あなたに仮りに来ていただけるとして、排脱の仕事をしてもらうと決めているわけでもないのです。そんなケチな考えであなたにこんな話をしているのではないし、大和さんにはウチのシェアをだいぶ食われましたが、江戸の仇を長崎で討とうなどと考えて、あなたを誘っているわけでもないのです。宮本さんも心配してるように、あなたに伸び伸びと仕事をしてもらいたい、そう考えているんですよ」

上林は煙草を灰皿に落として、ビールをかけて消し、また話をつづけた。

「ここだけの話ですが、近くウチも乾式排脱装置の建設に入る予定です。アメリカの親会社が技術を持ってますし、当社独自の技術もありますから、大和さんが発表している数字と同じ程度のものはウチでもできると考えているんです。ですから、田崎さんに来ていただいて、大和さんのノウハウを根こそぎ取ってしまうなどということにはなりません。まあ、あなたの経験を多少いかしてもらう、その程度にしか考えていないのです。ウチには技術系と事務系と交互に社長を出す不文律のようなものがありますす。田崎さんは当然、ウチの同期のトップクラスと同じ扱いをさせてもらいますから、ゆくゆくは社長になれるチャンスだってあるわけです」

田崎はさっきから胸がざわついていた。息苦しくなって、ネクタイをすこしゆるめた。

この席が自分のために用意されたことに気づいたときから、田崎は落ち着けなくなった。宮本はどう話を持ち込んだのだろう、尾ひれをつけて、俺がすっかりくさり切っていると話をしていたにしても、これではすこし性急過ぎて心をかきまわされるだけだと田崎は思った。

「それからこれは余計なことかもしれませんが、会社には機密費みたいなものがありますから、当然、仕度金のようなものは出させてもらいますよ」

「変なことを言われますね。万一、僕が上林さんのところにお世話になるようなことになったとしても、そんな、そんな札束で人の顔を張るような。ひどいじゃありませんか」

田崎は色をなして、口ごもった。

「これは失礼なことを言ってしまいました。こういう話に飛びついてくるような人でしたら、私のほうでお誘いしません。私としたことが田崎さんをためすようなことを言ってしまって」

上林はさかんに頭をかいてみせ、平身低頭した。

「僕のような者をお誘いいただけたことを感謝します。大変ご馳走《ちそう》さまでした。いずれお返しをさせていただきます。それじゃこれで失礼します」

田崎は正座して、丁寧に挨拶《あいさつ》して起《た》ち上がった。

「まだいいじゃありませんか。ゆっくり食事をなさってくださいよ。クルマを呼びますから、それまで座っててください」

上林があわてて引きとめた。

「急ぎますので」

啞然《あぜん》としている上林を尻目《しりめ》に、田崎は階段を降りて行った。

先刻の女があわてて、菓子折りを持って追いかけてきた。

どこをどう歩いたか知らないが、田崎はなにかにせきたてられるようにしてMITIに来ていた。

田崎は心を揺さぶられていた。気持ちが動かないといえば嘘になる。

必ずしも排脱の仕事に限定していない、とあの男は言ったが、俺に目をつけたのは、それ以外に考えにくい、と田崎は思う。工程が細分化されている複雑な生産プロセスではそうイージーには行かないが、排煙脱硫のようなシンプルな設備なら、田崎程度のエンジニアでも、ノウハウ、ソフトウエアといったものはすべて頭の中に叩《たた》き込まれていた。

仮りにも排脱関係の仕事に三年以上もタッチしていたのだから、中国製油所に建設された第一号機と寸分違《たが》わぬ、いやそれに優るものを建設する自信がある——。だが、これは一種の産業スパイ的な行為ではないか。そこで田崎の思考は停止した。宮本を通じて、はっきり断ろうと田崎は思った。

宮本は席を外していた。食事に出た、と告げられ、田崎はひとまず会社に帰ることにした。胸の鼓動は正常に復していた。

2

田崎があたふたと料亭を出て行ったあと、上林は宮本に電話を入れて、呼び出した。宮本は二十分ほどしてタクシーで駆けつけてきた。

田崎が座っていた位置に、いまは宮本が腰をおろして、ビールを飲んでいる。料理も同じものが新しく用意されていた。

「どうですか、脈はありそうですか」

「初めはきょとんとしてましたが、私は充分脈はあると思いますよ。さすがに宮本さんが推奨してくれただけのことはありますね。正直、私も惚《ほ》れました。大和鉱油の技術屋には珍しくシリアスでシャイな好青年ですな。あの会社は技術屋にも営業をやらせたり、ノルマがきついせいかよく言えば一騎当千、悪く言えば変に擦れたしたたかなのが多いのですが、田崎さんはまだ純粋なところが残っていて非常に好感がもてます」

宮本は空腹でガツガツ片っぱしから料理をかき込んでいたが、ビールで口の中をブクブクうがいして、それを飲み込んだ。

「私もあの男のシャイなところが好きなんです。われわれには薬にしたくてもありませんからね。陽光石油さんには私もいずれお世話になる身だが、たいした手土産もないので、せめて田崎君でも担いでお役にたてればと考えてるわけです」

「それとこれとは別ですよ。ウチの社長は清濁あわせのむ人ですから……」

「それじゃまるで私は悪人みたいに聞こえますね」

宮本は躰《からだ》をはすかいにして、拗《す》ねたように言った。

上林があわてて手を振った。

「そんなつもりは毛頭ありません。宮本さんには日ごろお世話になっていますし、人物を見込んで、こちらからお願いしてるんです。宮本さんとウチの社長は同郷ですし、田崎さんのこととは切り離して考えているという意味で申し上げたのです。それはともかく、田崎さんのことについてはウチの上層部も大変乗り気です。あそこの会社には昔、いろいろ煮え湯を飲まされてますからね。ぜひスカウトしろと、けさも言われてきました」

「まさか私のことまでは話してないでしょうね」

宮本はせわしなくまばたきした。

「もちろんです。当社も大和鉱油に対して、それとなく技術供与するつもりがあるかどうかアプローチしてみたんですが、その気は大いにあるようです。しかし、人間尊重主義の会社もこと商売となると厳しいですからね、相当ふっかけられそうです。田崎さんを引き抜くことが可能なら、あなたに相当のお礼をしなければなりませんね」

上林は上眼遣いに宮本の顔色をうかがいながら含み笑いした。

宮本は眉《まゆ》をひそめ、憮然《ぶぜん》とした顔になった。考え込むように爪楊枝《つまようじ》で歯をせせっていたが、ぐいと顔をあげて、上林を見据えた。

「私は自分のエゴイズムだけで田崎君をおたくになにしたわけではないですよ。あの男のためによかれと思って、そう考えた結果であって、その点はそれこそ純粋なつもりです。しかし、私も陽光石油さんにお世話になるかどうか自分ひとりでは決められませんし、最終的にはまだ決めたわけでもないので、そのへんは田崎君に伏せておいてくださいよ。純な男ですから、へんに気をまわされても困るんです」

「もちろんですとも。だいいち、私どもが直接、田崎さんと交渉を持つのはきょう限りにしたいと思っているくらいです。宮本さんなどのご尽力によって自然発生的に田崎さんの気持ちがそうなるに越したことはありませんからね。しかし、まったくほれぼれするような好い男ですねえ。白面の貴公子というんですか、アラン・ドロンばりの甘いマスクじゃありませんか。宮本さんはどうか知りませんが、私には稚児《ちご》趣味はありませんがね」

「私にもそんな趣味はないよ」

宮本の仏頂面がほころんだ。

「ただ、どうですか。技術屋として食い足りないところはありませんか」

「いや、そんな感じはしませんね。なかなかしっかりしたものです。アクが強過ぎるというか、自己顕示欲の強いのはプロパーとの間がぎすぎすしていけませんが、田崎さんにはそんなところがないのですぐ融和しますよ」

「工業所有権というか特許などの問題で、あとで係争に持ち込まれる心配はありませんか。たとえばおたくが田崎を引き抜くことによって、乾式の排脱装置を建設したとしての話ですが」

宮本は香のものを指でつまんで口に入れた。

「その点はウチでも検討してみたのですが、心配ありません。乾式排脱ではアメリカの親会社が特許を取得していますし、排煙脱硫などは原理的にそう新しいものがあるわけではなく、エンジニアリング力というか、ちょっとしたヒントの問題らしいのです。それにしても大和が発表してる九五パーセントの脱硫率がほんとうだとすると、やはり驚異ですよ。ウチの技術力ではどうなのですかねえ。ウチの技術屋もまだ半信半疑なのですが、よっぽど優れた触媒でも見つけたんでしょうか。これが生産技術ですと、なまぐさい問題にならないとも限りませんが、たかが公害防止技術ですからね。ウチがああいう乾式の技術を確立すれば、公共福祉のために電力会社や石油会社に只《ただ》でくれてやりますよ」

「大きく出たね」

二人は顔を見合わせて高笑いした。

「はっきり言って、東大出の技術屋をよく排脱関係なんかにはりつけておいたもんですね。あえて勿体《もったい》ないとは言いませんが、ウチあたりですと生産プロセスのほうにどうしてもまわしたくなる。もっとも、だからこそああいう排脱技術が生まれたのかもしれませんがね。もし、田崎さんをスカウトできましたら、いろいろ経験を積ませて、当社の技術陣を背負《しょ》って立てるまでに育てたいですね。およばずながら私もバックアップしますよ」

「とにかく、田崎君のことについては私にまかせてください」

老獪《ろうかい》なふたりの中年男はひとしきり田崎を肴《さかな》にビールを飲んで、二時を過ぎたころ連れだって料亭を出て行った。

3

田崎が三日ぶりに帰宅したその夜九時ごろ、広瀬政子から長距離電話がかかってきた。

アルトのしっかりしたその声は、田崎をしてしばし懐かしい清浄な思いにひたらせてくれた。

「夜分遅く申し訳ありません。さっそくご返事いただけて、私、期待していなかったものですから、うれしくて……」

政子の声は弾んでいる。

「僕のほうこそ、ありがとう」

「奥さまお元気ですか。いつぞやのお礼も申し上げていませんでしたので、電話で失礼かと思いましたが、お礼かたがた秋元さんのことをご連絡しておこうと思って、七時ごろ電話してみたのですが……」

「七時にも。申し訳ない。ワイフは多分元気でしょう。家出して、いまここにはいませんが」

田崎は笑いに紛らわしたが、苦い思いが胸を走った。

「えっ」

政子が絶句し、何秒かが過ぎた。

「行先はわかっています。多分、鎌倉の実家だと思いますが」

「まあ、家出なんて、ご冗談ばっかり。おめでたですか」

合点がいった、というように政子の声がなごんだ。

「それなら良いのですが、広瀬さんの手紙を僕に無断で開封し、先に読んでしまったので叱りつけたら、ふくれっ面で出て行ってしまったのです」

「ほんとうですか」

息をのんだようだ。

「もう四日も帰ってこないのですから、やっぱり家出でしょうね」

「私、なにか奥さまの気にさわることを書きましたでしょうか」

田崎は、政子の深刻な声に、当惑した。

「そんなことありませんよ。ご心配なく。きみにはなんの関係もないし、まあ、そのうち帰ってくるでしょう。しょっちゅうやってることで、いまに始まったことではないのです。とんだ恥をさらしてしまって、忘れてください」

田崎の必要以上に大きな声も、笑い声も、受話器を通して、政子にはうつろに響いてくる。政子は自分が重大な過失を犯したように思えた。

手紙を出したこと自体がすでに誤謬《ごびゅう》なのだ。

電話を切ってから、政子は肝腎《かんじん》の用件を田崎に伝えていないことに気付いた。というより、田崎に宛てた手紙のことに気をとられて、それを忘れてしまったのだ。

政子は、テレビの連続劇を犠牲にして二階の自室にひきこもった。

政子はガスストーブに火をつけるのも忘れ、机に頬杖《ほおづえ》をついて、しばらくぼんやりしていたが、急に思いたったように、手紙の下書き用のノートを抽出《ひきだ》しからとり出して、ページを繰った。ハッとした。田崎さんのような素敵な方……なんの気なしに書いてしまったが、とりようによっては、田崎に思いを寄せていると受けとられかねない。

政子は、愁いを帯びた田崎の面持ちにすっかり頭の中を占領されてしまった。一度会ったきりだが、情のこわそうなあの夫人、たしか信子といったが、あの人ならこの程度のことで騒ぎたてることも充分ありうる……政子はそう思いながら、田崎からの手紙をふたたび読み直した。これで何度目だろう。

田崎がこの手紙をしたためていたとき、夫人は実家へ帰っていて留守だったのだろうか。政子は寒々とした社宅のたたずまいを想像してみた。あの人は、いまごろひとりぽつねんとテレビでも見ているのだろうか。政子は胸がうずくような思いがした。

政子はあれほど逡巡《しゅんじゅん》した自分にひきかえ、すぐさま返事をくれた田崎の好意がうれしかったし、それにこたえるために、わざわざ長距離電話をかけたのだった。

しかも、それほど急ぐことでもないのに、秋元の新しい勤務先などの用件のみを夫人に伝えようと、こまかく神経を配ったつもりなのに。でも直接夫人に電話がつながらなくて、よかったとも思う。

政子は田崎に会いたくなった。これは、恋とか愛などという感情とはまったく関係のない別のものだ、と自分にいいわけしながら、政子は階下へ降りて行った。

学生時代に身を寄せていた東京の母方の叔父《おじ》が急性肝炎で、K大学の付属病院に最近入院したという知らせを受けていた。どうせ一度は病気見舞いに上京しなければならないのだから、早いに越したことはない。

政子は、ドキドキしながら横浜市旭区の田崎の社宅のダイヤルを回した。

五度目の呼び出し音で田崎の声がした。

「はい。田崎です」

硬いその声に、政子は気後れしたが、思い切って言った。

「広瀬です。先ほどは失礼しました」

「あっ、きみですか。こちらこそどうも」

田崎の声が柔らいだので、政子はほっとした。

「秋元さんの勤務先を言い忘れてしまいました」

「そうでしたね。僕もうっかりしてました」

政子がそれを告げると、電話のそばにメモ用紙などが備えてあるらしく、すぐに田崎の声が返ってきた。

「わかりました」

「三月初めから会社の独身寮に入るそうです。一人部屋だと威張ってました。一ヵ月が試用期間で、四月から本採用という話でした。田崎さんが会いたがっていると話しましたら、秋元さん、会ったらうんと恨みつらみを言ってやるんだと笑いながら言ってましたが」

「罪ほろぼしにご馳走《ちそう》しなければいけないな。広瀬さんにも……」

「今週の土曜日はお忙しいでしょうか。日曜日でもいいのですが、叔父が急性肝炎で入院したものですから、お見舞いに行かなければなりません。田崎さんのご都合がよろしかったら……」

「けっこうです。土曜でも日曜でもかまいません。大歓迎です」

「奥さまにもお目にかかってお詫《わ》びしなければと思っています。変な手紙を差し上げてしまって」

政子は心にもないことを言ったつもりはなかったが、一層胸の動悸《どうき》が速くなった。

「そんなことは気にしないでください。それじゃ、東京へ出てきたら、いつでもけっこうですから電話をください。土曜日は休みをとることにしてますから、一日家にいることにしましょう」

田崎はそう言ってしまってから、いくらかうしろ暗いような重荷を感じている自分を意識した。

4

あくる日の夜八時ごろ、田崎は赤坂の小料理屋で宮本に会った。

「きみにはいつもご馳走になってばかりいるから、たまには俺に奢《おご》らせてくれよ」

田崎は宮本に電話で、呼び出されたのである。

「さあ、遠慮なくやってくれ」

宮本は遠慮する田崎を上座に座らせ、仲居をさしおいてビールの酌までしてくれた。

田崎はいつもと勝手が違って腰が定まらなかった。

「上林さんから話を聞いてくれたと思うが、悪い話じゃないだろう」

「ええ、ありがたいと思ってます。しかし、上林さんにはあの場で一応お断りしておきましたが……」

「そうかい。俺には大いに脈があるようなことを言ってたが」

宮本は渋面をぷいとあらぬほうに向けて、ビールを乾《ほ》した。だが、すぐに穏やかな顔になった。

「田崎君、ここは考えどころだよ。正念場といってもいい。俺は断る手はないと思うな。はっきり言って、こんなチャンスはそうそうあるもんじゃないよ」

「しかし、ウチの排脱の技術は、僕ひとりで開発したものでもありませんし、背信行為というか、産業スパイ的な、技術者としてあるまじき行為だと思うのです」

「おいおい冗談じゃないぜ……」

宮本はさもあきれたといわんばかりに、ぽんと割《わ》り箸《ばし》をテーブルに投げ出した。思い入れたっぷりな仕種《しぐさ》に、田崎は鼻じろんだ。

「カマトトだかねんねだか知らないが、そんな馬鹿なことを言ってくれるなよ。頭脳流出というならまだわかるが、産業スパイなどと本気で思ってるとしたら、大変な間違いだし、あるいはとんでもない思い上がりというか自意識過剰だ。それともテレビの見過ぎかな」

宮本に馬鹿にされたように一蹴《いっしゅう》されて、田崎はわけがわからないながらも顔を赤らめた。

「設計図《デザイン》を盗めの、手引き書《マニュアル》を盗み出せといってるわけじゃあるまいし、そんな思い詰めて考える性質の話じゃないんだ。きみの言わんとしていることもわからなくはないが、きみみたいに考えたらサラリーマン稼業は息苦しくてやってゆけない。しかも、きみが大和にそれほど義理だてする必要がどこにあるのかね。きみは大和で排脱の開発、建設にかかわったことで充分会社には報いたはずだ。逆にそれに対して会社はきみに報いていないどころか、会社に裏切られたようなものだ。俺がいちばん心配しているのは、せっかくのきみの能力、技術がこのまま埋もれてしまって、腐りはしないかということだ。タイム・ラグという点を考えてもみたまえ。現にLNGなどのクリーン燃料とC重油の価格差がなくなってきたために、排脱装置の建設を見合わせているところが多い。乾式だからまだ価値があるが、湿式の価値はすでに半減している。技術は日進月歩で進んでいるんだ。大和の乾式排脱など、そのうちすぐに陳腐化して、使いものにならなくなるぞ。きみは自分の技術をいま活《い》かさなかったら、永久に使う機会がなくなるんだ。あとで後悔することは眼に見えている。これがものをつくり出す技術だったら俺もきみにこんなことをすすめているかどうかわからんが、たかが排脱と言っちゃあ悪いが、公害防止技術に過ぎない。言ってみれば社会奉仕みたいなものだ。産業スパイのなんのと笑わせてはいかんよ、きみ、そうだろう」

宮本は放り出した箸をひろい、張り扇みたいに小鉢を叩《たた》きながら、ぶちまくった。田崎は辟易《へきえき》したが、たしかに〝産業スパイ〟は考え過ぎのような気がしてきた。松山の癇性《かんしょう》な顔が眼に浮かび、酒の上とはいえ、「クビになるところをつないでやったんだ」と言われたときの屈辱感が胸のあたりにうずうずわだかまっていることを意識した。

「俺も調子に乗って言い過ぎたかもしれん。勘弁してくれ。しかし、きみを思えばこその暴言だとわかってくれよ」

宮本がオクターブを落として、身につまされたような言い方をした。

「ありがとうございます。もう一度よく考えてみます。宮本さんにはいろいろお心遣いをいただいて……」

田崎は頭《こうべ》を垂れた。

「おい、よせよ。それよりきょうは久しぶりに大いに飲もう。ありようを言うと、陽光石油の上林さんに、きみを慰労してくれとたのまれてるんだ」

宮本はあわててそう言い、首をすくめた。

「それは困ります。上林さんには先日もご馳走になってますし、そんないわれはありません」

田崎は激しく首を振った。

「つまらんことにそうむきになるな。それから老婆心と思って聞いてもらいたいが、陽光石油に入るつもりがあるんなら、トレードが完了するまで口が裂けても陽光石油の名前は出さないほうがいいと思う。女房にもしばらくの間は伏せておけ。めんどりが騒ぐとろくなことはない。逆に鞍替《くらが》えする気がないんなら、大和鉱油に対して陽光からスカウトに来てるくらいは匂わせてやったらいい。それで会社はきみをすこしは見直すはずだ。もちろん俺としては前者を期待しているし、そうなることを信じてはいるが……」

ゆきとどいた気遣いというべきであり、含みのある話でもあった。田崎は、宮本の話を聞いていて、すこしずつ陽光石油に比重がかかってゆく心の揺れをいかんとも制しかねていた。

5

田崎に対する陽光石油のスカウト攻勢は、手を変え品を変え間断なく続けられ、宮本と飲んだ翌日の夕方、高校時代のクラスメートから電話がかかった。河口清《かわぐちきよし》という男は、大学は国立の工大へ進み、陽光石油に就職したことも田崎は聞いていたが、ひとむかし以上も没交渉だったので、思い出すまでちょっと手間どった。

「今晩あいてるならめしでも食わないか。久しぶりにおまえの顔が見たいね」

河口はあたりさわりない話をしたあと、そう誘ってきたが、とってつけた感じで、田崎は受ける気になれず、適当な理由をつけて断った。

「それじゃあ、あしたはどう」

河口はたたみかけてきた。

「雑用でけっこう忙しいんだ」

田崎は言葉をにごした。

「実は九州の製油所勤務で、久方ぶりに出てきたんだ。せっかくだから、ひと目でもいいから会いたいね。昼の時間でもけっこうだ。なんならお茶を飲むだけでもいい」

田崎は断り切れなくなり、翌日の昼食を約束させられた。

河口が上林など陽光石油幹部の意を体して田崎に電話をかけてきたことはわかり切っている。そのためにわざわざ上京してきたのか、社用で上京したついでに連絡してきたのか計りかねたが、どっちにしてもオブリゲーションを負わされたようで、田崎は気分が重かった。

つぎの日、赤坂のホテルのロビーで対面したとき、河口は平家蟹《へいけがに》のような顔に笑いを浮かべ、大仰な動作で左手で田崎の肩を叩きながら握手してから、田崎を一階のレストランへ導いた。肩をいからして歩くさまは、昔とすこしも変わっていない。チビと言われることを最も恐れ、言われると本気で怒りだし、そのことをいつまでも根に持つ男だった。以後、絶対に口をきかず、そのために気まずい思いをした者がクラスに数人はいたはずだ。ノッポであることに多少ひけめを感じていた田崎は、もちろん河口をつかまえてチビなどと言ったことはない。それに、田崎は努力しても直せない欠点や欠陥をあげつらうのは、人間として下の下だと子供のころから考えていた。

ホテルのレストランはバイキング料理になっていて、立ったり座ったりせわしなく、落ち着いて話ができなかった。

「捨てる神あれば拾う神ありだよ。人生いたるところ青山ありだ」

だが出し抜けに河口に言われて、田崎はむかっとした。

「それはどういう意味だい。僕は大和鉱油に捨てられたわけでも、陽光石油に拾ってもらおうなどとも思っていないが」

田崎が平静をよそおって皮肉まじりに言い返した。

「そう勿体《もったい》ぶるな。大和鉱油なんかにいたって、うだつがあがらないよ。俺もきみがウチへ来てくれれば、良いライバルができて張り合いがある。きみも東大の応化で一緒だから知っているだろうが、ウチの同期では杉下和彦《かずひこ》がいるけど、あんなの目じゃないからね」

河口はまるで意に介さず、うそぶくように言った。

「聞くところでは中途採用っていうのは一般に末路はあわれで、遇されていない人が多いようだけど、ウチの場合、それほどのことはないと思うよ。努力しだいでどうにでもなれるんじゃないか」

河口はローストビーフを頬張りながら言った。そのうえ訊《き》きもしないのに、本俸いくらで、残業代などの諸手当、税金、健康保険などを控除すると手取りいくらになると早口で話した。

「きみのところは全寮制的な発想から一歩も出ていないようだが、ウチは持ち家制度を奨励している」

河口は思いつくままにぺらぺらしゃべったが、排煙脱硫のことについてはとうとう触れずじまいだった。もっとも別れる間際に、田崎にはどういう意味かわからなかったが、えらそうに言った。

「早いところ虚業から足を洗って、実業の世界へ来いよ」

河口は肩をそびやかすようにして、意気揚々と引きあげて行った。

排脱などたいしたことではないという意味にもとれるし、田崎の現在のポストを嘲《ちょう》笑《しょう》しているようにも受けとれたが、田崎は河口と会って食事をつきあったことを後悔した。

帰するところ河口は何を言いたかったのだろう。中途採用の末路はあわれだが、ウチの場合それほどのことはない、という奥歯にものがはさまったような言いようも気にくわないし、拾う神もあるとはなんという言いぐさだろう。とりようによっては、田崎が陽光石油に入って来ることを快く思っていないと意思表示するために、面会を強要したとも取れる。

陽光石油の上林企画室長は、同期のトップクラスと同じ扱いをするという意味のことを言ったが、どうやら河口がトップクラスらしい。給与だけ比較しても、たしかに河口のほうが恵まれていることはわかる。しかし、河口の人を見くだすような態度に接して、田崎の気持ちは挫けた。

田崎は、気持ちの振幅の度合いが少々のことに揺れ過ぎると自分でも思わないわけにはゆかなかったが、陽光石油に距離を感じはじめていた。

6

広瀬政子は、田崎との再会を心待ちしている自分が不思議でならなかった。白金台でチョコレート店を経営している叔父《おじ》を病院に見舞ったが、GOTがどうの、GPTがどうのと肝機能の数値などを示して、にわか仕込みの知識を叔父が説明してくれるのもほとんどうわの空だった。

多少黄疸《おうだん》も出たとかで、眼が黄色かったが、それも言われてみなければわからない程度のもので、叔父は驚くほど元気だったので政子はほっとした。

約束の五時までひどく長かった。政子は早めに銀座へ出た。土曜日の午後なので、人出は早く、数寄屋橋のあたりは人波でもみくちゃにされそうだった。政子は本屋を覗《のぞ》いたり、デパートをブラついて時間を潰《つぶ》した。田崎に指定された銀座のレストランはすぐにわかった。

銀座四丁目の角で、むかしビヤホールのあったところと聞いてきたが、ビルの三階のレストランは空席がないほど混んでいた。田崎は先に来て、窓際の席を確保してくれていた。

入り口のほうにずっと眼を注いでいたらしく、政子が店内をうかがおうとする間もなく、長身がすっと立って、手招きした。

政子は田崎をひと目みて、その憔悴《しょうすい》ぶりに胸がいたんだ。頬の肉がそげ落ち、顎《あご》が尖《とが》り、眼がギョロギョロしている。生気がなかった。

久闊《きゅうかつ》を叙することも忘れた。

「奥さまは？」

政子は思わず、そう訊かずにはいられなかった。

「まだ家出したままです」

「どうしてお迎えに行ってあげないのですか。夫婦喧嘩《げんか》は犬も食わないといいますね」

「ワイフとは人生観が違うのです。別れるほかはないと思っています」

「そんな、ひどいことを。田崎さん、絶対いけません」

「そんな大きな声を出さなくても聞こえますよ。とにかくなにか食べるものを決めましょう」

政子は自分の声に恥ずかしくなって、下を向いた。

田崎がビールと生牡蠣《なまがき》をオーダーした。

「とりあえず、それだけお願いします」

ウエイトレスが去った。

「私の手紙がそんなにいけなかったのでしょうか」

政子は泣きたくなった。

「何度も言うように、そんなこととは関係ないですよ。ただ、いいきっかけになった、と僕は思っています。いくら夫婦とはいえ、手紙を黙って開封する、そんなことがゆるせると思いますか。きみの手紙はワイフに読まれたからといって、どうということもないし、むしろ、あとで当然ワイフに見せたと思いますよ。僕は、そのことをあたかも当たり前だというような顔をしているワイフを憎むのです。気持ちの問題を言っているのが、彼女にはわからないのです」

「私は、取り返しのつかないことをしてしまいました。いつもヘマばかりして」

「広瀬さん、きみがそんなに深刻がるのはおかしいですよ。ナンセンスです」

「田崎さんのお気持ちはよくわかります。でも奥さまをゆるしてあげてください。生意気を言わせてもらいますが、奥さまはご自分に正直な方だと思うのです。ご自分の気持ちに正直なあまり、つい手紙を開封してしまった、そんな軽い気持ちを、田崎さんがさも重大に考えているだけです」

「わかりました。もう一度考えてみましょう」

面倒くさくなって、切りあげた、そんな田崎の言い方であった。

「それより叔父さんの病気はどうでした」

「おかげさまで、元気そうでした。GOTが二三〇とかGPTが三七〇とか肝機能の数値を言ってましたが、なんのことだかよくわかりません」

ビールと生牡蠣が運ばれてきた。ステンレス製の大皿にかき氷を山盛りにし、片側だけ殻をつけた生牡蠣が乗せてある。

田崎が二つのコップにビールをついで、ニコッと笑った。

「乾杯しましょう」

田崎はひといきでそれを飲み乾し、政子はひとくち飲んで、グラスを置いた。にがくて冷たいだけのことだ。

「広瀬さんは、いけるくちですか」

「いいえ。ほとんど飲めません」

「そう、それじゃあジュースをもらいましょう」

田崎が手をあげて、ウエイトレスを呼んだ。

「ついでに、食事をたのんでおきましょう。僕はオニオングラタンと舌びらめのバター焼きをください。きみは……」

「田崎さんと同じでけっこうです」

「かしこまりました」

ウエイトレスが一揖《いちゆう》してテーブルを離れた。

「この牡蠣、美味《おい》しいですよ」

田崎は、それを三つ小皿にとって、レモンをしぼってから、芥子《からし》のきいたケチャップ状のソースをかけて、フォークですくって口に入れた。

「広瀬さんは、これ嫌いですか」

「いいえ」

「それじゃ、どんどん食べてください。僕は昼めし抜きで欠食児童ですから、早く食べないとなくなりますよ」

政子は、手紙のことに拘泥していて、食欲がわいてこなかった。

ふたりは有楽町駅まで黙然と歩いて、品川駅で京浜東北線から山手線に乗り換えるために政子は田崎と別れた。目黒駅で下車して、バスに乗るつもりだったが、政子は白金台の叔父の家まで歩くことにした。

製油所の社内野球大会で、颯爽《さっそう》とマウンドを踏んで快速球を投げ込んでいた田崎の面影は微塵《みじん》もなかった。ここ何カ月かの彼をとりまく環境の急激な変化と、家庭の不和で、身も心もやつれはてているように、政子には思えた。

私が黙り込んでしまったために、機嫌でもとるようにひとりではしゃいでいた田崎さんがお可哀相……。

横浜駅に向かう京浜東北線の電車に揺られながら、田崎はうしろめたいような思いをあじわっていた。広瀬政子の澄み切った眼でじっとみつめられて、田崎は、吉田雅子との夜の時間が思い出され、心の中まで見すかされたようで、落ち着かなかった。田崎は昨夜、吉田雅子と濃密な夜を過ごし、きょうは、会社を休んで、朝帰りし、広瀬政子からの電話を受けたのだった。

田崎は十一日の祭日も雅子とドライブに出かけた。

この一週間のうちに四日も雅子と過ごしたことになるが、女にのめってゆく自分の気持ちにブレーキをかける術《すべ》を知らなかった。

広瀬政子と話していると心が洗われるような気もするが、夫婦喧嘩は犬も食わぬとか、奥さまは正直な人だとか言って——きょうのあの娘《こ》はさかしさだけが目について、かなわなかったと田崎は思う。

三階の自宅の明かりに気がついたとき、田崎は足を止め、このまま駅へ引き返したくなった。消灯を忘れたかな、と思ってみたが、すこし接近してみると人の気配がした。

信子が帰宅していることは明瞭《めいりょう》だった。信子は、意地の張り合い程度と考えて、どうせ俺が音をあげて実家へ迎えにくると思っているのだろう。そうはいかないぞ、いつまでも帰って来なくてけっこうだ、と思っていた田崎は、意外な気がした。

「あなた、毎晩遊び歩いて家をあけているようですけど、どういうつもりですか」

信子は、田崎の顔を見るなり、柳眉《りゅうび》をさかだて、ヒステリックにわめきちらした。

「家をあけているきみにどうしてそんなことがわかるのかね」

「近所の評判になってます。すこしは体面というものを考えたらどうなの」

「きみには皮肉も通じないようだが、きみにそんなふうに言われる覚えはないと思うが」

「私が鎌倉へ行ってたことを言ってるんですか。パパがヨーロッパへ出張してて、ママが寂しがるので、ちょっとの間、一緒にいてあげただけじゃありませんか。あなたのように泊まり歩いてるわけじゃないわよ」

信子は、すさまじい形相で言い募った。

「きみとは一緒にやっていける自信がない。もうすこし考えてからと思ったが、別れるほかはないと思う」

「けっこうよ。私のほうから、お願いしたいくらいだわ」

信子は逆上し、髪を振り乱して社宅を出て行った。

第六章　決心

1

通産省の旧館の石油工業部の前の廊下で、宮本がウロウロしていた。宮本は田崎を認めると右手をあげてからニヤッと笑い、急いで距離をつめて来た。

「そろそろきみがあらわれるころじゃないかと思ってたんだ。お茶でも飲みに行こうや」

　宮本は手ぐすねひいて田崎のやって来るのを待ち構えていたらしく、先にたってずんずん階段を降りて行く。人の返事も聞かずに強引な人だ、と思いながらも田崎は後にしたがった。旧館から新館に抜けて、地下鉄の入り口から向かい側の飯野ビルの地下一階へ出て、喫茶店に到着するまで、田崎は終始、薄くすけて見える宮本の後頭部を見おろす恰好《かっこう》でついて行った。

店内は昼休みで混んでいたが、宮本はすばやく空いている席を見つけ、ガラガラ声を張りあげた。

「コーヒー二つ」

田崎は冷たいジュースが欲しかったが、ウエイターが運んできたコップの水でがまんした。宮本も喉《のど》が渇いていたらしく、コップの水をカラにした。

「証人喚問のテレビ見てたんだろう」

宮本はいきなり言って、ニヤリとした。

田崎は図星を指され、ギョッとした。田崎は、怪物とも政商ともいわれ、ロッキード事件の黒幕の一人とされる実業家の底知れない不敵な答弁ぶりと、質問する側の突っ込みの弱さに失望しながらも、サンドイッチとコーヒーで最後まで粘って、テレビを見ていたのである。虎ノ門の近くのその食堂のテレビの前は、補助席まで用意されるほど大変な混みようだった。

「あてずっぽうを言ってみたが、当たったらしいな。実は俺もテレビを見てたんだ。めったにない見ものだと思ってわくわくしてたが、ぜんぜん期待外れだったな」

宮本は、コーヒーに砂糖を落としながら言った。

「そうですね。二時間も見てて、なんだかひどく損したような気がします」

田崎は小さなカップのミルクをコーヒーカップに傾けて、スプーンでかきまわし、砂糖を入れたガラスの器を手もとに引き寄せた。

「俺はテレビを見てて、ちょうどいまから二年前のことを思い出したんだが、きみもそのくちじゃないのかね」

田崎が怪訝《けげん》な顔をしたので、宮本はコーヒーをひとすすりした。

「ほら、狂乱物価のときの集中審議で、きみんとこの社長さんなんかも参考人として国会へ呼び出された、あのときのテレビ中継だよ。覚えてるだろう、野党の代議士に友和会のことを持ち出されて、おたくの社長さんが立ち往生したじゃないか」

「ああ、そんなことがありましたね」

「他人事《ひとごと》みたいに言うなよ。これは当時の新聞の切り抜きをコピーしたものだが……」

宮本は、もぞもぞと背広の内ポケットからそれを取り出して、田崎の前にひろげた。

〝大和鉱油が社員割当株集め〟〝大和鉱油の特異体質示す〟の大見出しが躍っていた。

田崎が記事を眼で追ってゆく。

『大和鉱油が集中排除法により社員に割り当てた株式を勝手に社員会の所有に切り替

えているという野党代議士の指摘は、石油業界の特異体質の一端にメスを入れたものといえよう。〝人本主義〟をかかげ、労組もない同社の個人商店的な体質は同社内部でさえ改善を必要とするという声が出ているほどで、今後も尾を引きそうな問題だ』

「どうだ、思い出したろう」

宮本はせかすように言うが、田崎にはもうひとつぴんとこなかった。

言われてみれば、あのころ中国製油所でも多少は従業員が騒いでいたような記憶もあるが、田崎は排煙脱硫装置の建設にかまけて、とてもそんなところまで気がめぐらなかった。

すこし気障《きざ》に聞こえるかもしれないが、あのころ、田崎の頭の中は〝排脱〟に占領されていた。伸《の》るかそるか、いや絶対に成功させなければならない――ほかのことが頭に入るわけがなかったのだ。

田崎は往時をしのんで逆に感慨にふけった。

「まったく張り合いのないやつだな」

宮本がさもがっかりしたように言って、コーヒーカップを口へ運び、不味《まず》そうにコーヒーを飲んだ。

「この切り抜きはさっき陽光の上林さんがわざわざ持ってきてくれたものだ。すこしはカッとなったらどうなんだ」

　宮本はじれったそうに言って、顎《あご》をつき出して、残りのコーヒーを喉に流し込んだ。

「しかし友和会のことは、僕のような若造社員にはよくわかりませんよ。そんなものがあるってことはうすうす知ってましたけど、古参の社員じゃないと、たしかメンバーになれないはずですし、僕にはあんまり関係ないことです」

「ところがなあ」

　宮本は妙にひっぱった声を放った。

「友和会のメンバーの古参の社員でさえ、どんなからくりになっているのか、さっぱりわからんそうじゃないか。ずいぶんいかがわしいものらしいぞ。最高の経理技術を駆使して脱法もしくはスレスレのことをやってるようだが、大和鉱油の恥部みたいなもので、そこをほじくられると、いろいろボロが出てくるんじゃないのか。きみもこの機会に調べてみたらどうだ。ますます大和にイヤ気がさすかもしれん」

　田崎は下唇を嚙《か》んだ。

「上林さんがそんなためにするようなことを宮本さんに吹き込んだんですか」

「そうじゃない。これは事実を控えめに言ってるだけだ。きみの反感が会社に向けられないで、上林さんに向けられるとは思わなかったよ」

宮本は気まずい表情で、煙草に火をつけ、しばらく煙草をくゆらしながら思案しているふうだったが、気をとりなおして、煙草を灰皿に捨てた。

「ところでどうだ。気晴らしにヤケ酒でもないが今晩一杯やらないか。上林さんに誘われたんだ。機嫌を直してつきあってくれよ」

宮本に下手に出られて、田崎がそれを受ける気になったのは、上林と宮本の前で、陽光石油の一件をはっきり断ろうと考えたからにほかならない。

「はい。おつきあいさせてください」

「そうか。それじゃ六時ごろ電話をくれよ。場所を決めておくから」

宮本は途端に表情を柔らげた。

「場所は新橋の〝白梅〟でどうですか。高級なところでなくて悪いのですが、僕のほうにやらせてください。上林さんにはこないだご馳走《ちそう》になってるので、お返ししておきたいのです」

「それじゃ、上林さんの立場があるまい」

宮本は渋面で返した。

「わかりました。六時に電話します」

田崎はそんな宮本に気圧《けお》されて、すぐにひき下がった。青二才のくせに小癪《こしやく》な……

といった感じが言外に読みとれたし、田崎自身平社員の分際で、借りを返すなどと背伸びするのは笑止だと思い直したのである。

しかし、宮本が眉《まゆ》をひそめたのは、田崎が陽光石油の勧誘を受けない気だなと予断したためで、どうやって田崎の気持ちをひき出そうか、と彼はしきりにチエをしぼっていた。

2

某官庁のOBの囲われ者だという女将《おかみ》が愛想をふりまいて引きとったあと、上林が宮本の猪口《ちょこ》に酌をしながら言った。

「大和鉱油の人本主義というのは、言ってみれば武田信玄みたいなものですね」

「なるほど、武田節に〝人は石垣人は城〟とあるね」

宮本が塩辛声でふしをつけて応じたので、上林が腹をかかえ、田崎も白い歯をのぞかせた。上林が田崎のコップにビールを注ぎたした。床柱を背に宮本と田崎が並んで座り、朱塗りの膳《ぜん》を挟んで上林が二人と向き合ってこまごまと気を遣っている。

「武田信玄といえば情報に接するのが早かったそうですね。ものの本によると、信玄が戦国時代で傑出した武将になれたのは情報に早く、それに基づく情勢判断が的確だったためらしいですよ」

宮本が話すと、上林が田崎を見据えながら言った。

「そうなるといよいよ大和さんは武田信玄にそっくりですよ。戦前は軍閥に強く、帝国陸軍の後ろには必ず大和ありといわれたほど、誰よりも早く大和鉱油が軍のあとについて行って商売をしたそうです。戦後は政界との結びつきがなかなか強固ですね」

「風の如く疾《はや》い、というやつだね」

「武田信玄という人はいろいろ美化して書かれてますが、悪賢い人で、私は好きになれません。田崎さんには悪いが、大和さんの人本主義も、人間尊重主義も相当なものですよ。とにかく抜けがけの名手というか、石油でも石油化学でもみんな泣かされてるんじゃないですか。口では協調をとなえて、そのそばから抜けがけしてシェアをひろげてしまう。クレームをつけても、支店が言うことをきかなくて、などとすましてる。業界の秩序もルールもないんですから、ひどいもんですよ」

上林はひたいに浮いた汗を手で拭《ふ》いた。

「ウチは消費者本位ですから」

「消費者本位とはうまいことを言いますが、傘下に組み入れたら最後、けっこう中小企業からしぼり取っているという話も聞きますよ」

上林はやんわりと言ったが、ふちなし眼鏡の奥で眼をひからせている。

「大和鉱油が一販売店から、業界の最大手に伸しあがった根拠はなんだと思います か」

「先日、会社の仲間と話し合ったのですが、そのとき借金経営が功を奏したとか、支店の独立採算制があたったとか、いろいろ意見が出ました」

「それもあるでしょうが、借金経営といえば大和さんほどの過小資本は別格としても、日本の企業はどこも似たようなものですよ。支店の独立採算制にしたって、おたくだけではないでしょう」

「そうすると、情報に早くて抜けがけの名手だってことかね。賤ケ岳の七本槍《やり》だか宇治川の戦だか知らないが……」

宮本がくちばしを入れた。

上林はもっともらしく厳しい表情になった。

「それもあるでしょうが、まだ皮相的ですね。私に言わせれば、冷酷とも苛酷《かこく》ともいえる徹底した労務管理が最大のポイントだと思います」

「人間尊重主義、大家族主義の美名のもとに従業員を馬車ウマのごとく酷使してきたわけです」

「馬車ウマ」

宮本は鸚鵡《おうむ》返《がえ》しに言って、つづけた。

「いつだったかMITI《ミティ》の若いのもそんなことを言っていましたよ」

「田崎さん、経験的にもそう思いませんか。労組問題ではあなたも苦労されたようだが、この問題は大和にとってタブーどころか死命を制しかねない問題なんです。私も大和鉱油には知ってる人が大勢いますが、ミドルクラスの連中は自分の子弟を大和に入れる気はない、こんな苦労は自分ひとりでたくさんだ、とみんな異口同音に言ってますよ。ためしに誰か先輩社員に訊《き》いてごらんなさい。非人間的ともいえる労務管理の厳しさこそ、大和鉱油が今日の大をなした最大の根拠だと私は思いますが、それをサポートしているのが言うところのミリタリーオーガナイゼーション、つまり軍隊式経営というやつです。旧軍隊の内務班、いまでいえば学校の運動部ですね。上には絶対服従、下は徹底的にしごくというやつです。田崎さんにも思いあたるふしがあるでしょう。大和鉱油は非上場会社ですから目立たないが、陰の部分が多過ぎるように私には思えます」

上林は眼尻《めじり》の切れ込んだ眼で、田崎をじっとみつめた。

「それほど身にしみて感じたことはありませんが。男の世界というか、男っぽくて、ごつごつした感じは悪くないと思うのです。もっとも僕は落第生ですけど」

「そうですかあ」

ニタッと含み笑いをして、上林は無理をするなというように言った。

「あなたのような優秀なエンジニアをエリートコースから外してしまうというのも相当なものですよ。ずいぶんとこたえたでしょう」

「従業員組合はあったほうがいいと思いますが、非人間的な労務管理というのはオーバーですよ。けっこう、いきいきと働いている社員も大勢いますし、大和のいき方に心酔している者も少なくありません」

「あなたはどうですか」

たたみかけられて、田崎は言葉につまったが、ここで胸のうちをさらけ出す気にはなれなかった。

「それほどつきつめて考えたことはありませんが、ともすると社主を神格化してとらえようとしているということはあると思います。ときには逆にさめてしまって、くそくらえと思うこともありますが、僕みたいにしょっちゅう気持ちの揺れている社員、心底から人間尊重主義に心服している社員、初めからしらけている社員と三つに色分けできるようです。販売部門にいる者の話を聞くとノルマがきついことは多少あるようですから、上林さんがおっしゃったように抜けがけ的なこともないとは言えないでしょう。しかし、大和のいき方もだんだん変わってきていると思います。高度成長時代ならいざ知らず、いつまでも進め進めでもないでしょうから」

田崎は考え考えゆっくり話したが、いまの自分の気持ちとそうかけ離れているとは思えなかった。

「しかし、大和の体質がそう簡単に変わるかね」

宮本が鮪《まぐろ》の刺身を口の中でくちゃくちゃやりながら言った。

「その点は、よそさまのことですが、私も悲観的です。それが証拠には、石油化学で、石油でやってきたことをそっくりそのまま踏襲して、業界の顰蹙《ひんしゅく》を買っているんじゃありませんか。田崎さんがいみじくも言われたように高度成長時代ならそれもいいでしょうが、減速経済に入っている今日でも石油の延長線上で石油化学をとらえようとしている気がします。いつまでたっても業界の暴れん坊、一匹狼的な体質を頑《かたく》なに変えようとしないでしょうね。しかし、いつの日かシッペ返しを食うかもしれませんよ」

「田崎君は大和の社主を神格化していると言ったが、たしかにカリスマ的魅力はあるかもしれんな。しかし、俺に言わせれば周りが意識的に神格化しているのがけしからんと思うし、あの爺《じい》さんも神様になったつもりで、きれいごとをのたまうのが気にいらん。神ならぬ人間は欲も得もあって当然なんだ」

宮本はそこまで言って、刺身のすじが奥歯に挟まったのか、はしたなく口をあけて、指でせせりはじめた。

上林が相づちを打った。

「まったくですね。同じ神様でも現世利益《りやく》を説く新興宗教の教祖と同様です」

「新興宗教の神様は分裂しているようなのが多いが、大和鉱油の神様はそんなことはない。しっかりしたもんだよ」

宮本は指では手に負えなくなって、黒文字を使いはじめた。

「大和周造さんの書いたものを読むと、われわれ外資系企業などは不倶戴天《ふぐたいてん》の敵みたいに言われてます。古色蒼然《こしょくそうぜん》とした国粋主義者なんでしょうが、これからの企業なり経営者はグローバルな見方をしていかなければ取り残されてしまうのではないでしょうか。とくに資源のない日本ではナショナリズム的な考え方だけでは通用しないように思いますね」

「社主は果たして国粋主義者でしょうか。案外、広い心と広い視野を持ってる人ですよ。共産主義であれなんであれ、良いところはとりあげるという考え方です」

田崎はビールを乾《ほ》した。そして、上林の酌を受けて、いったん膳《ぜん》に置いてつづけた。

「僕のように振幅が大きかろうが、しらけていようが、誰がなんといおうと大和鉱油にあっては、社主は崇高に聳《そび》え立つ存在であり、オールマイティであることは否定しようがありません。ですから、わが社の意思決定機関は一人であるということもできます。当然、下部への浸透も早く、その点はアメリカやオランダやイギリスに五〇パーセントもの資本を抑えられている外資系企業が意見の調整に手間取っている間に、大和は敏速に行動に移っているというようなことがしばしばあると思うのです。その点はウチの強みで、外資系のウィークな面が案外そこらにあるような気がします」

「外資系といってもいろいろありますよ。ウチのように経営権が日本側に一〇〇パーセントゆだねられてるところは意見調整に手間取るなどということはありません。そのところは間違えないでください」

むきになって否定する上林に宮本が加勢した。

「幻想を追い続けるのもいいが……」

宮本は一笑に付して、つづけた。

「崇高に聳えてる、はどうかと思うが、たしかにオールマイティではあるだろうな。

自分の意にそわない役員のクビのすげかえなど朝めし前だそうじゃないか。だからゴマスリばかりが残るんだ。下部への浸透が早いかわりに、上からの一方通行だけで、下から上へのコミュニケーションはゼロだろう。業界の集まりで、他社のクレームに対して大和の重役が、下が勝手に暴走して困るなどと、しれっと口をぬぐってるという話だが、ありようはトップの意向で上も下もぐるということだな」

「営業のことは僕にはわかりませんが、さっきの抜けがけ的体質というのも多少のことはあるかもしれませんけど、相当昔のことで、最近はそんなことはないはずです。熾《し》烈《れつ》な企業間競争とか企業エゴイズムみたいなものはどこの会社にもあると思うのです。しかし、ウチのいき方もだんだんマイルドになっていくと思うんですが」

「その点はまったく期待できないね。ねえ上林さん、そうでしょう」

上林は箸《はし》を置いて、お辞儀でもするように大袈裟《おおげさ》にうなずいた。

「人間尊重主義の看板が泣くようなことを、いとも簡単にやってのける。そうした話はよく聞きますね。気に入らなかったら会社を辞めろ、などという人間尊重主義はおかしいですよ」

薄く笑いながら言う上林に宮本が同調した。

「まあ、どこの企業も本音とたてまえの二面性はあるんだろうが、大和のはいくらなんでも落差があり過ぎるな。生き馬の目を抜くような抜けがけ的体質はいつまでたっても直りゃせんよ」

宮本は口の中の夾雑物《きょうざつぶつ》がつまみ出せて、すっきりしたようだ。

「話は飛びますが、石油業界の再編成問題は好むと好まざるとにかかわらず表面化してくると思うのです。体力もあり、体質が異なるという理由で、民族系の大和鉱油さんが永遠に埒外《らちがい》におかれるのかどうか、私は疑問に思いますし、資本主義社会の原則からいっても、大和さんはいずれ旧財閥系に組み込まれてしまうのではないか、とそんな気もするのです。極端な過小資本で五千億円も借金しているような企業を、銀行がその気になれば、経営者を代えることはそう難しいことではないでしょう。エキセントリックな見方とおとりになるかもしれませんが、私は大和鉱油が絶対に安泰だと考えるのは間違いだと思いますね。現に最近は赤字続きでしょう。資産の再評価など、いろいろやりくりしてるようですが、その点、当社は経常損益でも赤字を出したことはありません」

「安泰なのは外資系リファイナリーだけというわけだね」

宮本にまぜっかえすように言われて、上林はすこしあわてて、ビールを飲んだ。

「そうは言いませんが」

田崎には、かなりアクセントをつけてはいるが、上林の話が口から出まかせのいいかげんなものとばかりは思えなかった。

「それもそうだが、その前にやらなければならないことは大和に労組をつくることだよ。しかし、どっちも百年河清《かせい》を俟《ま》つような気の遠くなるような話だ。田崎君、悪いことはいわんが、大和よりは陽光のほうがなんぼ良いかわからんぞ」

宮本が上林から田崎に視線を移した。上林はうれしそうに口もとをゆるめた。

「えらそうなことを言いましたが、私もそれがいちばん言いたかったのです。語るに落ちてしまいましたが、田崎さん、まだ腹は決まりませんか」

「優柔不断と、宮本さんに叱られそうですが、もうすこし、考えさせてください」

田崎は、眼を伏せて力なく言った。きっぱり断るつもりでやって来たのだが、言いそびれ、ぐずぐずしているうちに気持ちがぐらついていた。

「一生のことですから慎重になって当然ですよ。しかし、陽光に来ていただいて後悔なさるようなことは絶対にないと、私は確信しているんです。ところで、河口君に会ってくれたそうですが、どうです、なかなか張り切っているでしょう」

「ええ。しかし、正直に言ってどうもしっくりと来ませんでした。捨てる神あれば拾う神ありだよ、なんて河口君に言われて、いささかくさりました」

田崎はこんなところで、あのときのウサを晴らすようなことになって少々気がさしたが、溜飲《りゅういん》を下げたことは確かだった。

「あいつ、そんな失礼なことを言いましたか。言葉のはずみなんでしょうが、大変な失言です。あしたすぐ電話をかけてよくたしなめておきます。取り消させて、お詫《わ》びさせますよ。技術屋にしては口八丁手八丁の男ですし、田崎さんとは高校時代から親友だと本人も言うものですから……。私としたことが、とんだミスキャストでした。ほんとうに失礼しました」

上林が大失態でもしでかしたようにくだくだしく弁解するので、田崎は閉口した。

「告げ口したみたいなことになって……」

田崎はえりあしのあたりをさすりながら、はにかんだような顔でつづけた。

「河口君に電話などされては困ります。事実口がすべった程度の軽い気持ちで彼もしゃべったんだと思います。河口君と会って、けっこう参考になりました」

「しかし、さぞご不快だったでしょう」

慇懃《いんぎん》無礼ともいえる上林のものごしがどうにも波長が合わず、田崎は苦手である。

だが、マッチポンプみたいなことになってしまって内心きまりわるかった。

「河口というのはきみと大学も一緒かね」

強引に宮本が話に割り込んで来た。

「河口は東京工大です」

上林が答えた。

「ライバル意識も悪くはないが、いまから張り合うとは気の早いやつだなあ。民間企業の〝権力闘争〟も聞きしにまさるものだね」

「まったくです」

上林は苦笑いし、宮本は乱杭歯《らんぐいば》をむき出して笑いとばした。

「それはそうと田崎君、あんまり待たしてもなんだから、少なくとも十日後ぐらいに上林さんに返事をしてあげたらどうかね。上林さん、もう一度念を押しておきますが、田崎君が最恵国待遇であることは間違いないでしょうね。仲人口《なこうどぐち》みたいなのは困りますよ」

宮本がむりに真面目な顔に戻って口を添えた。

「もちろんですよ。その点は保証します」

上林は大きく首をタテに振った。

「きみは恵まれてるよ。俺のようなロートルはどこからも口がかからない。田崎君にあやかって陽光さんに守衛でもいいから雇ってもらうか」

宮本と上林は顔を見合わせて、意味ありげにうなずき合った。

「ほんとですね。この際、宮本さんにも来ていただきますか」

急に深刻な顔つきになって、宮本が腕組みして言った。

「さっき、大和鉱油の労務管理が苛酷《かこく》だという話が出てましたが、厳しくてもなんでもシステム化されてるだけ、まだましですよ。MITIについていえば管理者不在です。長官なり局長が名目上の管理者ということになっているが、彼らはキャリアの事務官の管理者に過ぎない。MITIには技官もいれば、ノンキャリアもいるが、真の管理者がいないんです。役人稼業など所詮《しょせん》虚業だが、まったくおかしな世界です」

「さあ、堅い話はこのぐらいにして、おおいに飲みましょう。それには女っ気がないといけませんね。こっちも景気づけに粋《いき》のいいのを呼んで、パーッとやりましょう。久しく拝聴していない宮本さんの軍歌もお聴きしたいですね」

上林が勢いよく起《た》ち上がって、芸者を調達に階下へ降りて行った。

話に熱中して気がつかなかったが、三味の音も、けたたましい笑い声も、それに混じって嬌声《きょうせい》も、どこからともなく、奥まったこの部屋にも聞こえてくる。

3

田崎は自席で書類に眼を通しながら、頭の中では友和会とは一体どういう組織で、われわれ社員とどんな関係があるのだろうか、と考えていた。昨夜、陽光石油の上林に赤坂の料理屋で、「非人間的ともいえる厳しい労務管理」と言われたことを反芻《はんすう》しながら、労組問題と友和会問題はかかわりがあるのだろうか、と思いをめぐらしているうちに、人事部の富田からレクチャーを受ける必要があると咄嗟《とっさ》に思い、富田の席のダイヤルを回していた。

かなり経って電話口へ出て来た声は富田ではなかった。

「富田さんをお願いします」

「富田はまだ来てませんが、どなたですか」

「田崎です」

彼は腕時計に眼をやって、名前を告げた。

八時二十分になるが、富田はまだ出勤していないようだった。

「田崎って調査課の田崎君か」

「はい」

応《こた》えながら、田崎は厭《いや》な予感がした。

「私は三輪《みわ》だが、富田君になんの用かね」

あっ、いけない、人事課長だ、と田崎は思った。

「別にたいしたことではありません。失礼しました」

急いで電話を切ろうとしたが、三輪のおっかぶせるような声におしとどめられた。

「ちょっと待て。きみは富田君に用があるからこそ、電話をかけてきたんだろう。なにごとなんだ。私には言えないことか」

田崎と知って声の調子が変わり、居丈高になっていた。

「友和会のことで、ちょっと富田さんにお訊《き》きしたいことがあったのですが」

「友和会ときみとなんの関係があるんだ。友和会の何が知りたいか知らんが、いまごろになって友和会とはきみも変なことを言うねえ」

三輪は言いざま電話を切った。

十分ほどして、田崎は新井に呼ばれた。

「おまえ、友和会のことで人事課長と話したそうだな。誰かになんか知恵でもつけられたのか」

新井は眉間《みけん》にたてじわを寄せ、さも不愉快そうにいらいらした手付きで、灰皿で煙草をもみ消した。

たったいままで新井が電話で話していた相手が三輪だとわかったが、朝っぱらから妙なことになってしまった、と田崎は自分が呪わしくなった。

「友和会は都の許可を得ているれっきとした財団法人で、脱法行為などしておらん。むかし社員に株を割り当てたというのは名義だけの問題で、実質的にはそういう事実関係はない。おまえ、馬鹿に友和会に関心があるらしいが、俺もこう見えても友和会の会員だからなあ、なにもわざわざ人事課長などに訊かなくたって、俺に訊けばよさそうなものだ。いったい友和会のなにが知りたいんだ」

新井にかみつかんばかりに浴びせかけられて、田崎は鼻白んだ。富田が席にいてさえくれれば、こんなことにはならなかったはずなのにと、田崎は茫洋《ぼうよう》とした富田の顔をうらめしく思いながら、この場をどう切り抜けたらよいか懸命に思案した。宮本に調べてみろと言われたことを思い出したが、どう新井に伝えるべきか考えているうちに、新井の怒声が唾《つば》と一緒に飛んできた。

「友和会はおまえの立場では関係ない。入社後十五年してやっと会員の資格がとれるが、誰でもなれるというわけでもないし、おまえはさだめし組合問題と関係があるとでも思ってるんだろうが、無関係だ。あのときもわけのわからん野党の代議士が労組問題と友和会とさも関係あるかのごとく印象づけようとしていたが、友和会は社長が国会で答弁したとおり、社員の老後の安定を目的にしている。いちいちおまえなんかに説明する必要もないが、退職金のプラスアルファが友和会から出される仕組みになっている。定年制がないといったって後進に道を譲るために自発的に退社していく老齢の役員、社員がいるし、在勤中に亡くなる人にも友和会から相応の慰労金が出るようになっているはずだ。まだほかに聞きたいことがあるか。ぼさっと立ってないで、言いたいことがあるなら言ったらどうだ。だいたいおまえこのごろどうかしてるぞ。なにをそんなに拗《す》ねてるんだ。なんでおまえみたいなホワイトカラーがズッコケなけりゃならんのだ」

新井は猛《たけ》りたって、ドンッと拳《こぶし》で机を叩《たた》いた。

「こないだもおかしな集まりがあったらしいが、どうせおまえは労組はあったほうがよいなどとほざいたんだろう……」

田崎は呆気《あっけ》にとられ、返す言葉がなかった。誰だろう、鈴木か渡辺か、まさか富田や中野がご注進に及んだわけではあるまい。あるいは単純に人事課長の連絡を受けて、カマをかけているととれないこともない——。田崎は咄嗟に判断しかねた。

新井の胴間声にびっくりして、ほかの部の者までが田崎に視線を注ぎ、新井の机の前でうなだれている田崎は、ノッポだけにあわれをとどめた。

課長席のなめ後方の白カバーのついた部長席で、ニタニタしながらこっちを見ている勝本《かつもと》を眼の端でとらえ、田崎は気持ちをふるいたたせた。

「ＭＩＴＩでいろいろ友和会のことを訊かれたので、多少の知識を仕入れておこうと考えただけです」

「とにかく、つまらんことに関心を持つひまがあったら気の利いた情報の一つも取ってきたらどうだ。おまえはいつからアジテーターになったんだ。できそこないの無駄めし食いが――」

田崎は口惜しさが胸にこみあげてきた。いくら上役でもこんな暴言はゆるせない。

「課長、できそこないの無駄めし食いとはどういうことですか。僕はこれでも会社のために精いっぱい頑張ってるつもりです」

新井を見おろす田崎の眼は怒りに燃えていた。新井は回転椅子を回して、くるっと背を向けた。

「おまえ、それでも一人前のつもりか。問題児であることを忘れたのか」

新井は田崎に背を向けたまま、捨てぜりふを吐いて、席を起って行った。

田崎の胸に怒りが突き上げてきた。無駄めし食いと新井が罵詈《ばり》雑言《ぞうごん》を田崎に浴びせたのは、ものの弾みで、口がすべったといった性質のものかもしれないが、田崎はそうはとらなかった。これほどまでに侮辱されて、大和鉱油で禄《ろく》を食《は》むことは男がすたる、と田崎は思った。

朝の定例の打ち合わせ会で、田崎はひとことも発言しなかった。新井も田崎を無視して話をすすめ、あれこれ課員に指示するときも田崎の名前は出さなかった。調査課はアンテナの一つに過ぎないが、石油と関連産業などに関する内外の情報が広範囲にわたって収集され、ファイルされている。商社に依存しない大和鉱油にとって、調査、情報収集活動は、同業他社よりはるかに充実したものでなければならない。通産省係の田崎が毎日MITIに足を運ぶのもあだやおろそかなことではなく、必要に迫られてそうしているのだが、田崎は仕事の意欲を喪失していた。疑心暗鬼になったらきりがないが、富田や中野たちまでが敵に思えてくる。

田崎は会議が終わって、通産省への道すがら、会社を辞めることばかり考えていた。日比谷公園を斜めに横切って、霞《かすみ》が関《せき》の通産省まで二十分ほどの道のりだが、広場の噴水も、鳩が足もとにまつわりつくのも、青木や楓《かえで》のくすんだ緑の色も田崎の眼に入らなかった。

田崎はコートのポケットに両手を突っ込んだ、うつむきかげんの姿勢で、黙々と歩いた。

風のつめたさも殆《ほとん》ど肌に感じなかったが、水《みず》っ洟《ぱな》がこぼれそうになって、急いですりあげた。それが口にまわった。彼は痰《たん》をちり紙で拭《ぬぐ》い、ついでに洟をかんだ。さむ気がして、ぞくっと身ぶるいした。風邪をひいたようだ。

田崎は、なおも考え続けた。

陽光石油から口がかかったことは、大和鉱油に連なるしがらみのすべてを断ち切って、吉田雅子と出直す好機が到来したのだ、と田崎は考えたかった。信子と別れて、雅子と再婚するに際して、それが決定的な障害になるとは思えないが、大和鉱油を退社したうえでのほうがよりすっきりすることは確かである。田崎は、雅子への熱い思いがぬきさしならないものになり、信子との離婚を意識した時点で、田崎と信子の事実上の仲人《なこうど》である大和鉱油の役員と義父との交友関係を、さほど厳密に考えたわけではなかった。

新井に「無駄めし食い」と言われて、当然そうあるべきだと、自分にけしかけたふしがあり、それが通産省に着くころには動かしがたいものになっていた。新井の口ぎたない罵倒がきっかけとなって、胸の中で相乗作用を起こし、イヤ気がふくれあがった。大和鉱油を退職して、陽光石油でやり直そう、田崎はそう決意した。それは、とりもなおさず雅子への愛情の証《あかし》ではないか——。田崎はメロドラマの主人公を気どったような、甘ずっぱい気持ちだった。

4

田崎は、新井に盛大に怒鳴りあげられたその夜遅く、雅子を電話で呼び出して、高輪のホテルで媾曳《あいびき》した。

愛し合う男と女の、ホテルの密室での過ごしようは決まっている。接吻《せっぷん》し、抱擁し、むつみ合うほかはない。

「きみはいつまでバーづとめをしているつもりなの」

ベッドの中で田崎が言った。

「もう辞めてもいいと思ってます。やはり私にはつとまりそうもありません」

雅子は、上掛けを頭まで引っ張って小声でこたえた。

どうして、この女《ひと》は躰を交じえたあと、こうも恥じらうのだろう、いまごろになって田崎はそう思う。

「そうしてもらえるとありがたい。僕も会社を辞めて出直そうかと思っている。ワイフとは別れるつもりだ」

「私と結婚してくださるとでも、おっしゃるんですか」

「いけないか」

「私はあなたの奥さまになれるような女ではありません」

「僕の気持ちはもう決まっている。ワイフのことは言いたくないが、きみを知って僕の人生は変わったのだと思う。やり直すなら早いほうがいいし、きみと一緒にいると気持ちが安らぐ。いままでそういうことがなさすぎたんだ」

土曜日の夜もふたりは逢《あ》った。火曜日の朝、高輪のホテルで別れるとき、アパートの電話番号を書いたメモを雅子はおずおずと差し出したのである。

田崎は、新井に提出するレポートの整理に追われて、約束の二時より三時間も遅れて、雅子に電話をかけた。

「田崎です」

「もう連絡してくださらないのではないかと諦《あきら》めていました」

「いま仕事が終わったところなんだ。すぐに逢いたい」

「うれしいわ。できたら、どこか遠くへ行きたいのですが」

りますか。三十分ぐらいでまい

「ドライブというわけだね」

「ええ。品川駅の改札口を出たところでお待ちいただけますか。三十分ぐらいでまいります」

田崎が品川駅を出たとき、雅子はすでに待ち受けていた。

「すこし、きみのことを聞かせてくれないか。だいたい僕はきみのことを知らな過ぎる。いったいきみはいくつになるの」

走っているクルマの中で田崎は真面目な顔で、雅子の横顔を凝視した。

雅子は、対向車のヘッドライトをまぶしそうに受けながら言った。

「きょうは歌手ではなくて、刑事さんですのね」

「人が真面目に話しているのに、そんな言いぐさがありますか」

「わかっています。ハンドバッグの中に免許証が入ってますから、黙って見てください。恥ずかしいわ」

「やれやれ、世話の焼ける人だ」

田崎は後ろのシートに手を延ばし、エナメルのハンドバッグを取って、運転免許証をとり出した。

「氏名、生年月日、吉田雅子、昭和二十二年二月十八日、本籍・国籍、東京都品川区上大崎……現住所も本籍と同じ」

　田崎はそれを棒読みして、

「三日前が二十七歳の誕生日だったんだね。遅ればせながら、なにかお祝いをあげなくちゃ悪いな」

「ひどい方ね。黙って見てくださいとお願いしたのに」

「女の人の歳《とし》ってわからないものだね。きみは若く見えるけど、落ち着いているから、そんなところかと見当はつけてたけど」

「おばちゃんなので、がっかりなさったようね」

「そんなことはない。僕より三つも年下であることがわかったわけだ」

「奥さまはおいくつですか」

「同じようなところだよ。きみは煙草を吸うの」

　田崎はハンドバッグの中を点検し、セブンスターに目が止まって、詰問調になった。

「はい。でも、ときどきふかす程度です。あなたが吸わないので遠慮してました。煙草を吸う女、お嫌いなんでしょう。そう顔に書いてあります」

　それは図星だった。田崎は自分が煙草を吸わないだけに、煙草をふかしている女性が蓮《はす》っ葉《ぱ》にみえてしまう。いわれのない偏見とはわかっているし、時代錯誤もはなはだしいといわれそうだが、病的と思えるほど煙草服《の》みの女が嫌いだった。とくに若い女性はいけない。

「そうかもしれないが、きみが煙草を吸うからといって、いまさら嫌いになれるものでもないしね」

「あなたの前では決して吸いません。いいえ、やめてもいいと思っています」

けなげに言われて田崎はますます雅子がいとおしくなった。

「やめられるものならやめたほうがいいと思うよ。なにが公害といって煙草ぐらいひどい公害はないと思うな。歩行中に誰はばかることなく平気で吸いさしの煙草を道路に投げ捨てる無神経さは、僕にはどうしてもわからない。美観を損なうし、危険この上もない。煙草が原因の火事は多いし、だいいち健康によくないことがはっきりしている。いちばん腹が立つのは、煙草のけむりは、煙草を吸わない人間の肺の中にも容赦なく侵入してくることだ。狭い部屋などで紫煙がもうもうとたちこめるところで会議などをしていると、それだけでうんざりして、気勢をそがれてしまう。煙草みたいに始末の悪いものにはうんと税金をかけるべきだし、歩行中や駅などでどうしても吸いたい者には灰皿を持って歩かせるべきだ。ちょっと工夫すれば携帯用の灰皿ぐらい作れるはずだからね」

「絶対にやめることにします」

おかしそうに雅子が言った。

「笑いごとじゃないよ。ところでどこへ連れて行かれるの」

「どこにしましょうか」

「帰りがやっかいだから、あまり遠くないほうがいいね。そう湯河原あたりかな」

「はい」

雅子が〝どこまでも行こう〟を唄《うた》いはじめた。それを聴きながら田崎は眠ってしまった。

5

日曜日の夕方、湯河原から上目黒のアパートに帰った雅子を迎えたのは、五十五、六の風体いやしからぬ紳士であった。

男はワイシャツの上にガウンを羽織ったくつろいだ恰好《かっこう》で、ソファに身を沈めて、ヘネシーのブランディを飲んでいた。ゴルフで焼き込んだのか顔は黒びかりし、鬢《びん》のあたりに白いものが目につくが総髪の髪もつややかだ。

「やっとご帰還されたね。たしか、二十二日の夜帰るといいおいて出かけたはずだが」

男は隆《たか》い鼻を指で引っ張るようにつまみながら、にこやかに語りかけた。

「聞いていました」

雅子は、テーブルを挟んで男の前のソファに対峙《たいじ》するかたちで座り、硬い声でこたえた。

「おまえさんにもいろいろ都合があるだろうが、一ヵ月ぶりに日本へ帰ってきたんだ。居てもらうとありがたかったが。おかげで時差ぼけはとれたようだ」

穏やかな調子は変わらないが、皮肉をこめて言い、男はさぐるように雅子の躰《からだ》に視線を這《は》わせた。

「すこし痩《や》せたように思えるが、どこか具合いでも悪いのかな」

「お話ししたいことがあります」

「どうしたのかね。まなじりを決したような顔をして。ともかくコートぐらい脱いだらどうかね。ここはおまえさんの家ではないか」

雅子は言われるままにコートを脱いだ。

「どうやら昨夜、ここを留守にしたことと関係がありそうだな。その種の話なら、できたら聞きたくないが。それよりどうだ。寿司《すし》でも取ってもらえまいか。冷蔵庫にいろいろあったので適当にやらせてもらったが、久しく飯粒にありついていないのだ」

雅子はそれには応《こた》えないで、一気に言ったが、さすがに顔をあげられなかった。

「私と別れてください。ある人に結婚を申し込まれて、そのつもりになってしまいました」

「相手の男がどんな男か知らんが、だいぶのぼせあがっているようだね。その男をくわえ込んだというわけだね」

くわえ込むとは俺としたことが、品のない厭味《いやみ》な言いようだ、と男は思い、自嘲《じちょう》的に顔をゆがめた。

「そうかもしれません」

「若い男だね」

「三十と聞いています。あなたがお帰りになるまでに清算するつもりでしたが、どうしてもだめでした。お願いですから私のわがままを聞いてください」

「歳恰好《とし》は似合いだな」

男はぽつりと言って、口をつぐんだ。

遠くのほうを見るように、男は思案に耽《ふけ》っていた。そしてぐいと顎《あご》をしゃくった。

「私は日本を留守にすることが多いし、満足におまえさんの相手をしてやれないことをいつもすまなく思っている。だから、私になるべくさとられないように、適当にやることについてとやかく言うつもりはないし、当然いままでもそういうことはあると思っていた……」

「そんなことはありません。今度が初めてです。あなたは私をそんなふうに見ていたのですね」

雅子の眼に涙がにじみ、声がふるえた。

「まあ、まちなさい」

男は手で制するように遮った。

「自分の女を見ず知らずの男に寝取られてよろこんでいる馬鹿はいないが、だからといっていろいろな意味で実力もないのに女を束縛するというのもおかしな話だ。これは一般論として言っているのだが、要は気持ちの問題で、そこのところはうまく折り合いがつくかどうかだ。どうしてもひとり占めしたい、縛りつけておきたいと考えるのは男の身勝手というものだ。それくらいならつれあいと離縁して、その女と一緒になるべきだろう。私についていえば目下のところは、つれあいと別れるつもりはないのだ。おまえさんとかかわり合いができて五、六年になるね。その間、私のような者に操をたててくれたとすれば望外のしあわせで、身に余る光栄というべきだろう」

男はブランディを舐《な》めて、タンブラーを両掌《りょうて》であたためるようにしながら、なおも話をつづけた。

「私はこれでも話のわかるほうだと思っている。雅子がもし二人の男を愛することはできないと考えているなら、それは思い違いもはなはだしい。人間、原罪意識をもちはじめたら、とてもこの世は生きてゆけない」

「だめです。そんなことは私にはできません。私がこのアパートから出て行けばいいのです。お願いですからそうさせて」

雅子は声をふるわせて哀願するように言った。

「私はおまえさんの躰のすみずみまで知りつくしている。雅子という女を丹精こめて磨きあげたのは、誰でもない、この私だ。その珠《たま》を手放せというのは無理な相談ではないかね。これは私のエゴであることはわかっているが、おまえさんを失うわけにはいかんのだ。当然、おまえさんのゆくすえについて、私は責任をもつ。悪いようにはしない。おまえさんの気持ちはわからぬではないが、女がたった一人の男性しか愛せないというのは観念的なものに過ぎないし、習慣としてそう思い込もうとしているだけだ。身も蓋《ふた》もない言い方だが、残念ながら真実だ。男だけが浮気っぽくできていて、女がそうでないなどということなどあり得るわけがない。私はこれまでにも雅子以外の他の女を愛さなかったなどと白々しいことを言うつもりはないし、これから先のこともわからないが、今後どんなことがあろうと、手放す気にはなれないだろう。おまえさんが若い男にうつつを抜かすのは結構だが、結婚などと思い詰めずに、私にさとられないように上手にやることだ。あまり露骨にやられると百年の恋もさめてしまうからね」

男は感情を押し殺した抑揚のない声で言って、ソファから腰をあげた。

「久しぶりに雅子を抱いてやりたかったが、いまのおまえさんの感情ではとてもそんな気になれまい」

男はそう言いながら、ハンガーにかけてあったネクタイ、背広、コートなどを長椅子《ソファ》の脇に置いて、帰り仕度を始めた。いつもなら手を貸すところだが、雅子は首をたれて、その場を動かなかった。

男はずっしりした大きな旅行鞄《かばん》を二つ大儀そうに抱えて、小糠雨《こぬかあめ》の中をアパートから出て行った。

靴で蹴《け》とばしたのだろう、重い鉄扉がガタンと大きな音をたてて閉まった。それは雅子の胸の底までずしんと響いた。男の怒りを伝えるに充分すぎた。

会社の役員と秘書のごくありふれた関係だった。六年も世間に隠蔽《いんぺい》されたまま、ひっそりと男と女の関係が続いているというのも不思議な話だ。青春時代の殆《ほとん》どを初老の男にささげ、これから先も男の庇護《ひご》を受けて暮らすなど考えただけでも寒気がする。絶対にこの生活から抜け出さなければならない。無聊《ぶりょう》をかこっていた雅子にとって、田崎は恰好《かっこう》な相手であった。初めは出来心で、あそびのつもりであったが、いまは違う、幸福への転機がめぐってきたのだ、と雅子は思った。

男はいまや一流企業の役員であり、押しも押されもしない地位を築き、社長に手の届くところまできているといわれていた。雅子は社長夫人を夢見ているわけではなかったし、なんとなく流れにまかせてここまで来てしまった。もちろん、結婚して子供を産んで、ごく平凡な家庭を持つ、それが月並みな女の生き方であり、そうしたものにほのかな憧憬《しょうけい》を持ったこともある。田崎と知り合う機会を得たいま、それが現実のものになろうとしている。そう思うと雅子はしみじみとした幸福感が胸を満たしてくる。

雅子は、男の反対を押し切って、バーづとめをしてよかったと思う。あれほどひたぶるに自分を求めてくれる田崎のような男とめぐり逢えたのだから。

しかし、過去は一切問わないと田崎は言ったけれど、すべてを告白したら田崎はなんというだろう、それでも気持ちを変えず、私を愛し続けてくれるだろうか。雅子は考えているうちに切迫した気持ちになって、身をこごめた。

6

大和鉱油を退職する。田崎の気持ちは一週間経ってもぐらつかなかった。迷いがないといえば嘘になるが、そのほうが雅子との再出発に相応《ふさわ》しい、との思いが勝っていたのである。

新井や同僚のよそよそしい態度に接しても田崎が平静でいられたのは、どうせいまのうちだ、とひらき直っていたからだ。

朝の連絡会議の最中に宮本から電話が入った。会議中はとりつがないことになっているが、宮本は急用だと言って強引にとりつがせたのである。

田崎はメモを見せられたとき、会議室の受話器をとらず、自席まで足を運んだ。

「会議中に申し訳ない。二十日に返事をもらえると思ってたんだが……。土曜日は役所を休んでいました。ちょっと気にしてたんです。どんなものかねえ」

宮本はやけに低姿勢で語りかけてきた。

「僕のほうこそ連絡が遅れて申し訳ありませんでした。きょう、そちらへお伺いしようと思っていました」

「じゃ、ひるめしでも食べようか」

「けっこうです」

「ひる前に出られるのか」

「はい。出られます」

「それでは、と……」

宮本は、待ち合わせの場所を考えている様子だった。

「とりあえず、こないだ逢《あ》った飯野ビルの地下一階の喫茶店で十二時すこし前に待ってます」

田崎が喫茶店へ入って、レモンティーに砂糖を入れているところへ宮本がかけつけて来た。

「コーヒー」

宮本は人さし指を立てて、だみ声でウエイトレスに注文してから腰をおろした。

そして頭をかかえるように大きなゼスチュアをした。

「いやあ、まいったまいった。きみに合わせる顔がないよ」

「なにごとですか」

田崎はびっくりして上体を宮本のほうへ倒すように寄せた。

「きみに話そう話そうと思ってたんだが、なんだか言いづらくてな……」

宮本は眩《まぶ》しそうな顔をした。

「俺、そろそろ役所をリタイアしようと思ってるんだ」

宮本はおしぼりで顔をごしごし擦《こす》った。

「まさか。ほんとうですか」

「うん。ノンキャリアはどんなに頑張ったって、裏方でひのき舞台に出ることはない。ひのき舞台に出たいというわけでもないが、どんなに良い仕事をしても評価されることはないし、キャリアの踏み台にされるだけだ。俺みたいなノンキャリアが後進に道を譲るなどというのは、とんだお笑いぐさだが、俺が辞めれば班長のポストが一つあくことは確かだし、役人生活も飽きたよ。多少の恩給もつくし、ここらが潮時だろう」

「お辞めになってどうされるんですか」

「問題はそこだ……」

　宮本は再びおしぼりで顔を拭《ふ》いた。

「実は陽光石油で俺を拾ってくれるというんだ」

「えっ！」

「まあ、そう驚かんでくれよ。俺はきみなんかと違って、ひっぱられるんじゃないし、それどころか上のほうで口をきいてくれて、押し売りみたいなものだ。こないだの話じゃないが、まさに拾う神ありってとこだが、だからこそよけいきみにも陽光石油に入ってもらいたいと願ってるわけだ。大和鉱油なんかにいるよりも良いに決まってる。俺もひとりでは心細いが、きみが一緒ならなにかと心丈夫だ」

　田崎はあっけにとられて、めくれあがった宮本の下唇のあたりに眼を遣《や》った。

　宮本はさんざん考えたすえ、情に訴えるほかはないと泣き落としに出たのだ。

「道理で大和をくさして、陽光をほめちぎるわけですね」

　田崎は微笑した。それを宮本は皮肉ととった。

「それを言われると辛《つら》い。だけど俺の話が出たのは、きのうきょうのことで、きみのほうの話がうんと前だよ。とにかくたのむ。このとおりだ。俺を助けると思って……」

　宮本は、おでこがテーブルに着きそうなほど低く頭を下げた。

「宮本班長、そんなおやめください。僕のほうこそ、陽光石油のことをお願いしようと思ってました。しかし、宮本さんがそんなことになっているとは知りませんでした。驚きました」

「それ、ほんとかい」

今度は宮本がびっくりする番だった。

「俺はてっきり、きみに陽光石油のことを断られるんじゃないかと思ってたんだ。それじゃ俺のことは言うんじゃなかったな」

宮本はうれしそうに眼を細めてコーヒーをすすった。

「じゃあ、いまの話は嘘ですか」

「いいや、嘘じゃない。ほんとうだ。とにかく握手だ」

田崎は宮本の肉厚なごつい手を握った。

「まだ、会社のほうへは話してないんだろう」

「ええ」

「その時期は俺にまかせてくれ。しかし、早いに越したことはないな。きょうは二十三日か」

宮本は右手で頬のあたりをさすりながら、しきりに考えていた。

「急でせわしないが、一応、今月中に辞表を出しておいたほうがいいと思う」

「ええ。あすにでもそうします」

「どうせ、四の五のいって会社はきみを慰留するだろうが、なんか口実を用意する必要があるな。家業を継ぐなんていうのがいちばん無難だが、きみのおとうさんの商売はなんだい」

「医者です。開業医ですが」

「開業医を継ぐっていうわけにはいかんし、困ったな。とにかく一身上の都合ってことにして、あんまりぐずぐず言ったら、大学の研究室に戻るぐらいのことにしておくか。大学に問い合わせられたらすぐバレちゃうが、大学へ戻ろうかと考えている、まだ決めてない、で逃げるほかないな。いずれにしても陽光石油や俺の名前は絶対に出さないほうがいいよ。いよいよとなったら、勝手に飛び出しちゃえばいいんだ。円満退職というわけにはいかないかもしれないが、どっちにしたって、辞めたほうが勝ちだ。きみは大和鉱油に何年いたことになるの」

「七年ほどです」

「すると多少の退職金はもらえるわけだな」

「どうせ雀の涙ほどのものですよ。そんなものどうでもいいんです。あてにしてません」

「お大尽のお坊ちゃんのいうことは違うな。しかし、もらえるものはちゃんともらわなくちゃあ。陽光石油に入っても、大和での七年間が損にならないように、陽光石油での実績として評価するように話はつけておくよ。とにかく辞表を出して、会社がどう出るか、あとはそれからだ」

海千山千の宮本は頼りになる男だった。

ふたりは喫茶店を出て、同じ階の蕎麦屋《そばや》の暖簾《のれん》をくぐった。

「内祝で一杯いこうか」

田崎は風邪が抜け切れず、ビールを飲む気はしなかったが、うなずいた。

「ビール一本」

宮本は、威勢のいい声を張り上げた。

7

田崎と宮本がビールのコップをコツンとふれあわせたころ、田崎の岳父の山野辺達《たつ》一郎《いちろう》は、銀座の寿司屋の二階で、大和鉱油の人事、総務担当常務の日下紀夫《くさかのりお》と一献くみかわしながら、よもやま話をしていた。

山野辺は、田崎と女事務員との関係がさしたることはなく、事実無根《シロ》であることが確認できて、いくらか胸のつかえがとれたような気分になっていた。

その朝、山野辺はいつもより小一時間早めに出社し、秘書を驚かせた。彼はたまっている書類に眼を通し、未決のものは決裁するなど大車輪で仕事を片づけた。九時半に化学品本部の本部長と副本部長が挨拶《あいさつ》に顔を出したので、十時から始まる会議はイントロダクションだけは引き受けるが、あとはまかせるからよろしく頼む、私の意見はこんなところだがどうだろう、と事前に開陳しておいた。

ふたりの幹部は、重要な会議を中座するほどの所用とはなんだろう、といった思いがチラッと頭をかすめたようだが、眉《まゆ》ひとつ動かすでもなく、わかりましたと答えて、副社長室から出て行った。

第一商事における山野辺の地位が、わがままを通せるところまできていただけのことである。

山野辺は会議室に入る前に会長と社長に帰国の挨拶をすませ、秘書に銀座七丁目の〝寿司泉《すしせん》〟を予約させた。そして、昨夜電話で約束したとおり十一時前に大和鉱油に日下を訪問したのである。

日下は、中とろの刺身を箸《はし》に挟んで、山葵《わさび》の利き過ぎた醬油《むらさき》にたっぷり浸しながら言った。

「ロッキードもすこし飽きたな。いくらなんでもこう連日連夜読まされたり、聞かされたりではかなわん。事件が発覚してから、かれこれ二十日近くになるはずだが、一般紙のトップ記事は朝夕刊ともたてつづけにすべてロッキードだし、それも二ページや三ページではないんだから……」

「そうかもしれないね。ヨーロッパでも大騒ぎだが、日本ほどではないようだ」

山野辺は応《こた》え、鮑《あわび》を摘《つま》みあげた。

山野辺は、鮑やみる貝などの歯ごたえのある鮨《すし》ダネを好むほうだ。

「おまえのほうはどうなんだ。臑《すね》に傷を持つようなことはないんだろうな。だいぶ悪どいことをしてるんじゃないのか」

日下の言いようは、冗談めかすでもなく、当然そうに違いないと決めてかかっているように直線的だ。

相手がなにか思いやしないか、気にしないか――などと斟酌《しんしゃく》するような男でないことは承知していても、こういう無神経な手合いには恐れ入るほかはない。なんの因果か娘とつれあいとの仲をとりもってくれたから、つきあっているようなものの、できることなら願いさげにしてほしいところだ。

「きみが何を言いたいのかよくわからんが、商取引にリベートはついてまわるものだ。ただし、それはあくまで会社と会社、企業間の問題でなければならない。少なくとも一商について言えば、ピーナッツだの、ピーシズだのとあんな面妖《めんよう》なレシートは出さないね」

「まったくピーナッツが大はやりだな。俺もカケラでもいいから欲しいよ」

「石油屋さんのほうこそ大丈夫かね。いろいろと利権が絡むんじゃないのか」

山野辺がやんわり切り返すと、日下は露骨に顔をしかめた。

「冗談じゃない。ヨソのことは知らないが、大和に限って絶対にそんなことはない。だいたいこうなっているときならともかく……」

日下は右手を山野辺の頭上へまっすぐ突き出してからつづけた。

「こう景気が悪くて、遊休設備や低稼動率の設備を抱えていたんでは利権もくそもないよ。利権に介入する余地があれば、ありがたいくらいのものだ」

「掘るほうは、国家資金を導入するだのなんだのと政治家との絡みがいろいろあるだろう」

「知らんな」

日下は怒ったように言って、不味《まず》そうに酒を飲んだ。

「どう、もう一本ぐらい」

山野辺が残り少なくなった銚子の酒を日下の盃《さかずき》についでやりながら言った。

「いや、もうたくさんだ。二時から御前会議があるんだ。昼間から赤い顔して社主の前に出るわけにはいかんよ。すこし握ってもらおうか」

「忙しいところをお手間をとらせて申し訳なかった。ともかく婿さんのことはよろしくたのみます」

山野辺が両手をテーブルにつけて低頭した。

日下は山野辺に頭を下げられて悪い気はしないらしく、一段上から人を見るような語調で言った。

「それはわかってるが、組合のことだけはおまえからも厳重にクギをさしておいてくれ。この問題はウチにとっちゃあ生命線でもあるんだから」

「きょうは時間がないが、あすにでも話すとしよう。さあ、下へ行くか。鮨だけは、握るのを見ながらでないと食べた気がしない」

山野辺が腰をあげたので、日下もそれに従った。

昼どきで、カウンターの前は高級社用族でいっぱいだったが、一番奥の椅子が二つあけてあった。そこは山野辺の指定席でもある。熱いおしぼりと大きな湯呑《ゆの》みを運んできた気品《ひん》の良い中年女が、カウンターに並べてから、椅子をひいてふたりを座らせた。

「おまち申してました。さあ、どうぞ」

「いつも気を遣ってもらって、ありがとう」

山野辺が微笑を浮かべて礼を言うと、鄭重《ていちょう》な挨拶が返ってきた。

「こちらこそお世話になっております」

最前、座敷に顔を出して、挨拶はすんでいるが、こういう女には弱い。

「トロからたのむ」

そのそばで、日下が大声を放った。

山野辺は女が去ったあと、おしぼりを使いながら、小声で言った。

「なかなか良い女《ひと》だろう。〝寿司泉《ひと》〟は銀座だけで三つ四つ店を出してるはずだが、私はこの店に決めている。いまの女がマネージャー格で、この店をとりしきっているが、ああいうできた女《ひと》が少なくなったせいか、ほかの店へは行く気がしないんだ」

「ずいぶん惚《ほ》れ込んだものだな。タネも良いし、店の感じも悪くはないが、値段のほうも相当なものだろう」

日下の、あたりはばからぬ高い声に山野辺は閉口した。

「それがそうじゃない。なかなか良心的でね。場末や、まちなかのお寿司屋さんのようなわけにはいかんが」

日下の前にトロが二つ並んだ。

「山野辺さんは、赤貝からいきますか」

中年の鮨職人に言われて、山野辺は、

「たのむ」

と返事をした。

鮨職人は三人いるが、みんな山野辺の好みを承知していた。

「これでひとりいくらぐらいだ」

日下がトロを頰張りながら言った。

「七、八千円というところかな。きみのようなうわばみには割増がつくだろうが」

山野辺は、いよいよ声を低くした。

「そりゃあ安い。あとで顔つなぎをしてくれ」

「うん」

食事中におしぼりが二度替えられた。それも、おしぼり屋が運んでくる臭いの染みついたようなポリエチレン包装の黄色いそれではなく、まっ白な自家製のものだ。あがりも湯呑みごと三度替わった。どんな意味があるのか鮑などの貝類をふりあげて俎《まないた》にたたきつけるような職人によくお目にかかるが、ここではそんないきがった振る舞いには及ばない。職人もひかえめで悪くない、と山野辺は思う。

第七章　妻の過去

1

「田崎君、ちょっと」

新井に手招きされて、田崎は外出から帰って席に着く間もなく、窓際の課長席へ足を運ばなければならなかった。

田崎は通産省をブラブラして時間を潰《つぶ》し、ころあいをみて帰社したところだが、特別、新井に報告することはなにもなかったし、新井から調べものなどの用をいつかっているわけでもなかった。新井に気合いの入った声で名前を呼ばれると、どきりとする。ろくなことはないのだ。とくに、きりのいいところで、あす二十五日に辞表を提出しようと決めているだけに、なんでもないのにドキドキしてしまう。

このろくでなし、と蔑《さげす》んでいる眼が背中に集中しているような気がした。ほかの課の者までが顔をもたげて、こっちを見る。田崎は身のすくむ思いで新井の前に立った。

「はい。なにか」

「MITI《ミティ》のほうは何かあったか」

「とくに変わったことはありませんでした」

「そうか。すぐ帰っていいからな。ここへ行くように」

新井から手渡されたメモに電話番号と簡単な地図がボールペンで走り書きしてあり、〝天良〟となにやら店の名前らしきものが認められた。

「どういうことでしょうか」

「さっき、そう三時ごろだったかな。きみの親父さんがここへ見えたんだ。奥さんのほうの、つまりきみにとっては岳父というわけだな。その〝天良〟とかいう天麩羅《てんぷら》屋で六時に待っているそうだから、そろそろ行かないと遅れるぞ。しかし驚いたよ、きみの親父さんが商社の偉いさんとは聞いていたが、一商の副社長とはねえ。しかもウチの常務と大学でクラスメートだそうじゃないか」

「義父《ちち》が何か言ってましたか」

田崎は表情をこわばらせた。

「別に何も言ってなかったよ。たまには婿と一杯やりたい、そんな口ぶりで、あの様子ではとくに用事があるふうでもなかった。いい親父さんじゃないか。とにかく早く行け。偉い人を待たせちゃ失礼だ」

「わかりました」

新井にせかされ、田崎は会釈して課長席を離れ、ロッカールームへ行ってコートをとり出した。

〈いつもの新井とどこか違う、笑顔さえみせていた。そういえばおまえと呼ぶところをきみと言っていたし、はじめに田崎君と、クンづけした。人間、肩書や権威に弱いといっても……〉

田崎が首をひねりながら、エレベーターを待っていると、新井が追いかけてきた。

「忘れずにお父さんによろしく言ってくれたまえ。ナポレオンをいただいちゃったんだ。そんないわれはないんで、ずいぶん遠慮したんだが、たいしたものでもないからって置いていかれてね、包みをあけたらナポレオンなんで、びっくりしちゃったよ。なんでも中東からヨーロッパを回って一カ月ほど海外に出張してたそうだが、ほんとうにくれぐれもよろしく言ってくれたまえ」

新井は相好をくずし、しかも背伸びして、田崎の肩まで叩《たた》いたのである。

らなかった。

田崎は、きまりわるげな笑いを浮かべて、エレベーターを二台もやりすごさねばな

なるほどナポレオンの効験あらたかというわけか、新井の機嫌が良いわけだ。田崎は納得がいって、エレベーターの中で思わずクスッと噴き出してしまい、同乗の女子社員にへんな眼で見られたほどだ。

過日、友和会のことで、あれほど猛《たけ》りたった新井が嘘のようだった。

しかし、これから信子の父の山野辺達一郎に会わなければならないと考えると、田崎は憂鬱《ゆううつ》だった。

田崎を訪ねて大和鉱油へやって来たが、不在と聞いて、有無をいわさず場所と時間を指定して帰ったところなど老獪《ろうかい》なやり方といえた。もちろん、信子との離婚について翻意を促すつもりに相違ないが、そうはいかない。腹をくくって敵陣に乗り込むような悲壮な決意を固めなければならない。田崎は握りこぶしをつくって、両肩をいからして歩いている自分にふと気がつき、苦笑して、足を止めた。

これでは肩に力が入り過ぎて、義父とやりあう前にくたびれてしまう――。田崎はそっと深呼吸をして、人の流れに逆らって歩いた。

〝天良〟はすぐにわかった。東京駅の八重洲《やえす》口から八重洲通りに出て、銀座通りへ向

かって左側のビルの地下一階にその店はあった。八重洲通りに面して〝天良〟専用の入り口があり、どうかすると見落としそうなほど目立たないたたずまいだが、階段を降りて行くと、とたんにひろがりをみせ、地下一階のフロアをひとり占めしているような立派な構えの店だった。田崎は胸騒ぎが静まらなかったが、勇を鼓して、店に足を踏み入れた。

2

田崎は紺の絣《かすり》の着物を着た年増《としま》の仲居にコートを脱がされ、離れのようなつくりになっている座敷に案内された。

「お連れさまがお見えになりました」

仲居が膝《ひざ》をついて襖《ふすま》を開けたので、田崎は緊張して中腰になった。

「やあ健治君、ごぶさた」

山野辺は右手をあげて磊落《らいらく》に言った。

「ごぶさたしています。きょうはどうも」

田崎が正座して、畳に手をついて挨拶《あいさつ》すると、山野辺はにっこり笑って、田崎をカウンター状のテーブルの前に座らせた。

「他人行儀な挨拶は抜きにして、さっそく始めよう」

座敷のコーナーが天麩羅の揚げ場になっている。カウンターの下が掘り込んであるので、脚を楽に投げ出せるようになっていた。

山野辺はスーツも脱ぎ、ネクタイも外してストライプのブルー系統のカラーシャツを腕まくりして、カウンターの前で夕刊をひろげていた。

「えらいことになったね。きのう日下君に会ったら、ロッキードも食傷ぎみだと言ってたが、これでほとぼりが冷めかかった世間の関心がまた盛りあがるかな」

社会面の両面にまたがる眼を剝《む》くような大見出しが田崎の眼に飛び込んできた。

〝ロッキード事件で一斉捜索〟〝三庁総力、究明へ闘志〟

「ロンドンでこのニュースを知ったとき、私は右翼の大物がすべてを背負って自決するなと直感したが、見事に外れたよ。本物の右翼なら、腹かっさばいて果てるくらいの意気地を見せるんだろうが、ずいぶん偉そうなことを言ってても、ただの政商に過ぎなかったことを天下に曝《さら》したわけだ。こうなると醜怪でしかないね」

山野辺は新聞をたたんだ。

「さあ、きみも背広を脱いで楽にしなさい」

酒がきた。仲居が突出しのあんきもを並べている間に、

「まず、熱いのを一杯いこう」

山野辺が益子焼《ましこやき》の徳利を持ち上げたので、田崎は眼の前の盃《さかずき》を手にした。

「ありがとうございます」

仲居が山野辺のほうへにじり寄って、酌をした。

「お互い、元気でなによりだ。乾杯」

「いただきます」

舅《しゅうと》と婿はそれぞれの感慨を込めて、熱い酒を飲み乾《ほ》した。

「風邪をひいたかな。声が嗄《しゃが》れてるね」

「もう治りかけなんです」

「風邪ぐらいと思って無理をしちゃだめだよ。たいていの病気は風邪が引きガネになる。休んで寝るにかぎるんだ」

「風邪ぐらいで休めるような会社ではありません」

「風邪と……」

山野辺は言いさした。夫婦喧嘩《げんか》は寝ればなおる、とあとを続けたかったが、なんとはなしにためらわれた。

「私なんかも丈夫だけが取り柄のような男で、若いときから、ただがむしゃらにやってきた。しかし、時代が変わったね。いまの若い人は、自分の生活を楽しむことを知っている。小市民的な人も多くなった。こせついてるようでイヤだという見方もできるが、もう猛烈社員が流行《はや》るご時世ではない。たしかに風邪ぐらいで休むと白い眼で見られたり、それ以上に会社に出なければ自分でも納得できないようなところがある。貧乏性というか、それも日本人の気質、国民性なのだろうが、われわれもすこしいき方を変える必要があるね。風邪の話と結びつくかどうかわからないが、われわれ商社もなかなか高度成長の夢が捨て切れず、商権の拡大に躍起になるあまり妙なフライングをしてしまうことがよくあるんだ。私なんかも減速経済の世の中にさまがわりしたということは頭ではわかっていても、身に沁みたところで、わかっていない」

山野辺がくだけた調子で話をしてくれるので、田崎は気持ちがほぐれてきた。

「商権の拡大ということで、ロッキード事件のようなことは、どんな商社にでもあるんでしょうか」

「日下などはまるで商社という商社はすべて共同正犯みたいな言いようだったが、問題はどこまでなら許されるかということだろう。当節、世間の評判がよろしくないので、商社マンは肩身が狭いが、日本は貿易立国であること、したがって商社のレーゾンデートルをきみは認めてくれるんだろうね」

山野辺は苦笑しながら言ってから、徳利をとって酒がすすまない田崎を促した。

「さあ、どんどんいこう」

大蒜《にんにく》をまぶした鰹《かつお》のたたきが運ばれてきた。

山野辺はさっそく鰹のたたきに箸《はし》をつけた。

「きみはMITIに毎日かよってるそうだね。知らなかったよ。正月もきみに逢えなかったし、信子も何も言ってこないので、技術部あたりにいるものとばっかり思っていた。灯台下暗しというのかね、きのう初めて聞いて驚いた次第だ。私も出歩いていることが多いので、つい失礼しちゃって、すまなかったと思っている」

「家では会社のことはあまり話しませんから」

田崎は下を見ていた。信子の名前が山野辺の口にのぼったので、本題に入るのかなと身構えた。

「お役人相手で気骨が折れるだろうが、悪いことじゃない、良い経験だ。きみはすこし幅をひろげる必要があると思っていたんだが、MITIなら知ってる人も多いから、いくらでもお手伝いさせてもらうよ」

山野辺は、長官、局長クラスの大物の名前を何人かあげた。

「みんな雲の上の人です。とても僕なんか相手にしてくれませんよ」

「そういったものでもない。みんな立派な人格者ばかりだ。私が紹介すれば会ってくれるはずだし、ちゃんと下の人にひきあわせてもくれるだろう。課長、総括班長クラスでも知っている人は多いが、さすがに層も厚いし、人材も豊富だ。なかにはおかしなのもいるが、私の知ってる限りはそういうのはごく稀《まれ》にしかいない。いま、プラスチックスの会社の常務だか専務だかをやってるので、マージャンを二度ほどしたことのあるのがいるが、自分が勝つまでやめない、負けても払わない、地方の通産局に転出するときに餞別《せんべつ》を要求するといったすごいのがいた。しかし、そんなのはそうそういるもんじゃない……」

山野辺は盃を乾して、手酌でついだ。

仲居が恐縮したように、手にした徳利の遣《や》り場に困って、それを田崎に向けてきた。田崎は受けたが、ビールを所望した。

「いちど恥をかいたことがあるよ」

笑いながら山野辺がつづけた。

「いま外局の長官をしている佐藤太一《たいち》さんが原局の課長のときだったが、私はついていなくて大敗を喫してしまった。それでマージャンの負け分を料理屋に肩がわりしてもらった。二度目のときは運よく私が勝ったが、私はおあずけしておくといって受けとるまいと思ったら、勝っても負けてもいつもニコニコしてる人なのに色をなして怒るんだ。〝あなたは、ちんぴら役人に小遣いでもめぐんでやろうというつもりでマージャンをしているんですか。それでしたら今後おつきあいしてくださらなくて結構です〟といって、負けた分を置いて帰った。話のわからぬ石頭めと思って私もしらけてしまったが、あとでよく考えてみると、私のやり方が間違っていた。彼のプライドを傷つけ、神経をさか撫《な》でしたようなものだからね。私は不明を恥じてつぎの日、多少きまりがわるかったが、その人に電話を入れてひとこと詫《わ》びを言ったんだ。そうしたら、〝私のほうこそ大人気ないことを言ってしまい、申し訳ありませんでした〟と言ってくれるじゃないか、私は電話に向かって平身低頭したよ。さすが人格、識見とも優れている人は違うと思ったね。いまだにおつきあいねがっているが、立派な人だ。佐藤さんと一緒にマージャンをやった当時総括班長だった宇野さん、もう庶務課長クラスのはずだが、この人も、先ヅモといって自分の番がこない前にマージャンのパイを見てしまうんだが、マナー違反やズルは絶対にやらない人だったな。きみはマージャンをやらないからわからんだろうが、先ヅモをしないというのができそうでいてできないものなんだ。負けがこんでくると、つい手が出てしまうものでね」

山野辺は手を延ばして、パイをつもる真似をした。

「重化学産業局長をごぞんじですか」

田崎はいつぞやの牧口総括班長との話を思い出した。

「とくに親しいというわけではないが、矢部《やべ》さんなら面識はあるが、どうして」

「省内の評判が良いようですが」

「その点は産業界でも実に良いね。役人というと、とかく大過なくというか保守的になりがちだ。きつく言えばドロはかぶらないで逃げまわるような人が多い中で、逃げも隠れもせず産業界の発展のためにいつでも自分が防波堤になる、そういう人らしい。しかもニュートラルで、おごったり気取ったところがないから、受けが良くて当たり前だ。産業界に限らずジャーナリストの評判もいいようだし、彼を良く言わない人はいないんじゃないかな。むかし瀬橋《せばし》さんといってミスターＭＩＴＩを自他共に認めるものすごいのがいたが、それに匹敵する近来にない大物局長という、もっぱらの評判だね。瀬橋さんという人は仕事はできたが、ＭＩＴＩの人事を壟断《ろうだん》し過ぎたし、人の好き嫌いがあり過ぎた。そこへいくと、矢部さんは上下、左右に関係なく、外部の人に対してもあたたかく包み込むような器量の大きさを感じさせる。同期の空谷さんも、この人も逸材だ。ＭＩＴＩ一の論客としてその名を知られ、ノートリアスＭＩＴＩからソフトなMITIへのイメージチェンジ、イメージアップにこの人ほど貢献した人はいないと思うね。人事に恬淡《てんたん》としているのもいいし、MITIのプロパガンダを一手に引き受けて、しかも、こうなったところがない」

山野辺はちょっと胸を張るしぐさをしてから盃《さかずき》をあけた。

仲居が銚子をとろうとしたが、山野辺はそれを手で軽く制した。

「手酌でやるから、心配しなくていいですよ」

田崎は、下積みの目立たない人たちに対しても丁寧な言葉遣いで接する山野辺を好ましく思った。

「ただ、これはMITIに限らんだろうが、企業の人事に役所が介入してくるのは、ちょっとどうかと思うね。われわれプロパーからみると愉快ではない。内政干渉などと大げさなことは言わないが、MITI出身は顔も広いし、頭も良いから、ほっといても上に立てる人が多いのに、OBの横並びだけで、いろいろ言ってくるのは、けしからんな。中ではしのぎを削るコンペティションをやってるのだろうが、外に対しては一枚岩の団結をみせ、現役、OBを通じて陰口悪口《あっこう》の類《たぐい》を言わないし、また、聞いたこともない。まさか入省するときに念書をとるわけでもなかろうが、その点は実にピューリタニックだね。他人を悪く言わない、これが案外できないものだよ。彼らの横の連帯感というか仲間意識はたいしたものだ。難関を突破して高文なり上級公務員試験をパスし、しかもMITIはその中のエリートを採《と》るわけだから、エリート意識がそうさせているということもできるが」

田崎は仲居のついでくれたビールを飲みながら、山野辺の話を聞いていた。

「もっとも自分に対する現役のそういう気遣いを迷惑がったOBもいるがね。次官までやって、いま某石油化学会社のトップだが、この人なども人格、識見申し分ない人物だ。一時、子会社の社長に転任したことがあるが、仮りにもMITIの元次官を遇するやり方かとMITIは騒いだが、真相は子会社の再建のために自ら買って出たということで、ほどなく返り咲いた。国際的にも名の通っている化学業界の長老といわれる人が一目置くほど、業界のまとめ役としても知られているが、こういう人には頭が下がるね。中には、自分の無能ぶりをタナに上げて、すぐにMITIに泣きつくようなのもいるらしい。そういうMITIの虎の威を借りなければ独り歩きできないようなのは困るよねえ」

田崎は山野辺がMITI関係の消息通なのに驚いた。黙って聞いているだけでも、まだまだ話が出てきそうだった。

「技術系のキャリアが割りをくっているという話を聞いたことがありますが」

「あるいはそうかもしれないな。このほうは逆に事務系のキャリアの上のほうの人が冷淡過ぎるというか、おまえらはおまえらで勝手にやれと突き放しているようなところがある。中にはヘタな事務系のキャリアなど問題にならないほどできる人もいるがね。しかし、技官系のOBで後輩の面倒をマメにみている人もいるよ」

山野辺は仲居のほうを振り向いて、「そろそろ揚げてもらおうか」と、言って話をつなげた。

「人事への介入といえば、その点は銀行も似たようなものだ。銀行出は目先のそろばんにとらわれ過ぎるあまり、長期的にものごとを見ようとしない傾向がある。どっちもきれいごとすぎて、ドロをかぶらないところが共通しているように思えるが、これは私のひが目かもしれない。しかしMITIも多士《たし》済々《せいせい》だね。幼児性まる出しというのか、俺が俺がと自己顕示欲の旺盛《おうせい》な鼻もちならないのもいれば、立派な人格者もいる」

山野辺が盃を乾《ほ》したので、田崎は銚子をとって酌をした。

「大和鉱油はMITIからも銀行からも人を採らずにすべて自前でやってるわけだが、ある意味ではたいしたものだよ。ただし、MITIなどから人を採る企業に対して、とやかく言っているとすれば、おかしなものだがね。むかしある大企業がMITIからよく人を採っていたが、その見返りとしてＭＩＴＩからなにかと便宜をはからってもらっているなんてやっかまれ、ＭＩＴＩはその会社の霞《かすみ》が関出張所《せき》だなどという風聞が取り沙汰《ざた》されたことがある。全国紙が書いたくらいだから多少のことはあったのかもしれないが、私に言わせれば、魚心あれば水心で、当たり前の話だ。いちいち目くじらたてて言うほどのことはないし、やっかみ半分にとやかく言うくらいなら、ＭＩＴＩからどんどん人を採ればいいんだ。日本人はとかく合理性よりも人間関係を優先し、理屈は後で付けるといったやり方を好むが、それはそれでいいと私は思っている」

「大和鉱油にはモンロー主義といえばきこえはいいですが、とざされた社会を構築しているような面があるように思えます。人の問題にしても外部から良血を導入して、停滞ぎみの人事に活力を入れる、その程度のことはあってもよいと思うのです」

田崎は、山野辺がビールをついでくれたので、途中からコップを持ち上げた。

「あなたも一杯どうです」

山野辺はまだ伏せたままのコップを左手でとって、仲居に渡した。

「申し訳ございません」

仲居はコップをおしいただくように差し出してビールを受けた。彼女はコップに口をつけただけでカウンターの隅に置いて、急いで徳利をとって山野辺の猪口《ちょこ》に傾けながら、丁寧に礼を言った。

「ありがとうございました」

「お酒いかがいたしましょうか」

「もう一、二本いただこうか。健治君はビールでいいのかな」

「はい。あと一本ぐらいなら入りそうです」

「わかりました」

仲居が引き下がった。

分をわきまえ目立たない程度にひっそりと座っていて、落ち度のないように懸命に気を配っている、そんな仲居が、田崎には心地よかった。

「さて、なんの話だったかな。そうそうモンロー主義の話だったね。どういえばいいのかね……」

山野辺はわずかの間、思案顔で、ちびりちびりやっていた。

「健治君が労組の問題に少なからず関心をもっているということを聞いたのもきのうが初めてだし、本社への転勤のいきさつも聞いてびっくりしたのだが、大和鉱油としては絶対に家族主義というイズムに反する組合の結成を認めるわけにはゆかないので、どんな些細《ささい》な動きにも神経を配って、全力で対処していく、と日下のやつ、えらい見幕だった。こっちはきみがそんなドラスティックな男でないことはよく承知しているので、ナーバスになり過ぎていると冷やかしてやったんだが、これぱかりはどんなにナーバスになっても過ぎることはないというんだ。日下は友達で、娘をきみにとりもってくれた大恩ある男だからね、よろしくたのむと逆に頭を下げられると私も弱い。われわれ第三者には理解しにくいこともあるが、一つ言えることは、郷に入っては郷に従うというが、大和鉱油の社員である以上は大和の社風に同化し、とけ込むように努力しなければいかんということだ。私みたいに融通無碍《ゆうずうむげ》なのも節操がなくて困りものだが、きみがそうむきになるほどの問題でもないと思うのだが、どんなものだろうねえ」

仲居がビールと銚子を盆に乗せて運んできた。彼女はこもごも二人に酌をして、言った。

「おまたせしましたが、天麩羅《てんぷら》のしたくができましたから、すぐ始まります」

「ありがとう」

山野辺は田崎にも笑顔を向けた。

「大和鉱油は子会社の石油化学も含めて、われわれ商社の存在を認めない。商社機能を活用せず、直売方式は、不可解だしおもしろくない。私もふくむところがあるんだがね」

さそわれて田崎も微笑した。田崎は会社を辞めるつもりだと言いそうになったが、口の中で押し戻した。その考えは変わらないつもりだが、気持ちにまだ迷いがあり、揺れ動くものがないでもなかった。自分自身の優柔不断さが心もとなかったのである。

「まだ後遺症が多少残っているかもしれないが、そのうち忘れるよ。日下君もそろそろきみを現場に戻したいようなことを匂わせていたし……」

山野辺は低い声で呟《つぶや》くように言って、後方の仲居をちょっと気にし、改まった口調になった。

「ものには両面あるように、人間も元来二重の人格を持っている。人間関係はエゴイズムの出し方で決まると私は思っている。私はごらんのとおり飲む打つ買うの三拍子そろった遊び人だが、こう見えても人間関係だけは大事にしてきたつもりだ。ひと皮むけば、妻子を泣かせかねないようなこともしているが、そこは上手にひと皮むかせないように乗り切ってきた。色恋は男の甲斐性《かいしょう》などとひらき直るつもりはないが、そんなことで人間の価値を決めようとしたり、そのへんの機微がわからないような手合いとはつきあわないことにしているし、つれあいの眼をかすめて浮気をする、これがまたなんともいえない、まあ若さを保つ秘訣《ひけつ》でもあるわけだ。しかし、どんなつまらん女房でもたてるところはたてなければならんし、我慢しなければならないところは我慢しなければならない。こんなものいっそのこと三行半《みくだりはん》をつきつけちまえと思ったことも一再ならずあるが、家政婦の程度の悪いのと考えて、思いとどまってきた。それでよかったと私は思っている……」

本題に入ったな、と田崎は思った。自分では落ち着いているつもりでも、やはり胸が波立った。

山野辺は掌《て》の中で盃《さかずき》をもてあそびながら、ひとことひとこと言葉をさがすようにしてゆっくりと話している。

「えろう、お待たせしました」

揚げ場のにじり口のような狭い出入り口からふちなし眼鏡の小ぶとりの中年男が入ってこなかったら、信子のことで二人は話し合わなければならなかったし、田崎としても堅い決意のほどを山野辺に聞かせねばならなかったろう。

「やっと順番がまわってきたな。商売繁盛でけっこうなことだ」

「おおきに。きょうは、えろうお若いお客さんでんなあ」

男は、ぴかぴかに磨き込まれた銅《あかがね》の天麩羅鍋《なべ》に油を流し込みながら、間のびした声で言った。

「健治君、ここの若主人、副社長だよ。私のゴルフ友達でもあるんだ。めっぽう強くてね。こんなふとっちょのくせにシングルプレイヤーで、にくらしいやつだ。大阪が本店で、名古屋にも店があるが、ここの天麩羅はちょっとしたもんだよ。娘の婿さんだ。私の息子ですよ」

「ほんまですか。えろう男前の立派な婿さんでんなあ」

男が大仰にお愛想を言うのを、田崎は複雑な思いで聞いていた。もうすぐ婿でもなんでもなくなりますよ、と田崎は腹の中でつぶやきながら、若主人に会釈を返した。

ガスに火が入った。車海老《くるまえび》、穴子、もんごう烏賊《いか》、小ばしら、しいたけ、ぎんなんなどのタネが運ばれ、仲居がたれ、味塩、受け皿、大根おろしを入れた小鉢などを山野辺と田崎の前にそろえた。

「副社長はん、今度はえろう長かったでんなあ。なんぞおもろい土産話はありますかいな」

若主人は油かげんを確かめるためか、水と卵でといたメリケン粉を長い箸《はし》の先につけて鍋の中に落とした。

「たいしたことはなかったね。どうせきみの聞きたいのは女の話なんだろうが、テヘランで、イスラム教徒と称する女となにしたときはちょっとスリルがあったがね。これぱっかりは人種、宗教、主義主張に関係ないらしい。私の知ってる限りでは、ソ連なんかも街娼《がいしょう》が公然と声をかけてくる。その点、中国と北朝鮮だけは厳しく、清潔そのものだ」

「私に言わせればそれだけ遅れてるのと違いますか。生きてる証《あかし》みたいなもので、男にとって女は活力の源泉やおまへんか。テヘランいうたらイランでっしゃろ。ええおなごでっしゃろうな」

若主人、といっても不惑はとうに過ぎてるようだが、男は肥えた上体をカウンターのほうへせり出すようにしたが、さすがに年季が入っていて、手を休めず同じ動作を繰り返していた。そして、油の温度がころあいになったことを確かめると、揚げ玉を網できれいに掬《すく》って、缶の中に捨てた。

「きみもなかなかうがったことを言うね。なるほど活力の源泉ね……。ところでペルシャ人というのは彫りの深い佳《よ》い顔をしてるのが多いね。某エンジニアリング会社の重役さんと一緒だったが、ウチのテヘランの駐在員が気をきかしたつもりで、自分の住んでいるアパートに女を呼んだわけだ。どういうルートがあるのかわからないが、蛇の道はヘビというのか、そこはよくしたものでね。もっともその夜は女が二人しかそろわず、男のほうは四人いる。一人で二人を相手にするというんで私は尻《しり》ごみしたが、私は長老扱いで最優先するから、どちらでも気に入ったほうをどうぞというので勇躍ことに及んだわけだ。扉の向こう側では若いのが二人でああでもないこうでもないと言っていて気分が乗らないというか気が気じゃない。隣室のにわか寝室でもガタガタやってる。あのときばかりは好きものの私も焦ったよ。〝もう十五分も経つのにまだ終わらない〟だの、〝中東を回ってたまっているはずなのに時間がかかり過ぎる〟とか〝年寄りだからきっとネチネチしつこいんだろう〟などと言っている話し声が聞こえるものだから、こっちはいよいよいけない。ひそひそ話してるつもりなんだろうが、待つ身は辛《つら》いで、つい声が大きくなるのか、こっちに筒抜けなんだ。そんなわけでなんだかやってる気がしなかったが、おもしろい体験ではあったね」

山野辺はときおり仲居のほうを気にしながら身ぶり手ぶりをまじえて、おもしろおかしく話し、店長が盛大に笑うので、田崎もつい噴き出してしまった。

話半分としても、臆面《おくめん》もなく娘婿の前で猥談《わいだん》を披露するというのも、考えてみればへんなものだし、露悪趣味の感じもするが、それだけ山野辺があけっぴろげでくだけた男であることは、田崎にとって救いでもあった。

「私も死ぬまでに一度でええから金髪のおなごを抱きとうおますな」

若主人が天麩羅を揚げながら、わざとらしく思い詰めたように言った。

「そんなつまらないことを考えなさんな。カネさえ出せば日本でいくらでも用がたせるが、白人の女なんてひとつもいいことはないよ。今度フランクフルトで買ったのなんてひどいものだった。声ばかりやけに張り上げるんだが、芝居であることが見えすいてるんだ。その女が私につけろといってよこしたプロテクターがメイド・イン・ジャパンなのには参ったよ。日本のゴム製品は世界に冠たるものがあるらしい。きみ、やまとなでしこにまさるものはないよ。情はこまやかだし、道具は良いし、それこそ世界に冠たるものがある」

山野辺は、高らかに笑い飛ばした。

「しかし、こういう話は家ではできないし、女子供にするわけにはいかんからね」

山野辺は笑いながら田崎の肩を軽く叩《たた》いて、若主人と顔を見合わせた。

「健治君はどうなんだ。浮気のひとつや二つしたことはあるだろう」

田崎が決まりわるげに顔をくしゃくしゃにするだけだった。

「そんなこと親父さんに言えますかいな。訊《き》くだけ野暮っちゅうもんでっしゃろ。しかし、これだけ良い男なら銀座の女がほっとかんのと違いまっか」

若主人が口を挟んだ。

田崎はドキッとした。

海老の天麩羅を箸でつまんだ手が小さくふるえた。

「そんなひまはないし、おカネもありませんよ」

「色男カネと力はなかりけりって言いますけど、カネなんて関係ないのと違いますか」

「そういうわけにもいくまいが、女にもてるというのも男の甲斐性のうちだろうね。逆に女にもてないような男は、男にももてないもんだ。浮気の一度や二度したからって、その男の人格まで疑うような言い方をするやつは愚の骨頂だよ。私の口から大いにやりたまえというのもしまらない話だが、健治君、私はいつでもきみの味方だし、ものわかりの良いほうだからね。その種の話で困ったときは相談に乗るよ。ただし女房を泣かしたり、さとられたりするのは下《げ》の下《げ》だ」

「女房の親父さん公認の浮気なんて、聞いたことおまへんな」

「当たり前だよ。素面《しらふ》じゃいくらなんでもこんなことは言えやせんよ」

「そりゃ、そうでんな」

「さあ、つまらん話はこのくらいにして、天麩羅を食べて精力をつけるか。健治君、どんどんいこう」

山野辺が腕まくりしたシャツの袖《そで》をさらに上にたくしあげて、気さくに言った。

車海老も、もんごう烏賊も、穴子も、小ばしらも吟味され、良質の油で揚げたものだけに実に旨《うま》かった。田崎は胸がつかえて、食欲がないはずなのに、食欲をそそられた。

食べているそばから、顔がぎたぎた脂ぎってくると思えるほど、天麩羅の油の良さに感心した。レモンの酢をしたたらせて塩あじで食べる海老天も、大根おろしをたっぷり入れた天つゆにどっぷりひたして食べるもんごう烏賊も逸品の味だ。

掻《か》き揚げでコースを終えるが、山野辺は、健啖《けんたん》ぶりを示した。

「海老だけもう一度たのもうか」

「おおきに」

若主人はすかさず頭を下げて、自らタネを取りに揚げ場から出て行った。

田崎はそれをしおに背広を脱いだ。仲居がすぐに手を貸してくれ、それを二つにたたんで、蓋《ふた》のない漆の衣裳《いしょう》箱にかさねて置いた。仲居はこまごまと動いて、新しいおしぼりを用意してきた。

「そうそう忘れるところだった」

山野辺が首すじの汗をぬぐいながら、座敷の隅の底の浅い衣裳箱を指さした。

「すまんが、そのコートを取ってください」

仲居がそれを持ってきた。

「どうも」

山野辺はポケットから小さな包みを取り出して、田崎のテーブルの前に置いた。

「別に珍しいものでもないが、ロンドンで買ったんだ。ネクタイピンとカフスボタンだよ。あけてごらん」

田崎は気持ちのうえでしっくりしないものがあった。だが、受けとらないわけにもいかない。

「ありがとうございます」

包みをといて、紫のビロードの綺麗《きれい》な小函《ばこ》をひらいた。オパールの見事なタイピンとカフスボタンが蛍光灯の白い光の下で鈍く輝いた。

山野辺はひどくぶっきらぼうな口調で言った。

「イミテーションじゃないらしい。きみに似合うと思って買ったんだが」

「まあ、素敵ですこと。良いおとうさまでいらっしゃいますね」

仲居に言われて、山野辺は一層照れ、田崎のほうは受けとれないという思いになったが、もう一度礼を言って、小函の蓋を閉めた。

「けっこうなものをありがとうございます」

それはバネがきいていて、バタンと大きな音を残して閉まった。

3

「おっ、もうこんな時間か。クルマを呼んでもらえますか、ここの店のハイヤーでけっこうです」

山野辺が仲居にクルマをたのんでいる隙に、田崎は手洗いに立った。

田崎が放尿していると、人の気配がした。

「つれしょんといくか」

山野辺が後からやってきて、田崎と並んでズボンのチャックをはずしながら、さりげなく言った。

「健治君、きょうは何も言わずにまっすぐ社宅へ帰ってくれないか。わがまま娘できみも腹にすえかねている点もあると思うが、さすがに今度という今度はこたえたようだ。きみに強く出られて、反省もしているようだ。信子にとっていいクスリになったと思う」

田崎は意表をつかれて、まごついた。何か言わなければと思いながら、言葉が出てこなかった。田崎が先に用をたして、トイレを出たところで待った。

「健治君もそろそろゴルフを始める気はないか。いくつも入っていて、あまり利用してないので勿体《もったい》ないと思ってるんだ。適当なのを一つきみに譲るよ。名義書き換え料も出してあげるから……」

田崎は眼をぱちくりさせた。

「ゴルフなんてやる柄ではありません」

「そんなことはないよ。東京にどれくらいいることになるのか知らんが、私でよかったらコーチしてあげよう。躰《からだ》つきからみると、ゴルファーむきだ。運動神経はありそうだし、すぐ上手になるよ」

座敷へ戻ってきても、山野辺はゴルフの話ばかりしてもう信子の話はしなかった。

仲居がハイヤーが来ていることを告げに来た。

店長が挨拶《あいさつ》に顔をみせ、仲居が黒い手さげカバンを両手で抱えて、ビルの前に横づけされている大型ハイヤーのところまで二人の客を案内した。

「さあ、乗った乗った」

遠慮している田崎を先に乗せ、山野辺が後に続き、仲居からカバンを受け取った。

「運転手さん、東京駅で私を降ろして、お客さんを横浜の旭区まで送ってください。大事なお客さんだから、よろしくたのみますよ」

山野辺は前方に躰を乗り出すようにして、いつのまに用意したのかチップを運転手に握らせながら言った。

「ありがとうございます」

徽章《きしょう》のついたいかめしい帽子を脱いで、運転手は躰を思い切りねじって、頭を下げた。

「僕は電車で帰りますから、どうぞクルマでお帰りになってください」

「私は電車のほうが速いし、都合がいいんだ。鎌倉までの一時間で、けっこう本が読めるし書類にも眼を通せる」

八重洲《やえす》口のタクシー乗り場は、空車であふれていた。

「不景気なのかねえ」

山野辺がつぶやくと、運転手がバックミラーをチラチラ見ながらしゃべった。

「ニッパチは悪いといいますが、今年はとくにいけません。なんとかならないものでしょうかねえ」

「ここで結構。それじゃ健治君よろしくね」

降りようとする田崎を山野辺は強く押しとどめた。

「第三京浜へ向かってください」

山野辺は、運転手が外へ出ようとするのも制してそんなことを言いながら、自分でドアをあけた。そして、いったん外へ出てから、また上半身をクルマの中に倒してきた。

山野辺に右手を差し延べられて、田崎はなかばべそをかいたようななんともいえない顔を山野辺に向けた。

田崎の手を握り返す山野辺の掌《て》に力が加わった。

「じゃあ、たのむよ」

山野辺は手を離し、クルマから出てドアを閉めた。

ハイヤーが走りだした。山野辺は手を振って見送っている。

田崎は掌に残っているぬくもりに舅《しゅうと》の愛情を感じていた。信子と縒《より》を戻してほしい、と義父の祈りがこめられているように思えた。

しかし、夫婦喧嘩《げんか》などといったなまやさしい段階ではなかった。もはや後へ引きかえせるような関係ではないのだ。それなのになぜ山野辺にはっきり打ち明けなかったのだろう。

田崎は結果的に山野辺の期待を裏切ることが見えていただけに、悔いが胸中にひろがってきた。田崎は社宅へ帰って久しぶりに信子と対面することを忘れて、吉田雅子のことばかり考えていた。

ふと、広瀬政子のふくよかな笑顔が眼に浮かんだ。田崎は妙に胸が熱くなった。

田崎は背広の内ポケットから手紙をとり出して手に触れたが、すぐに元へ戻した。それは、擦り切れて封書のカドがとれ、繊維質になっていた。田崎は政子からの手紙を背広を着替えるたびに移し替えていつもポケットに忍ばせていたのである。吉田雅子をとりもってくれたのは、この手紙をくれた政子に相違ないと思っていたせいかもしれない。俺のことに心をくだいて、ついでとはいえ、わざわざ会いに来てくれた政子に感謝しなければ……。田崎はそう思った。

4

信子はじりじりしながら田崎の帰りを待っていた。

田崎から出し抜けに別れたいと切り出されたとき、信子はわが耳を疑った。それは、信子にとってあり得べからざることであり、想像だにしていないことであった。

あのとき信子はタクシーを飛ばして鎌倉大町の実家へ帰って、母親の胸の中で口惜《くや》し涙にくれた。

母親の好江は娘の口からことの次第を聞いて、一緒になって田崎を非難した。たかが手紙を開封したくらいで、離婚するの別れるのと騒ぎたてるとはなんと狭量で非常識な男だろう、と好江は思い、そんな薄情な婿をどうやって懲らしめてくれようか、と歯ぎしりする思いで亭主の帰国を待ちわびていた。

もっとも娘の信子のほうは時間が経つにつれて、けろっとして遊び歩き、ときには外泊することもあったが、母親は奔放な娘の不行跡は気にならないようであった。

山野辺は帰国早々、厭《いや》な話を聞かされて憂鬱《ゆううつ》になった。母と娘は口々に婿の非を言いたてた。山野辺はうんざりし、母《おや》が母《おや》なら娘も娘だ、どこまで手前勝手にできているのだろう、と内心田崎に同情していた。

好江は家付きのわがまま娘で、山野辺は若いころよく泣かされた。血筋はあらそえないというが、信子を見ていると、好江と山野辺自身の欠点、醜悪な面をすべて受けついで生まれてきたように山野辺には思えてくる。

「信子がいけないな。たとえ夫婦、親子の仲といえども、ことわりなしに手紙を開封するなどもってのほかだ。健治君が怒るのももっともだ。それについては素直に詫《わ》びる必要がある。しかし別れるというのはおだやかではないね。あの男がそれだけで別れ話を口にするだろうか。離婚などというのはよくよくのことだ。なにか深い事情がなければならないはずだが、信子のほうに思いあたることはないのか」

山野辺は静かにさとすように話した。

「信子の話では、中国製油所にいるとき広瀬とかいう事務員となにかあったかもしれないそうですよ。手紙もその事務員からきたそうです」

「信子はその手紙を読んだのではないのか」

「手紙にはそんなふうには書いてなかったけど、それにしては健治の怒り方はふつうじゃなかったわ」

「その事務員とのことは調べればわかることだ。とにかく冷静にならなければいかん。それには信子はいまからでも社宅へ帰って、健治君にあやまって、頭を冷やして話し合うことだ」

「私から頭を下げるなんて死んでも厭です。この屈辱だけは絶対に忘れないわ」

「おまえはなにを馬鹿なことを言ってるんだ」

山野辺は娘を叱りつけた。

「信子も田崎とは別れる気になってるんですよ。高校時代のボーイフレンドで石垣《いしがき》さんっていう人がいたでしょう。信子を夢中で追いかけまわしていた……。あの人がまだ独身で、信子が田崎と別れてくれたら、いつでも一緒になりたいといってるそうですよ。芸大の商業美術を出て、ちゃんとした会社の宣伝部にいるようだし、この際、信子の好きなようにさせてやりましょうよ」

「おまえまでがなんてことを言うのだ。ふたりともどうかしてるぞ」

山野辺はなさけない気持ちを通り越して、わが妻、わが娘ながらあきれはてていた。救いがたい、度しがたいとはこのことだと思いながら、彼は不機嫌に黙りこくって、女どもが書斎から出て行くのを待った。

石垣という男は山野辺も顔見知りだった。湘南《しょうなん》地方では名門の男女共学の県立高校で信子と石垣はクラスメートで、高校時代から家に遊びに来ていたボーイフレンドのひとりだ。「おじさま」などと山野辺を気やすく呼ぶにやけた男で、山野辺が好きになれるタイプではなかった。信子が女子大にかよっているときに、石垣と男女関係があったことを山野辺はうすうす察していた。それを承知で、信子と田崎を見合い結婚させたのは、ほかならぬ山野辺自身だった。

古めかしい言い方をすれば、疵《きず》ものの娘を田崎に押しつけたわけで、田崎に対して山野辺の側に負い目があった。

信子が石垣と結婚したいと言い出したとき、山野辺は反対し、何人かの知人、友人に頼んで見合いの相手を物色していたところへ、ひっかかってきたのが田崎健治だった。信子はいっぺんに田崎に惚《ほ》れてしまい、石垣のことなどはじめから念頭になかったといわんばかりに、田崎に気持ちを傾倒していった。わが娘ながらその多情さ、尻《しり》の軽さに山野辺は考え込んでしまったほどだった。

信子は石垣と焼けぼっくいに火がついているような状態になっていないとも限らない。そうだとすれば、田崎と広瀬という娘のことをほじくるというのもおかしなものだとも山野辺は考えたが、一応事実関係だけでも調べておこう、と心に決めて、昨日、日下に逢ったのである。

広瀬という娘は地元の有力者の息子で県庁に勤めている男との縁談がすすんでおり、田崎との関係など考えられない。労組問題でふたりが接触したことはあったようだが、田崎の製油所勤務中にもまったくかかわり合いはなかった、と日下は現地からの報告を山野辺に伝えた。

それを聞いて、昨夜、山野辺は信子に、どんなことがあってもあすは社宅に帰って、素直な気持ちで田崎に詫びなければ父親としてゆるさない、と言いわたした。

「健治君と久しぶりに一杯やって必ず社宅へ帰すから、おまえもそのつもりでいなさい。もし石垣君とおまえがいまだにつき合っているようなことがあったら、以後そんなことは絶対に慎しむように」

父親は苦い思いをかみしめながら、娘に念を押した。

信子は釈然としない気持ちで社宅へ帰って来た。久方ぶりの掃除と洗濯でくたびれた躰《からだ》を投げ出してテレビを見ていた。実家では箸《はし》のあげおろしにまで母親や手伝いの女がかまってくれるので、躰がなまって仕方がなかった。

午後九時過ぎに田崎が帰宅したとき、信子は玄関に出迎え、

「あなた、ごめんなさい」

と小声で言って、夫の顔色をうかがった。

田崎がやさしく抱きとめてくれるのを信子は待った。当然そうあるべきだった。ところが、田崎は無粋にもそんな信子にとり合わず、キッチンの椅子にバーバリーのコートを着たまま座って、じっと腕組みして、あらぬほうを睨《にら》みつけていた。

「広瀬君からの手紙のことであやまってくれたのだろうが、そんなことはもうどうでもいいんだ」

田崎が信子の顔を見ないように重苦しい口調で言った。

「どういう意味なの」

信子は眼をつりあげ、いつもの挑むような調子になっていた。

「きょうきみのお父さんにすっかりご馳走《ちそう》になってしまったが、帰りがけにきみが反省してるから、ゆるしてやってくれという意味のことを言われた。しかし、われわれの関係はお互い気持ちが離れてしまって、そんな段階ではないと思うし、きみも僕も別れるつもりになっているのだから、お義父さんの心配はありがたいけど、いずれはっきり申し上げなければならないと思っている。たしかに手紙を開封されたことは相当こたえたし、そのきっかけになったかもしれない。だが、いまさらそのことできみにあやまってもらっても仕方がない、そんな意味で言ったわけだ」

信子は爪を噛《か》み、口惜しさをむき出しにした。

「私が思ってたとおりね。パパがいけないのよ。私はあなたなんかにあやまる必要なんか最初から認めてなかったわ。それなのにパパったら……私にこんな恥をかかして。いいわ、あなたみたいに男の腐ったような人、私のほうからごめんこうむるわよ」

信子は逆上した。

「あなた、パパからオパールのネクタイピンとカフスボタンもらったでしょう。あれ、返してちょうだい」

田崎はぽかんとした顔で信子を見上げ、コートのポケットから小函《ばこ》をとり出して、テーブルの上に置いた。信子はそれをひったくるようにして、わしづかみにした。

「あなたになんかあげるいわれはないわ」

信子はそう言うなり、玄関のほうへ走って行き、乱暴に受話器をとって、ダイヤルを回しはじめた。

「あなた、遅くにごめんなさい。急にあなたにお逢《あ》いしたくなったの。いまからでもいいかしら。それじゃクルマを呼んですぐ行きます」

信子は田崎にあてつけるように、わざとらしく甘えたような声で誰かに電話していた。あらあらしい動作、すさまじい形相とふつりあいななまめいた話し声を聞きながら、ああこれで終わった、と田崎は妙にさばさばした心地になっていた。

第八章　「依願転職」

1

「おい、なんの真似だ」

新井は血相を変え、机の上に置かれた退職願を右手でヒラヒラさせながら恫喝《どうかつ》した。

「こんな軽はずみなことをして、後で吠《ほ》え面《づら》かいても知らんぞ。いまのうちだ、さあ仕舞っておけ。世の中おまえが考えてるほど、そんなに甘くないぞ」

「いいえ、撤回する気はありません」

田崎は毅然《きぜん》とした態度で、断乎《だんこ》言い放ったつもりだが、声がふるえた。

「おまえ本気か」

「はい」

「そうか、わかった。外出しないで席にいてくれ」

新井は席をけたてて企画部長席へ飛んで行った。

田崎は禁足を命じられ、席へ戻って机の抽出《ひきだ》しの中を整理した。朝の打ち合わせ会が終わった直後だが、ほとんどの課員は出払ったあとだった。女子社員が気を遣って、緑茶を運んできた。

「田崎さん、会社辞めるんですか」

「うん。永いあいだお世話になりました」

「ここの会社、人使いが荒くてよくないわよね」

女子社員は小声で言って、肩をすくめた。

新井が勝本の席へ小肥《こぶと》りの躰を寄せて、ひそひそ話している。田崎は気になって仕方がなかったが、視線を向けないようにして渋茶をすすった。

「田崎君、ちょっと」

勝本が大きな声で田崎を呼び、手まねきした。

田崎は急いで席を起《た》って、二人の前に胸を張ってつかつかと歩いて行った。

「いま新井君から聞いたが、再考の余地はないのかね」

勝本は肘《ひじ》を机について、両手で顎《あご》を支え、大儀そうに言った。

「はい。永いあいだお世話になりました」

田崎は女子社員に挨拶《あいさつ》したのと同じせりふを繰り返し、低頭をした。

「どこか良い口でもあったのか」

勝本は背中を椅子に凭《もた》れるようにして冷笑を浮かべた。

田崎はぎくっとしたが、小さく頭《かぶり》を振った。

「いいえ」

多少気がさしたが、口がまがっても陽光石油を出すまいと心に決めていた。

「きのう親父さんが見えたが、このことでなにか話し合ったのかね」

新井が立ったまま腕を組み、顎を突き出し田崎を睨みつけて、口を挟んだ。

「いいえ、義父《ちち》には関係ありません」

田崎も新井にきつい眼を向けた。睨み合いが続いたが、新井のほうが眼を伏せた。

「それじゃ親父さんはきみがこれを出したことを承知してないんだね」

勝本が机の上の白い封筒を指さして言った。

「ええ。義父にはいずれ話しますが、会社を辞めることについて相談するつもりはありません」

「つまりきみの一存で決めたというわけだね。奥さんにも話してないのか」

「はい」

「こんな大事なことをきみひとりで勝手に決めていいのかね」

勝本は顔をしかめた。

「仕事のことを家庭に持ち込むようなことはしたくありませんし、ワイフもまったく関心がないようです」

田崎の頭の中で信子と雅子の顔がかさなって、ふたりがかけめぐった。田崎は軽い眩暈《めまい》を覚え、右脚を一歩引いた。

「かさねて訊《き》くが、きみの気持ちは変わらないね」

勝本が念を押したので、田崎はうなずいた。

「新井君、一緒に来てくれ」

勝本と新井が足ばやに部屋を出て行った。

田崎は二人を眼で見送ってから、席へ戻った。机の中を整理しているとき、ふと会社を辞めればさっそく社宅を引き払わなければならないなと考え、連鎖的に社内預金のことに思いがめぐり、机の小抽出しから印鑑を取り出して、すぐに経理部へ向かった。

田崎はためらうことなく全額ひきおろした。

結構まとまった金額になっていたが、田崎はそれを独り占めしていいものかどうか多少気になった。席へ戻ると女子社員が仕事が手につかないらしく、さっきから、チラチラ盗み見ている。

田崎は大和鉱油を退社することを山野辺に告げておくべきだと考え、昨夜の馳走《ちそう》のお礼かたがた電話を入れる気になって、第一商事の副社長室のダイヤルを回した。

秘書の女性が出て来て、甲高い声で言った。

「会議中ですが、お急ぎでしたらメモを入れますが……」

「急用でもありませんから、のちほど電話します」

田崎は電話を切った。

そして、吉田雅子のところのダイヤルを回した。

「はい、吉田ですが」

「田崎です」

「まあ、しばらくですね」

嬉々《きき》とした声が返ってきた。

「そうでもないでしょう。先日お話ししたとおり、会社を辞めることになりました。詳しいことは後で話しますが、はじめから出直したいと思ってます」

田崎は、聞き耳をたてている女子社員を意識して事務的な口調で言った。出直したいと言う前に、きみと、とつけ加えたかった。

雅子は、田崎の硬い声に多くを話せない雰囲気をくみとったようだった。

「土曜日はお逢《あ》いできますか」

雅子がリードした。

「ええ」

「それでは午後三時に高輪のプリンスホテルのロビーでお待ちしてますが、よろしいでしょうか」

「けっこうです」

「たのしみにしてます」

電話が切れた。

田崎は手持ち無沙汰《ぶさた》で、しばらくつくねんと席に座っていた。居眠りが出そうになったとき、電話が鳴った。

「田崎ですが」

「山野辺です。さっき電話をもらったようだが席を外していて失礼した」

「昨夜はありがとうございました」

「そんなことより、どういうことになってるのかね。いま、会議中を日下に呼び出されて、きみが辞表を出したと聞かされたところなんだ。こっちは寝耳に水で、ただおろおろするばかりだが、きのうどうして話してくれなかったのかね。水くさいじゃないか……」

「申し訳ありません。お話ししようと思っていながらつい言いそびれてしまって」

「とにかく電話じゃなんだから、昼めしでも食べながら話そう。ちょっと待ってくれ」

話が中断した。

どこそこの誰との約束、急用ができたと言って、断ってくれ、と秘書に命じているらしい山野辺の声が受話器を耳に押しあてている田崎に聞こえた。

「もしもし」

山野辺がふたたび電話に出てきた。

「勝手をしてすみませんが、きょうは忙しくてお会いできないのです。いずれお話しにあがります」

田崎は外出を禁じられていたし、山野辺に会いたくなかった。会えば陽光石油のことを話してしまうおそれがあった。信子とのことをむしかえされるのもかなわないと思った。

「忙しいのはお互いさまだ。私も先約があったが、それを断った。なんとか都合をつけてくれないか」

山野辺の口調が腹立たしげにせかせかした感じになった。

「申し訳ありません」

会話が途絶えた。数秒ほどして、山野辺のほうが折れた。

「それじゃまたにしよう。もうすこし話したいが、いいかな」

「はい」

「日下はなんとしても慰留したいから応援してくれと言ってきたが、きみの決心は固いようだね。翻意する余地はないかな。きみは、会社の人に私には関係のないことだから話す必要はないと言ったらしいが、えらく嫌われたものだね」

「そんな意味で言ったわけではありません。どっちにしても自分ひとりの判断で決めるべき性質のものと思っていたものですから。近日中にご挨拶に伺いますが、いまは眺めていていただきたいのですが……」

「そう。そこまで腹を決めてるようじゃ、何を言ってもムダだね。日下には引導をわたすとしよう。きみが労組問題を通じて大和鉱油に嫌気がさしていることは私にも痛いほどわかるからねえ。引き留めるつもりはないが、転職先は決まってるんだろうね」

「それもいずれお話ししますが、いまは申し上げられません」

「蚊帳《かや》の外におかれることはなんとも思わんが、私に力になれることがあれば協力を惜しまない。もしまだあてがないようなら話に乗ろうじゃないか」

「ありがとうございます」

「ところで、信子は昨夜は鎌倉へ帰って来なかったが、仲直りしてくれたんだろうか」

田崎はドキッとして、口ごもった。

「十時ごろ外出しましたが……。ご期待にそえなくて……」

「ううーん」

山野辺の吐息とも呻《うめ》きともつかぬ声が受話器に伝わってきた。

「信子のことについては、はっきりさせなければと思っています」

「そうあわてなさんな。私は簡単には諦《あきら》めないよ。可能性を信じている。私にはねえ、きみがどうしても他人とは思えないし、血を分けた娘以上にきみが好きなんだ。どうだろう、私に免じて、しばらく静かに考える時間をもつというか、冷却期間を置いて、別居もいたしかたないが、そうせっかちに結論を出すべきではないと思うんだが。子供でもいれば、こんなことにはならなかったのだろうに……」

「僕のほうは再考の余地はないと思います。信子もそのようですし……」

「あるいはそうかもしれない。これは年寄りの未練かもしれないが、そこを曲げてひとつお願いする。ともかく、ゆっくり会って話そう。あしたはちょっと、はずせない用があるが、あさってか来週早々にでも」

「わかりました」

「それじゃ、いずれまた」

2

社員食堂で昼食を摂《と》り、図書室で時間を潰《つぶ》して、席へ戻ってぼんやりしていた田崎は、秘書室の女子社員から電話で呼び出された。田崎はネクタイのゆるみを締め直しながら八階の役員会議室に向かって、階段をゆっくり昇って行った。

八階フロアいっぱいにベージュ色の厚い絨毯《じゆうたん》が敷きつめてあり、手入れの悪い靴で歩くことがためらわれた。田崎は女性秘書に導かれて、役員会議室に入った。

豪華なシャンデリアの下の楕円《だえん》形の大テーブル、頭まで凭《もた》れかかれる背の高い椅子が尻《しり》に馴染《なじ》まないのか、みんな腰を浮かせるようにして座っていた。

新井、勝本、取締役技術部長の八木、人事部長の岡谷《おかや》、人事課長の三輪の五人が窓を背にして、ほぼへの字形に並んで、にこやかに田崎を迎えた。仏頂面の新井の顔は見慣れているが、つくり笑いにせよ頬《ほほ》をゆるめている新井に、田崎は勝手が違って、かえって気色悪かった。

「立ってないで、そこの真ん中に座りなさい」

勝本がへんにやさしい声で言った。

田崎は五人の幹部とテーブルをへだてて向かい合うかたちで座った。

「田崎君、われわれとしてはきみに辞めてもらいたくないんだ。なんとか思い直してもらえないだろうか」

八木の直截《ちょくせつ》なもの言いには好感がもてたが、田崎はここは正念場だと腹をくくり、八木の眼をまっすぐ見た。

「せっかくですが、大和鉱油は僕の肌に合わないようです。それに仕事をやる気をなくしてしまいました。このまま会社にとどまっていては会社に迷惑をかけるだけだと思います」

「きみがいまのポストに不満をもっているのはわかっていたよ。そろそろ技術部へ来てもらって、排脱の技術輸出の仕事をやってもらうつもりでいたんだ。きみにはしばらくドイツへ行ってもらいたいと思っている。これは、日下常務や高橋所長の意向でもあるんだが、心機一転頑張ってほしい。わが社の技術陣を背負《しょ》って立つぐらいの気概を持ってほしいと思う」

「いま八木取締役がいわれたとおり、ドイツのB社へ排脱の技術指導と設備の建設で一年ほどきみに行ってもらうことになっている。実はとっくに決まってたんだが、新井君がいまきみに抜けられると調査課としては困るというんで、延び延びになってしまった。しかし、B社のほうが急いでいるんで、タイムリミットっていうわけで新井君に泣いてもらうことにした」

勝本が新井にチラチラ眼を遣《や》りながら言った。

あまりの白々しさに、さすがの新井でさえ気が差すとみて、間の悪そうな顔をあらぬほうへ向けている。

田崎がなにか言おうとしたとき、ノックの音が聞こえ、ドアがあいて、日下が顔を出した。

五人が一斉に椅子を引いて起立したので、田崎も中腰になって日下に会釈した。

日下は無言で、田崎の一つ置いて右側に座った。八木が腰をおろすと、他の四人もそれに従った。

八木が日下に顔を向けた。

「常務、いま田崎君にドイツへ行く話をしたところです」

「うん、それで田崎君は辞表を撤回したのかね」

「どうだね。そういうことで了解してくれないか」

八木が田崎に返事を促した。

「さっきも申し上げたとおり、僕はやる気をなくしてしまいました。先日、新井課長に無駄めし食いと言われましたが、多分そのとおりだと思います」

新井が眼を剝《む》いた。田崎は新井に対する腹いせで意趣返しをしたつもりはなかったが、そんな言葉が口をついて出てしまった。

「新井君、いつからそんな偉そうな口がきけるようになったのかね。そんな人をふみつけにするようなことを言えば、誰だって会社を辞めたくなるよ。田崎君にあやまりたまえ」

日下はたるんだ頰をふるわせて、新井を叱りつけた。

新井は姿勢を正して、首まで真っ赤に染めて口ごもりながら抗弁した。

「私はそんなつまらんことを田崎君に言った覚えはありません。田崎君、私になんのうらみがあるかしれないが、みんなの前でひどいじゃないか」

田崎はがっかりした。新井が太鼓持ち的な男であることはわかっていたが、同時に豪胆なところも備えていると思っていた。白を黒と言って恬然《てんぜん》として恥じない新井を見損なった。

「そうですか。それでは僕の聞き違いでしょう」

田崎はこの期に及んで新井の立場を悪くしかねない話を持ち出したことは穏当ではなかった、と軽い後悔に似た思いが心の隅にあった。

「きみ、見苦しいぞ。潔く頭を下げたまえ」

日下がすっきりしない新井の態度に業をにやすと、勝本がさも当惑したように言った。

「新井君、そんなひどいことを言ったのかね」

とりなすなり、新井をかばう立場の勝本の変わり身の早さ、わざとらしさが田崎にはやりきれなかった。新井が田崎に〝気合い〟を入れているとき、勝本は終始扁平《へんぺい》な顔をニヤつかせながら耳を傾けていたはずなのだ。

「田崎君、私も無意識のうちに暴言を吐いてしまったかもしれないので、一応あやまっておくよ。悪かった、勘弁してくれ」

日下に頭ごなしに叱責《しっせき》されて、新井は不承不承詫《わ》びた恰好《かっこう》だった。

「それでもあやまっているつもりかね」

日下が舌打ちした。

「課長、申し訳ありません。おそらく僕の聞き違いだと思います。しかし、この際そんなことはどうでもいいのです。どっちみち僕は会社を辞めようと思っていたのですから」

田崎は、すっかり気勢をそがれ、日ごろの鬼軍曹ぶりは影をひそめ悄然《しょうぜん》としている新井の気持ちを忖度《そんたく》して言葉をたした。

「田崎君、一時の感情で会社を辞めたくなることは誰にだってあることですよ。常務もきみのことを心配してくださってるんだし、きみは優秀社員として表彰されたくらいなんだから、大和マンとして人後に落ちない立派な社員です。雨降って地固まるというが、ひとつ一切を水に流して、新しいポストで頑張ってください」

人事部長の岡谷がつくり笑いをしながら言った。

日下も顔を不自然にほころばせた。

「そうそう、社主もきみのことを心配していたよ。田崎君のことをちゃんと覚えておられた。前途有望な若い社員のことに、社主はいつも心をかけておられるようだ」

向かい側の五人がほーっといった顔で、日下に視線を注いだ。日下の話が当意即妙のはったりをきかせたその場しのぎのものかどうか疑ってみることもせず、田崎は胸を衝《つ》かれた。「ご苦労さん」といって手を差し延べてきた社主の深い眼と、老人にしては強い握力の感触を田崎は思い出していた。背筋がぞくっとするほど感動したあの場面はつい昨日のことではなかったのか……、田崎はしばらく放心したようにテーブルの一点をみつめていた。大和社主を評してカリスマ的魅力をそなえていると宮本は言ったが、田崎の心の中でも社主を神格化してとらえようとする作用が働いていなかったとは言い切れない。

「田崎君、この退職願いは破いていいね」

勝本に言われて、田崎はわれに返った。

「いいえ、困ります」

田崎はかすれた声で言った。

「一度出したものを引っこめるのはなかなか勇気のいることだ。照れくさいもんだしね」

三輪がおまえの気持ちは見えすいているとでもいうように、覗《のぞ》くような眼を田崎に向けてニャッとした。

田崎はそれに反発して、きっぱりとした口調になった。

「退社する気持ちは変わりません。僕は社主やあなた方の期待に副《そ》えるような社員ではないようです。それが証拠に、いまだに大和鉱油にも組合があったほうがいいと考えています」

八木たちはいずれも途方にくれたような顔を見合わせていた。

「それとこれとは別問題だ。労組問題についてはそのうちゆっくり話すとしよう」

日下がしらけた顔で言った。

「依願退職の件よろしくお願いします」

田崎は静かに起ち上がって、日下に、そして八木たちにも一揖《いちゆう》して、役員会議室から立ち去った。

田崎が出て行ったあと、日下がぼやいた。

「なにを考えてるのか、あいつの気が知れない。まったく困ったやつだ。鼬《いたち》の最後っ屁《ぺ》みたいに組合があったほうがよいなどと言いおって」

日下は苦り切って、鋒先《ほこさき》を新井に転じた。

「新井君、どうして無駄めし食いなどと妙なことを言ったのかね。部下をしごくのも結構だが、あたら貴重な人材をくさらしてしまったんでは元も子もない。いびるのとしごくのとではわけが違う。きみら、なにか勘違いしてないか。労組問題については見すごすわけにはいかんが、田崎が具体的に動いてるわけでもなかろう。田崎は田崎なりにプライドを持ってやってるんだ」

「すみません。しかし常務、私は田崎君に無駄めし食いなどといった覚えはないのです。友和会について変に関心をもっているようなので注意しただけです。どうも変に生真面目な男で、冗談も通じなくて弱ります……」

「そんな言いわけをしてる場合か。田崎をあそこまで追い込む必要がどこにあるかね。窮鼠《きゅうそ》猫を嚙《か》むとはこのことだ。田崎がもしウチを辞めて同業他社や石油化学会社にもぐり込んだらどうなるんだ。ウチの乾式排脱の技術の秘密保持についてきみは保証してくれるかね。八木君、この点はどうかね。みんなに説明してやってくれ」

日下は言い終わると、苛立《いらだ》っているときのくせで、舌をつかって義歯を外したり、嵌《は》めたり口の中でころがしはじめた。

「常務のおっしゃるとおりです。触媒を開発したのは田崎自身ですし、三年以上も排脱のプロジェクトにタッチしてますから、彼をつかまえることができた企業は乾式排脱装置の建設が可能ということになります」

八木の話を聞いて新井の顔が蒼《あお》ざめた。

ようやくことがらの重大さを認識したようだった。

この点は企画部長の勝本も同じだった。人事部長の岡谷も、人事課長の三輪も周章《しゅうしょう》狼狽《ろうばい》した。技術輸出のために必要な人材ていどにしか田崎を評価していなかったのである。

「いまも田崎の義父にあたる一商の山野辺副社長と電話で話したんだが、田崎は山野辺にも再考の余地はないと言ってるそうだよ。山野辺に慰留してくれと頼んだが、田崎は夫婦仲が悪いらしくて、親父としてはそれどころではないらしい。娘夫婦の離婚話が出ているとあっちゃあ、気が気ではあるまい。それやこれやで田崎は捨てばちになってるんじゃなかろうか。山野辺の口ぶりではまだ次の就職先は白紙のようだが、大和鉱油に嫌気がさしていることは間違いないそうだ。勝本と新井に田崎のことはまかせるから、とにかく田崎と話し合ってみたまえ。諦《あきら》めるのはまだ早いぞ」

日下は、また口の中をもごもごやりはじめた。

3

田崎は役員会議室から席へ戻って、所在なさそうに読むともなしに経済雑誌のページを繰っていた。そこへ人事部の富田から電話がかかった。

「いま五階の受付からだが、お茶を飲みに行かないか」

富田の声はうわずっていた。

「先日はどうも。課長に禁足を命じられてるんですが」

「なにを言ってるんだ。人事課長と調査課長の公認だよ。鬼軍曹と企画部長はウチの部長のところで話してる。俺はきみの慰留をたのまれたんだ。責任重大だね。とにかく待ってるから早く出てこいよ」

「はい。すぐ行きます」

エレベーターの前で、富田は田崎を待ちかまえていた。

田崎が近寄って行くと、富田は田崎の肩を叩《たた》いて、笑顔をのぞかせた。

「やってくれるじゃないか」

ふたりは隣のビルの一階の喫茶店に入って奥のテーブルに着いた。

「いやあ、驚いたよ。まさかきみが会社を辞めるなんて言い出すとはねえ。さすがの鬼軍曹が常務に雷を落とされて、シュンとしちゃって、俺なんかに助け舟を求めてくるんだから……」

「富田さんにはいろいろ心配をかけちゃって申し訳ないと思ってます」

「そんなことはないけど、日下常務は一商の副社長の親父さんに話してないくらいだから、就職先は決まってないらしいなんて言ってたそうだが、俺はそうは思わない。きみはそんな軽率な男ではないと思うが、ほんとうのところどうなんだい」

富田はさぐるような眼で田崎をじっと見た。

田崎は、さすが富田は読んでいると心の中で脱帽したが、まだ手の内を明かすわけにはいかなかった。彼はやましさを意識して、富田をまっすぐ見返せず、眼をそらした。

「まだ、決まってません。はっきりしたら富田さんにはお知らせします」

「俺はきみの転職先を聞いたからといって、それを告げ口するほどケチな男ではないつもりだけどな。胸襟をひらいて話してくれよ」

だめを押されて、田崎はあやうく白状しかかったが、それを抑制して、笑いにまぎらわした。

「決まったら、話しますよ」

「そう」

富田はニキビの跡あざやかなあばた面をほころばせてつづけた。

「それなら、会社を辞めるのはゆっくりでいいじゃないか。ドイツから帰って来てからでも遅くはないし、少なくとも転職先が決まるまでは辞めるべきではないと思うな。社宅を引き払うだのなんだのと大変だぜ」

富田は自分の思いすごしだと決めてしまったようだ。それだけに田崎は一層辛《つら》かった。

「そうも考えたのですが、親父の家が松戸市で、上野《うえの》から二十分足らずのところなので、しばらくころがり込もうと思ってます」

「どうしてそんなに急ぐ必要があるの。会社はいつだって辞められるんだから、いちばん都合のいいときに辞めたらいいじゃない。それとも奥さんのこととなにか関係あるのかな」

「えっ。そんなことまでご存じなんですか」

田崎は訊《き》き返した。

「きみが奥さんとうまくいってないという話は聞いてるよ。奥さんのほうの親父さんとウチの日下常務とは旧友だそうだが、おととい、親父さんが中国製油所の広瀬という女子社員ときみとの関係を心配して、調べてほしいと日下常務に頼んできたことは承知してるんだろう」

「いいえ。そんなこと聞いてません。初耳です」

田崎は、きのう山野辺が会社へ訪ねてきたときのことを思い合わせ、なるほどと思った。

「そうか。聞いてないとなると俺は余計なことを言ってしまったことになるし、口が軽いととられるかもしれないが、この程度のことは許されるだろう。人事課長から俺に話がおりてきて、至急調べるよう命じられたので、中国製油所の大村に電話をかけて、きみと広瀬という女の子のことを聞き出したというわけだ。そのときの大村の返事がふるってる。田崎が広瀬さんをどう思ってるかしらんが、広瀬さんは田崎のことなんかなんとも思ってないし、彼女には縁談があって、そっちのほうの話がすすんでいる、田崎と彼女が妙な関係になってるなんてまったく考えられない、ってやけに力を入れて言うんだ。しかし、奥さんの親父さんがなんでそんなに心配してるのかね。わざわざ日下常務に話さないで、きみに訊けばよさそうな気もするが」

富田はひと息いれて、コーヒーを飲んだ。

いたずらっぽい眼をして、富田が言った。

「でもどうなの、広瀬っていう娘はいい子らしいし、きみも憎からず思ってたんだろう。手ぐらい握ったのかね」

「つまらないこと言わないでください。冗談じゃありませんよ」

「怒るところをみると、あやしいぞ」

「まったく、くだらない話です。お話にならない馬鹿な女です」

田崎はうんざりした口調で、紅茶をスプーンでわけもなくかきまぜながら言い返した。

「広瀬っていう子がか」

「そうじゃありませんよ。ワイフのことです。僕が会社を辞める最大の理由は、ワイフとの関係を清算したいからです。離婚についてはむこうも異存はないそうですから、この際、一切を清算して、一から出直しますよ」

「おいおい、そんなヤケみたいなことを言うなよ。きみと奥さんの関係がそんなに深刻になっているとは知らなかったな。しかし、その件もすこし性急すぎないか。百歩譲って、奥さんと別れることはやむをえないとしても、大和鉱油を辞める理由にはならないだろう」

「そんなことはないですよ。富田さんだってワイフの親父と日下常務が旧友だといま言ったばかりじゃありませんか」

「坊主憎けりゃ袈裟《けさ》までもってわけか。しかし、それはこじつけだよ。きみたち夫婦のことに介入する気はないが、仮りに奥さんが日下常務のお嬢さんだったら、あるいはそう考えるのも自然かもしれないけど……」

富田は改まった口調でつづけた。

「俺が気になるのは、きみの転職先が決まってないとすれば、きみが虚勢を張るというのか意地になって会社を辞めて行こうとしているのではないかということだ。人事課長もそういう見方をしているようだが、言葉のはずみとはいえ無為徒食みたいなことを言われれば、俺だって頭にくるよ。会社を辞めたいと言い出しかねないからね。きみの気持ちを深読みしすぎてるきらいもあるが、俺だったら、と気持ちを置き換えて考えてみると、そこのところが気になるんだ。つまりひっこみがつかなくなっているということなら、ここのところは俺にまかせてもらいたいし、きみのことだからドイツへ行く話が出ているので、ゴネ得みたいにとられるのが厭《いや》で一層そんな気持ちになってるとしたら、先輩社員として黙って眺めているわけにはいかないからね」

田崎は、富田の心遣いが胸にぐっときた。陽光石油のことをこれ以上ふせておくことがはばかられ、口をすべらした。

「富田さんだけにお話しするのですが、実は転職先についてあてがないこともないのです」

「うーん」

富田は天を仰いで、うなった。

「ただ、そうはっきりしたものではなく、多分だいじょうぶだろう、と思ってはいるのですが」

田崎は言葉をにごして、富田の顔色をうかがった。

富田が腕組みした。

「いずれにしても翻意する気はないな」

「さっき、社主が僕のことを案じている、と日下常務に言われて、ちょっぴり気持ちがぐらついたのですが、やはりはじめからやり直したい気持ちのほうが強いことは確かです」

「社主の話は、どうかなあ。直感的かつ無責任ベースな言い方をすれば、社主に一社員の去就をいちいち報告するとは思えないよ。常務の創作だと思うな。だから、そんなことに思いわずらう必要はないが、どこだか知らんが転職先が確実に固まるまで、保留しておいたらどうだ。三、四日考えさせてもらうと言っておけば、会社のほうはいいわけだから。奥さんとの件も結論を急ぎすぎてるように思えるし……。はっきり決まったら、俺に連絡してくれよ。悪いようにはしないつもりだ」

富田が腰をあげたので、田崎も椅子から起《た》った。

「いろいろありがとうございます」

二人は、喫茶店を出た。

4

田崎が大和鉱油に退職願いを提出したその夜九時ごろ、東京支店の中野が社宅に訪ねて来た。中野は会社の帰りで、ネクタイを締め、コートを着ていたが、急に酔いがまわってきたかのように脚をふらつかせて部屋へ入って来て、どすん、と尻《しり》もちをつくように卓袱台《ちゃぶだい》の前に座り込んだ。

「きみは、目下独身らしいなあ。やもめ暮らしも悪くないだろう。奥さん、ほんとうに居ないんだねえ」

中野はキョロキョロ部屋の中を見まわした。

「だいぶきこしめしてますね。ばかにご機嫌じゃないですか。なにか飲みますか」

「悪いけどビールを所望しようか。なんだか喉《のど》が渇いた。この部屋すこし暑くないか、ストーブ消してもいいんじゃないの」

「窓をあけます」

田崎は雨戸をあけ、五センチほど窓に隙間をつくった。そして、ビールとチーズを冷蔵庫からとり出してきた。

「田崎君、会社辞めるんだってなあ。富田さんから聞いたよ。今夜は富田さんと一緒だったんだ。きみの決意は固いようだって、彼は言ってたけど、ドイツ行きを棒にふるくらいだから、よっぽど良いところがあったんだろうな」

「富田さん、なにか言ってました？」

田崎はチーズを果物ナイフで切って、小皿に並べた。

「就職先はまだ決まってないようだなんて言ってたけど、ほんとかね、俺はそうは思わないって言ったら、富田さん、ムキになって否定してた。人生観の問題であり、感情の問題だなんて言ってたけど、ムキになるところが怪しい。きみ、俺にもほんとうのこと言えよ。どうせ富田さんには話したんだろう」

中野は絡んだ言い方をして、勝手にビールの栓を抜いてコップにつぐなり呷《あお》った。

田崎は富田の気持ちがうれしかった。茫洋《ぼうよう》としたニキビ面を眼に浮かべながら、自分のコップにビールを注ぎ、ついでに中野のコップも満たした。

「そう詮索《せんさく》しないでください。ほんとうにまだ白紙です。でも、どこか拾ってくれるところが一つぐらいあると思いますが……」

「それ、謙遜《けんそん》のつもりか。まあいいや、きみほどの男ならどこへでも行けるだろうし、なんとかの七光もあるしな」

「そんなのありません。実力で大和鉱油に入社できたと自負しています」

「技術屋はいいよ、どこへでも行けて。われわれは会社を辞めたくたって辞められないんだ。潰《つぶ》しがきかない。人間尊重主義だかなんだか知らんが、いくら面従腹背でいたって、へんに大和ナイズされてっちまう。よその庭の芝生は青く見えるというが、大和鉱油よりはどこもましだろう。しかし、こんな会社でもしがみついていくほかはない」

　いつも陽気な中野が初めて弱気な側面をみせたのは、退職して行こうとしている田崎をうらやむ気持ちを抑えることができなかったせいに違いなかった。

「話がしめっぽくなったな。とにかくおめでとう。きみならどこへ行ったって、一流のエンジニアになれるだろう」

「おめでとうはへんですよ」

「いや、そんなことはない。やっぱりおめでたい話だ」

中野はコップを田崎のそれに乱暴にぶつけてきた。

中野がひきとって間もなく、田崎は山野辺からの電話を受けた。

宴席を外して電話をかけているらしく、雑音が入りまじって、聞きとりにくかった。

「八時ごろにも電話をしたんだが、忙しいらしいね」

「先刻は失礼しました」

「こちらこそ失礼した。とにかく一度ゆっくり逢《あ》って話したいね。なんなら、あしたの夜でもいい。先約があるが、きみのほうの話が大切だから、そっちは取り消してもいいが」

「申し訳ありません。あしたはどうしても外せない用があるのです。日曜日にでも鎌倉のほうへご挨拶《あいさつ》に伺いますが」

田崎は口から出まかせを言った。気のおけない良い義父だが、いまは会いたくなかった。

「そう敬遠しなさんな。しかし用があるんじゃしようがないな。潔く諦《あきら》めるとするか。ところで会社を辞める気持ちは変わらないね。日下がやいのやいの言ってくるが……

…」

「はい。今週中にはっきりさせてもらうつもりです」

「そうか。いたしかたあるまい。それはいいとして、信子のことはなんとかよろしくお願いしたい。さっき電話で話したが、女子大時代のクラスメートのところへ行ってたそうだ……。わがまま娘で困ったやつだが、いろいろ訊《き》いてみるときみへの未練は断ちがたいようだ」

娘の不行跡を糊塗《こと》し、庇《かば》い立《だ》てする父親の苦衷が言外にくみとれた。信子がどこで誰と泊まり歩こうと、それが男であろうと、女であろうといまさらどうでもよかった。

田崎はひたすら雅子のことを考えていた。

「ところで、きみにプレゼントした例のもの、娘に返したそうだが、いや事実は信子がきみから取り上げたのだろうが、きみに買ってきたものだ」

山野辺は、田崎が黙っているため、話題を変えてきた。知らず知らずのうちに娘婿の機嫌をとりむすぶような口吻《こうふん》になっていた。

「そのことでしたら、もうけっこうです。はじめからいただくべきではないと思ってました」

「健治君、たのむからそう他人行儀なことは言わんでくれ。わが娘ながらお恥ずかしい限りだ。それでは私の立つ瀬がない。とにかく電話ではなんだから、会ってゆっくり話そう。日曜日に来てくれるんなら、どこかへ美味《おい》しいものでも食べに行こう」

「はい」

田崎はうわのそらで返事をして電話を切った。

5

「田崎君、俺が悪かった。昨夜寝ずに考えたんだが、たしかに俺はきみに無駄めし食いといったようだ。このとおりだ、ゆるしてくれ」

つぎの日、新井は土下座しかねないほど下手に出てきた。

役員会議室でこんなふうに素直な態度を示されていたら、俺の気持ちはいくらか変わっていたろうか、と田崎は考えながら新井の話を聞いていた。

「きょうはきみにひとこと詫《わ》びを言いたかったんだ」

「課長、そんなこと気にしないでください。僕も気にしていません。僕が会社を辞めるのは、課長になにか言われたから、などということとはなんの関係もありません」

田崎の決心が固いと知ると、新井は逆にひらき直った。

「会社を辞めることは会社に対する背信行為にならないかね。飼い犬に手を噛《か》まれるとは、まさにこのことだ。きみは自分ひとりで一人前の技術者になれたと錯覚してるらしいが、会社がきみを育てたんだ。会社はきみに投資してきた。これからはきみが会社の恩に報いるべきではないか。恩を仇《あだ》で返すようなことは血のかよった人間のすることではないと思うが」

「僕は入社して七年の間、精いっぱいやってきたつもりです。会社に借りはないはずです」

「これほど頭を下げて頼んでるのにきみはわからんのか。まさか、他の石油会社に鞍《くら》がえする気じゃあるまいな。そんなことをしてみろ、ウチの会社には血の気の多いのが大勢いるんだ、ただじゃすまさんぞ」

新井は凄《すご》みをきかせた。

「強迫するんですか」

田崎は一層腹がすわった。負けてなるものか、と新井を睨《にら》み返した。

「それじゃ訊くが、きみは大和を辞めてどこへ行くのかね」

新井の声が細くなった。

「決まってません。いずれにしても大和鉱油に残る気はありません」

「そんな馬鹿な話があるか。どうやって食っていくんだ。女房をどうやって食わしていくのかね」

大きなお世話だ、と田崎は言いたかったが、口をつぐんでいた。

ふいに会議室のドアがあいて、調査課の女子社員が顔をのぞかせた。

「田崎さんに通産省の方から電話です」

「いま会議中で手が離せないと言え。せめてお茶ぐらい持ってきたらどうだ。気のきかんやつだ」

新井は、ノックもしない女子社員のぶしつけな態度に余計腹をたて、大声でわめいた。

「ちょっと失礼します」

田崎は、首をすくめてぷいと横を向いた女子社員に続いて会議室を出て行った。

会議室へ電話を回してもらえばことは足りるが、田崎は新井に聞かれてはまずいと思ったのである。案の定、宮本からだった。

「どうした、辞表出したのか」

「ええ」

「猛烈に慰留されてるんだろう」

「そのとおりです」

「頑張れよ。陽光の名前はおくびにも出さないほうがいいと思う。陽光には話しておいた。よろこんでたぞ。詳しい話は電話じゃなんだから、あとで話すからこっちへ来てよ。席にいなくてもわかるようにしておく。きみにわたしたいものもあるんだ」

「わかりました」

田崎は会議室に戻って十一時過ぎまで、新井と話し合った。堂々めぐりで埒《らち》があくはずがなかった。

「とにかく三、四日考えさせてください」

田崎は富田に知恵をつけられたことを思い出したのだ。

「一時休戦だな。こうなったら俺もあとへは引けない。きみと刺しちがえても頑張るぞ」

新井はニヤッと笑って、田崎の背中を叩《たた》いた。

「たまには昼めしをつき合ってくれ」

新井に誘われたが、田崎は断って、外へ出た。

6

田崎は通産省へ急いだ。

タクシーを降りて、通産省新館の正面玄関の石段をかけ上がったところで、田崎は、重化学産業局総務課課長補佐の牧口に呼びとめられた。

「田崎さん、そんなに急いでなにごとですか」

「べつになんでもないんですが」

「どうです。よろしかったら蕎麦《そば》でも食べに行きませんか」

「ええ」

田崎は、先日のカツライスの借りを返しておくべきだと咄嗟《とっさ》に考え、牧口と肩を並べて石段を降りて行った。

ふたりは飯野ビルの並びの蕎麦屋へ入り、天麩羅《てんぷら》蕎麦を注文したが、田崎はレジで食券を買うとき、またしても牧口に先を越されてしまった。レジでいつまでも揉《も》み合うわけにもゆかず、田崎は恐縮し切って、牧口の前に座らなければならなかった。何週間か前の土曜日に、場所は異なるが、こうして牧口と向き合って座ったことを田崎は懐かしく思い起こしていた。

牧口はあのときと全然かわっていなかった。もみあげも長いままで、口のまわりの髭《ひげ》の剃《そ》りあとが青々としている。

「ずいぶん忙しそうですね。お宅はまだ週休二日制になってないんでしょう」

「ええ。交代で休みをとるようにしてますが、上のほうが出てくると、なかなか休みにくい雰囲気があって、ついつい出てきてしまうことが多いんです。ウチにいてもやることがありませんし」

「まったくお互いよく働きますね。そういうふうに習慣づけられてしまってるせいもあるんでしょうが、私なんか土曜日のほうが静かでかえって仕事ができます。日曜日はさすがにくたびれているので、ごろごろしてますが、たまには家庭サービスをしなければと思うし、理屈ではわかっていても、それができない。困ったことですよ。その点はおたくの会社も相当なものらしいですね。友達がひとり大和鉱油にいますが、いつだったかえらくこぼしてましたよ」

「お友達って、なんという人ですか」

「富田っていう男です。ずいぶん会ってないが、なかなか良いやつですよ。たしか、いまは人事部にいるんじゃなかったかな」

「富田さんならよく存じてます。大変お世話になってますので」

天麩羅蕎麦がきたので話が途切れたが、田崎は蕎麦に箸《はし》をつける前に、牧口の耳にも入れておこうと思い、切り出した。

「牧口さん、実は会社を辞めることになりそうです」

「ほーう」

牧口は天麩羅蕎麦に箸をつけようとしていた手を休めて、顔をあげた。

「富田さんにも慰留されて弱ってるんですが、きのう退職願いを出しました」

「大和鉱油については労組がないため、人使いが荒いとか、業界の一匹狼とかいろいろ聞いてますが、いいところがあるんなら転身するのも悪くないと思いますよ。のびないうちに食べちゃいましょう」

牧口が蕎麦を食べはじめたので、田崎も箸をつけた。

「辞表を出してあっさり受理されるのも淋《さび》しいものでしょうが、慰留されるのも、いわばしきたりみたいなもので、富田君が田崎さんをひきとめようとしているのも人事の担当者としての形式的なものだと思いますがね」

牧口は蕎麦をすすりあげた。

田崎は牧口のそっけない反応をものたりなく思った。

「富田さんはむしろ理解してくれてるほうですが、人事担当の常務や人事部長、企画部長、技術部長などからもしつこく慰留されて、うんざりしてます。乾式排煙脱硫の技術指導でドイツへ行くようにも言われてるんですが……」

思わず、売り込むような感じで言ってしまって、自分のてらいがやりきれなくなった。

「田崎さんは技術屋さんですか」

牧口は意外だというように箸を止めた。

「技術屋のはしくれです」

「なるほど、そうだとすると会社も田崎さんに辞められると困る面があるでしょうね。しかも乾式排脱の関係者だとすると、なおさらあなたに動かれるのは困るわけですね」

さすがに牧口ののみ込みは早かった。

「しかし、どうして田崎さんをいまのポストにつけたんでしょうかね」

「工場で従業員組合問題に巻き込まれたり、いろいろそれなりにわけがあるんです。なんせ、牧口さんもごぞんじのように変わった会社ですから」

そこで会話が中断し、ふたりは蕎麦を片づけにかかった。蕎麦を食べ終えて、別れしなに牧口が言った。

「私が田崎さんの立場だったら、やっぱり会社を辞めますね。男たるもの一度こうと決めたら、よほどの事情がない限り撤回すべきではないと思います。慰留されて、へなへなするくらいなら、辞表など出すべきではありませんよ。男がすたります。初志貫徹なさったらどうですか」

田崎は牧口にきめつけるように言われて、気持ちが定まった。というより、それをいいことにして、たゆとう気持ちに歯止めをかけたというべきかもしれない。

田崎は牧口に出会ってよかった、と思いながらエネルギー産業庁の石油工業部に足を運んだ。

「おう、待ってたんだ」

宮本は椅子の背にひっかけてあった背広をとって、腕を通しながら田崎を会議室に連れて行った。

「俺が予想したとおり会社は大あわてだろう」

「ええ、きのうから大騒ぎです。ウチの課長に刺しちがえるぞ、と威嚇《いかく》される始末ですからねえ、参りますよ。一年ほどドイツへ行ってこいとも言われました」

田崎はさもうんざりしたというように脚をテーブルの下に伸ばして椅子に座った。

「まさに下へも置かない扱いだな。ドイツというのはなんだい」

「排脱の技術輸出で、プラントの建設のためでしょう」

「田崎君、気持ちがぐらついてるわけじゃないだろうね」

「大いにぐらついてます」

「きみ、いまさら困るよ」

宮本は当惑したように表情をくもらせた。

「冗談ですよ。そんなことはありません」

「そうか。よかった」

宮本は愁眉《しゅうび》をひらいたようだ。

「いまごろになって掌《てのひら》を返すようなこと言われたって始まらんよな。会社を見返せて良い気分だろう」

「良い気分なんてことはありませんよ。しかしドイツ行きの話はちょっと惜しい気もしますね。会社を辞めるのはドイツから帰ってきてからにしてはどうか、と親切に言ってくれる先輩もいます」

「ドイツぐらい陽光だって行かせてくれるよ。ドイツと言わずフランスでもアメリカでも、気やすめでなく、必ず行かれるように俺がはからってやる。約束するよ」

「ありがとうございます」

「それはそうと、これ取っておいてくれ」

宮本は、背広の内ポケットから封筒を出して、テーブルの上に置いた。

「なんですか」

田崎は中身を覗《のぞ》いてびっくりし、封筒を押し返した。

「こんなものもらういわれはありませんよ」

「三十枚あるはずだ。仕度金などといった大袈裟《おおげさ》なものじゃない。ボーナスの一部前払いみたいなもんだ。引っ越しやらなんやらでカネもかかるし、実費にも足りないかもしれないが、俺があずかるわけにもいかないから、とにかく納めておいてくれよ。当然もらうべき性質のものだ。受取がいると思うが、仮払いにしてあるようだから、それは陽光石油に入ってからでいいだろう」

「やっぱりこれは受けとれません」

「そんな大層なものじゃないんだ。きみは異常潔癖性と違うか。どうしても返したかったら、直接陽光に返してくれ」

宮本は、このわからずや、というようにあからさまに顔をしかめた。

「そうはいきません。宮本さんがあずかったんですから、宮本さんから返してください」

田崎は潔癖ぶったり正義派を気取るつもりはなかったが、まだ大和鉱油の社員であることに拘泥していた。

「頑固だなあ。妙なところで頑張るじゃないか。しようがない、俺から返しておこう」

宮本は苦笑いして、封筒を内ポケットに仕舞った。

「田崎君、来週になったら気が変わったなんて絶対に言わんでくれよ。俺にまかせてくれと大見得を切ってしまった手前、荒縄で縛りつけてもきみを引っ張っていかなければならんのだ」

「ご心配なく。さっきもある人に、男が一度決めたことを簡単に撤回すべきではないと言われたばかりです。このごに及んでじたばたしても始まりませんよ」

「誰かに陽光のこと話しちゃったのか」

「そう気をまわさなくても大丈夫ですよ。大和を辞めることについて話しただけですから」

「とにかく陽光ではきみが一日でも早く来てくれるに越したことはないと言ってるので、大和のほうの結着がつき次第、上林さんに連絡してくれよ。社宅も立地的にいちばん都合の良いところをあけとくといってるが、どうする」

「とりあえずは松戸の親父のところへ行くつもりです」

「それは好都合だ。本社は半年程度で、どうせ現場のほうへ回されることになるんだろうから、会社としちゃあ二重の手間にならないのでベターだろう」

「宮本さんはいつごろ陽光石油に入ることになりますか」

「四月一日というところかな。われわれノンキャリアの場合はいつ役所を辞めて、どこに入ろうがかまわないんだ。人事院がうるさく言うこともないしね。したがって四月にこだわることもないし、三月でもかまわないが、まあ切りのいいところで四月と考えてるんだ。それに田崎君みたいに嘱望されて陽光に入るわけでもないしね。たまたまいまの社長が同郷で、昔からよく知ってるというだけのことなんだ。陽光としては招かざる客ということかもしれないよ」

「まさか。宮本さんのようなやり手ならどこだって歓迎でしょう」

「そう言ってくれるのはきみだけだ。武士は相身互いだ。よろしく頼むよ」

宮本が握手を求めてきたので、田崎は身を乗り出して、テーブルの上でその手を握った。

ハープがドリゴのセレナーデを奏でている。
おかっぱの若い女性のハーピストは、音楽学校の学生か卒業したての、いかにもアマチュアらしい未熟な演奏ぶりだが、その真率な面差しは好感を与え、小夜曲に相応《ふさわ》しいように思えてくる。

哀調を帯びたその調べは、田崎の胸に浄化作用を伴って沁《し》みわたってきた。

田崎はプリンスホテルの一階の豪華なレストランの片隅で、雅子が九階の客室から降りてくるのを、ジントニックを飲みながら待っていた。着物の着付けに時間がかかるから先に行っててほしい、と言われたのだが、情事のあとに小夜曲を聴きながら女を待つ気持ちは充実感と羞恥心《しゅうちしん》とがないまざった妙なものだ。

昨夜から日曜日の昼食時まで、雅子の燃え方はふつうではなかった。田崎は顔のあからむ思いを禁じ得ない。それは凄絶《せいぜつ》といっていいほどだった。

田崎をして、このまま燃え尽きてしまうのではないかと思わせた。夜も昼もなかった。

7

田崎がまどろむと、雅子はバネのあるしなやかな躰《からだ》ごとぶつかってきて眠らせなかった。

「いつまでもこうしていたいのです」

田崎がとろとろ眠りはじめると、雅子の躰が上から密着していた。

雅子が伏眼がちにテーブルに着いた。お召の訪問着のようだが、いつ見ても上手に着こなしている。あかぬけした女だ。小股《こまた》が切れ上がった、という表現があたっているのかもしれない。薄く化粧をしたうつむきかげんの顔は瞼《まぶた》がはればったく、やつれた感じは隠しようがないが、匂うような美しさをたたえていた。

「おなかがすいたね。ステーキをレアでたのんでおいたが、それでいいかしら」

「あまり食べたくありませんが」

「しかし、きのうからろくなものを食べてないのだから、すこし無理をしてでも食べたほうがいいね」

「おとうさまのお家へ、きょう行くのはやめたいのですが」

「どうして」

「こんな顔では行く気になれません」

「早いほうがいいと思うけどな。こんな顔って、どんな顔ならいいの」

田崎は不快感をあらわに表情に出した。

「つぎの機会にして下さい。きょうは私のわがままを聞いて」

雅子は下ばかり見てそう言った。

「しょうがない人だな。ほんとうは、泊まりがけできのうのうちに行きたかったんだ」

「ごめんなさい。どうしても会社お辞めになりますの」

「うん。なんべんも言うように、すべてを清算して、きみと出直したいからだ。きみもそのつもりでいてくれなければ困るよ。それともきみは迷惑なのか。僕が会社を辞めることに気がそまないようだが」

「そんなことはないのですが、奥さまのことが気がかりなのです」

「いまさら何を言ってるんだ。ワイフも離婚に同意してる。ぐずぐず言ってるのは義《ち》父《ち》だけだ。実家のほうへはまだ話してないが、問題はないと思う。一日も早くスッキリしたい。きょう、これからきみが一緒に行ってくれれば話は早いんだけどね」

未練たらしく田崎が言うと、雅子は哀願するように返した。

「私のことをご両親にお話しするの、もうすこし待ってくださらない」

「それはどういう意味なの」

田崎はむっとした。

「もっと考えたいのです。ですからあなたも考えてください」

「僕にはきみの気持ちがさっぱりわからない。いったい何を考えているんだ。言いたいことがあったら、はっきり言ってくれたらどうなの」

田崎は、にえきらない雅子へのもどかしさで、つい声を荒らげ、きまりの悪い思いをしてしまった。じっとうなだれて涙ぐんでいる雅子を前にして、田崎は遣《や》り場のない焦躁《しょうそう》感をもてあましていた。

雅子は、一昨日《おととい》の夜、アパートに男の訪問を受け、ある事実を察知するに及んで、田崎との別離を覚悟した。そのとき、男は珍しく弱音を吐いて、ふだんは決して口にしない家庭のことをふと洩《も》らしたのである。死んでしまいたい、と雅子は思った。すべてを自分の胸の中にたたんで、どこか遠くへ行かなければ。——抵抗する気力もなく男に組みしかれているときも、雅子はぼんやりそんなことを考えていた。

第九章　一陽来復

1

　あわただしい一週間が過ぎた。田崎は、二月二十八日付で大和鉱油を退社した。

人事部の富田がなかに立って適当にはからってくれなかったら、田崎の依願退職はいつまでたっても受理されず、まだひと悶着《もんちゃく》あったに相違ない。

「ウチの部長はきみから念書のようなものを一筆とれないか、と言っている……」

　田崎は、新井の強迫まがいのこけおどしにはさして動じなかったが、いよいよとなって、富田に言われたときは、ハッとして自分でも顔色の変わるのがわかるほど動揺した。

　乾式排煙脱硫関係のノウハウが田崎を通じて他社に漏洩《ろうえい》することを恐れた大和鉱油

は、石油、石油化学、プラント・エンジニアリングなどの関係企業に転職しないことを田崎に誓約させたいと考えたのである。田崎自身、退職の理由づけに窮したあげく、大学へ戻って勉強しなおしたいなどと言ってしまったやましさがあった。

「いまどきそんな馬鹿げたことが通るはずもないし、職業の選択の自由はなにびとも保障されてるんだから、女工哀史ならぬ大和哀史とか、大和悲話《エレジー》などとみんなに騒がれるだけだといってやめさせたよ。もっともきみが会社に一筆入れて、その約束をたがえたところで、とくにどうってことはないけどね」

富田が悠揚迫らぬ態度でそうつけ加えてくれたので、田崎はどれほどホッとしたことか。

三月初めのある夜、近くのビルの一階の食堂で富田と中野が田崎の送別の小宴を張ってくれたのだ。

ビールで乾杯したあとで、中野が待ちかねたように問いかけた。

「ところで、ほんとうはどこへ行くの。もう教えてくれてもいいだろう」

「たぶん陽光石油へ行くことになると思います。いろいろ心配をおかけしてすみませんでした」

田崎は気恥ずかしそうに、向かい側に並んでいる二人の先輩社員に頭を下げた。

「ううーん」

「そうなの」

中野も富田も驚愕《きょうがく》に耐えないのか、瞬時、言うべき言葉が見当たらないといった風情であった。

「良い会社に入れたね」

富田がむりに笑顔をつくって言った。

「もっと早くお話ししたかったのですが、自分でも迷ってたものですから」

「いままでよく黙っていられたね。それでよかったんだ。陽光石油の名前を出せば、円満退職というわけにはいかなかったかもしれないしな」

「良い条件でスカウトされたんだろうな」

中野の眼に羨望《せんぼう》の思いがこもった。

「いいえ。大和鉱油とくらべてとくに良いことはなさそうです。まだわかりませんが。しかし、陽光石油は僕をエンジニアとして評価してくれることにはなりそうです。ざっくばらんに言いますが、通産省のお役人が熱心に陽光入りを勧めてくれました。僕もくさっていたので、見かねたんでしょう」

「田崎事件を機にウチの会社も反省しなくちゃいけませんよね」

「田崎事件はないだろう」

富田は微苦笑してつづけた。

「会社の体質がそう簡単に変われば世話はないよ。しかし、大和を辞めることになった動機づけはやっぱり労組問題なのかね。きみの真意をぜひ聞かせてくれないか」

「それもありますが、ワイフとのこととか、仕事のこととかいろいろな問題が複雑に相乗作用して、どうしても大和を辞めよう、という気持ちになったのだと思います。何もわからずに組合問題に首を突っ込んだことがきっかけというか、転落の始まりになったことは確かですが……」

「転落じゃなく転機の間違いだろう」

中野が口をはさんだ。

「いまにして思うと、本社へ転勤してきてから、同期の連中や後輩が僕を避けるというか、よそよそしくて、ろくに口もきいてくれない、それがいちばん辛《つら》かったような気がします」

「わかるよ」

富田が察してあまりあるというように、ぼそっと言って、田崎のコップにビールをついだ。

「それにしてもきみは一度こうと決めたら、しゃにむに前進して行くほうだね」

「逆ですよ。くよくよ考えるほうで、大和を辞めたいまでも、これでいいのかどうか気持ちが揺れてるくらいですから」

田崎は話しながら、牧口の顔が思い出された。

「会社に退職願いを出して、慰留されてるときにもう迷うまいと思ったのは通産省で牧口さんに会ってからです」

「牧口って、牧口勉のことか」

「ええ」

「田崎君は牧口とつきあいがあるの」

「そうなんです。一度ナフサの需給事情を訊《き》きに行って親切にいろいろ教えてもらったうえ、食事をごちそうになって、それからもう一度お会いしました。牧口さんに、辞表を出したら、それをつらぬけとはっぱをかけられて、心が決まりました。男性的な、たのもしい人ですね」

「牧口らしいな。しかし、おかげでわが社にとっては大損失だ」

富田は笑いながら言って、気づかわしげに田崎を見た。

「きみは直情径行ではないにしても要領よく立ちまわれるほうでもなさそうだから、

この際苦言を呈しておくけど、陽光石油に行っても良いことずくめではないと思うんだ。いろいろな意味で過信せず、せっかちに腹を立てないで、すこしずるくならなければいけないと思う」

「富田さん、どっちにしたって田崎君は大和を辞めて、よかったですよ。引かれものの小唄《こうた》みたいなことはやめときましょう」

「そんな意味で言ったんじゃないよ」

富田が中野を睨《にら》んだ。

「ありがとうございます。富田さんのおっしゃることはよくわかります」

田崎は頭《こうべ》を垂れた。細心の心遣いを見せてくれる富田に感謝した。

「大和鉱油に労組の結成を望むのは所詮《しょせん》ムリですね。百年河清を俟《ま》つようなものでしょう」

田崎が宮本の受け売りを言うと、中野が田崎をぶつ真似をした。だが、その眼は笑っていた。

「おい、いいかげんにしろ。自分が辞めていくからって、そんな見捨てたようなことを言うなんて、けしからん。絶対にゆるせない」

「まったくだ。いい気なものだな」

富田もやさしい顔で言った。

2

社宅を引き払わねばならないので荷物を引き取ってほしい、と田崎が鎌倉の山野辺家に連絡したとき、信子は電話口に出てこなかった。

在宅とも留守とも告げず、手伝いの若い女が「ちょっとお待ちください」と引っ込んで、母親の好江のヒステリックな声にかわった。

「信子は電話に出たくないと言ってますよ。あんたの顔を思い出すのも厭《いや》なんでしょうね。会社を勝手に辞めてしまうなんて、正気の沙汰《さた》と思えませんよ。あんたのような向こう見ずでいいかげんな男に大事な娘を嫁がせて、私も後悔してるところよ」

「社宅から荷物を運んでくだされば、それで結構です」

声の質といい、ものごとの発想といい信子とそっくりだと思いながら、田崎は電話を切った。

田崎は衣類や書物など自分のものだけをM市の実家に運び込み、家財道具の一切合財を信子に残した。

山野辺が実家へかけつけてきたが、すでに依願退職が受理され、大和鉱油の社宅を引き払ったあとだった。田崎の性急とも強引ともいえるやり方に山野辺は度肝を抜かれたようだ。実家の両親もあっけにとられて、田崎のなすがままにまかせていたが、信子との離婚については、山野辺と同意見で、田崎としてもしばらく冷却期間を置くことに従わざるをえなかった。

「子供でもいれば……」

山野辺が繰り返し嘆いたが、田崎はそのわけを話す気にもなれなかった。

田崎は両親と山野辺の前で、よっぽど吉田雅子のことを打ち明けてしまおうかと思ったが、思いとどまった。先日の雅子の態度に一抹の不安を感じていたのである。

その夜、山野辺は帰りがけに、田崎の眼をじっと見ながら、例の小函《ばこ》をテーブルの上に置いた。

「これは、とっておいてください」

山野辺が辞去したあと、母親がしつこく説明を求めたが、田崎は黙って、奥の部屋へひきこもった。

二階の三部屋を兄一家が占領していて、田崎は一階の客間をあてがわれた。兄の太《た》一郎《いちろう》は大学の付属病院に勤務している内科医だが、遠からず田崎医院を継ぐはずだった。二人だけの兄弟だが、兄は弟が一時にせよ実家に身を寄せたことを快く思っていない様子で、弟の一連の行動を身勝手な暴走だと非難した。

田崎は一日も早く実家を出て、雅子と新しい生活に入りたかった。


田崎は三月八日の月曜日から大手町の陽光石油の本社に出勤した。三週間の研修期間を経て、技術部に配属された。すでに部内に排脱プロジェクトチームが編成されていたが、それは田崎の知識やノウハウをあますところなく活用し、吸収するシステムであり、受け皿のようであった。

陽光石油の社員は朝九時に出社し、夕方五時半になると会議室で来客と応対していたり、会議が長びいているごく一部の社員を除いては水が引くように退社して行き、あっという間にオフィスの中はからっぽになってしまう。遅くとも朝八時までには出社し、夕方六時になっても六時半になっても、上役の顔色を窺《うかが》いながら用もないのにぐずぐずしている社員の多い大和鉱油とは、雲泥の差であった。

田崎はエンジニアとして蘇生《そせい》した思いで、五カ月ぶりに充実した張りのある日々が田崎に舞い戻ってきた。排脱関係の仕事もまだ緒についたばかりだが、チームのみんなが田崎を立ててくれ、すべてが自分を中心に回っているような錯覚にとらわれていることに気がついて、田崎はひとり苦笑する。断腸の思いで大和鉱油を辞めて陽光石油に来たのだが、来てよかった、と田崎はつくづくそう思う。

3

陽光石油の技術担当常務の工藤忠正《くどうただまさ》は、三月下旬の昼下がりに、大和鉱油の八木取締役技術部長の訪問を受けた。会見の約束《アポイントメント》もとらずいきなりやって来たのだから、理由をつけて断るなり居留守をつかう手もあったが、八木の用件の察しがついていただけに逃げるのはかえってまずいと工藤は判断した。

ふたりは、業界団体の賀詞交換会で名刺を交わしたことはあるが、親しく口をきいたこともなく、顔を知っている程度の間柄だった。

「なかなか立派な部屋ですね」

八木は秘書に案内されて、工藤の部屋へ入って来ると、お愛想を言って、ソファに腰をおろした。

世間ばなしをしたあと、八木は湯吞《ゆの》み茶碗《ぢゃわん》の蓋《ふた》をあけて、湯気のしずくを切りながら用件を話しはじめた。

「工藤さん、実は折り入ってお願いがあるんですが」

「はて、なんですかな。私にできることならいいんですがね」

八木は茶碗を口に運んで、煎茶《せんちゃ》をひとくち啜《すす》った。

「私どものところにいた田崎という男がおたくに入社したと聞いてるんですが、大和に返してもらえませんか。田崎は排脱の仕事をしてたのでおたくとしても喉《のど》から手が出るほど欲しいのでしょうが、ウチの貴重な人材です」

「ほうっ、排脱ねえ」

「強引に陽光さんに引き抜かれたようですが、紳士の工藤さんらしくありませんね」

「詳しいことは聞いてないが、そういえばひとり中途採用の技術屋がいましたな。大和さんにいた人ですか。ウチがスカウトしたとあっちゃあ、これは穏やかではありませんね。業界協調にもとる行為です。私のほうは大和さんと事を構えるつもりはありません。人事部長に訊《き》いてみましょう。そういうことでしたら、大和さんにお返ししなければならない」

二人は、和気藹々《わきあいあい》と談笑しているといった風情だが、内実は暗闘していた。八木は切歯扼腕《せっしやくわん》する思いで敵陣へ乗り込んで来たのである。しかし、勝負ははじめから見えていた。小柄な八木は、長身ですらっとした工藤にのまれていた。

工藤はソファから起《た》って自分の席に戻り、老眼鏡をかけて社内電話番号表を見ながらダイヤルを回した。

「工藤だが、田崎という中途採用の技術屋は大和鉱油にいたらしいね。ウチでスカウトしたのかね。いま、大和鉱油の八木さんがここに見えて、私はクレームをつけられて弱ってるんだが、どういうことになってるんだね。うん、うん、そうか。うん、なるほど。高校の友達を介して田崎君のほうからぜひという話だったんだね。わかった。ウチのやり方に落ち度はないんだろうね。そうか、うん。じゃあ……」

工藤は眼鏡を外してデスクに置いて、思案顔でソファに戻ってきた。

「陽光からスカウトしたり声をかけた事実はないそうですよ。とんでもない言いがかりで、聞きずてならんと、人事部長は怒ってました。田崎君のほうから、大和鉱油はどうしても肌が合わず、技術者として思うように仕事ができないから辞めたいといって、ウチにいる高校時代のクラスメートに泣きついてきたようです。しかもおたくを円満に退社してきてるそうじゃありませんか。人事部長の話じゃ、慎重の上にも慎重を期して田崎を採用したということです」

「田崎は大学へ戻って勉強をしなおしたい、ということだったので依願退職を認めたのです。率直に言ってウチの乾式排脱のノウハウがおたくに流れるようなことになるのが困るんです。なんとか田崎を返してもらえませんか」

八木の顔から微笑が消え、すがるような眼になった。

「ちょっと待ってください。八木さんのおっしゃりようですと、ウチが大和さんの乾式排脱技術を盗むように聞こえますが、陽光も見くびられたものですねえ。ウチはアメリカの親会社が特許も技術も持ってますから、いつでもやれる態勢になっています。おたくの技術者をスカウトして、排脱の仕事をやらせるかどうかわかりませんが、ウチでは逆におたくの排脱がウチの特許に抵触するんじゃないかと思ってたくらいです」

工藤は真顔で、こともなげに言った。技術系にしては妙に世故にたけていた。

「しかし、おたくは実用プラントの経験はないのではありませんか」

八木は一矢報いたつもりだったが、いとも簡単にかわされた。

「問題はありません。建設のタイミングを計っていただけで、作ろうと思えばいつでも作れます。ところで、田崎君といいましたかね、本人がそれを希望するんなら、熨《の》斗《し》をつけていつでもおたくにお返ししますが、どうも大和さんには手ひどい仕打ちを受けたとかで、こぼしていたそうですから、本人にはその気はないようです。失礼ながら、大和さんは特異体質というか近代企業として組織化されていない面がないでもありませんので、それに馴染《なじ》めない者も出てくるんでしょうか」

「当社の体質を批判するのは勝手ですが、田崎は当社で手塩に掛けて育てた技術者です。まるで鳶《とんび》に油揚げをさらわれたようなものではありませんか。そのへんの中小企業のいわくつきのすることならともかく、一流の近代企業にあるまじき蛮行です」

八木は怒りに燃える眼を工藤のそれに絡みつけた。

「八木さん、そうエキセントリックになっては話になりませんよ。これは田崎個人の意志の問題だとは思いませんか。せっかく八木さんがこうしてわざわざお見えになったのですから、八木さんの意のあるところは本人にしかと伝え、私からもよく話してみましょう。しかし、覆水盆に返らずと言いますが、一度こじれたりケチがつくとなかなか元へは戻らんものですから、ご期待に副《そ》えるかどうか……」

八木が引き取ったあと、工藤は十分ほどソファに座って独り考え込んでいたが、秘書に言いつけて、上林企画室長、沢田《さわだ》技術部長、池田《いけだ》人事部長の三人を自室に呼んだ。

池田が真っ先に飛んで来て、工藤の顔を覗《のぞ》き込んだ。

「大和鉱油はだいぶあわててるようですが、どんな話でした」

「地団駄を踏んでいたよ。くやしまぎれに中小企業のいわくつきのやることだとわめかれもした」

沢田と上林が加わった。

工藤はしかめっ面で二人にもソファをすすめた。

「陽光石油は外資系の石油精製《リファイナリー》ではトップクラスだ。当社の株式の五〇パーセントを所有するアメリカの親会社は名うてのメジャーとして聞こえている」

工藤はいっそう表情を引き締めた。

「八木氏に押しかけられて、考え込んでしまったよ。MITIの古狸の口車に乗せられたは、言い過ぎだが、脱硫を自力でやるべきではなかったのかと思わぬでもない。きれい事すぎると、きみらの顔に書いてあるし、田崎君が拾いものであることはよーくわかっている」

上林が強引に工藤の話をさえぎった。

「常務のお気持ちは察して余りありますが、もう走り出したプロジェクトは止めようがありません」

「大和鉱油がロイヤリティーを要求したら、どう対処するのかね」

上林はなおも言い募った。

「法務部も含めて、田崎君の受け入れについて議論しましたが、訴訟沙汰《ざた》には絶対にならないと、われわれは確信しました。ロイヤリティーの要求があったとしましたら、負け犬の遠吠《とおぼ》えに過ぎません。口ではともかく文書つまり内容証明の可能性はゼロです。いくら大和鉱油といえども恥の上塗りはしませんよ」

「田崎君とは一度会っただけだが、里心がつくようなことはないのかね」

池田が工藤の質問に応《こた》えた。

「失礼ながら考え過ぎです。きのうも昼めしを食べながら、田崎と話したのですが、会社の雰囲気の落差に驚いていました。陽光石油のほうが圧倒的に良好と言っていました」

「技術屋としては素質はどうなんだ」

「常務、ご心配なく。上、中、下の上です。特上かもしれません。人間性も抜群です。同期の連中が焼き餅《もち》を焼くのではないかと心配なくらいです」

池田はぼそぼそしたもの言いながら、本気で嫉妬《しっと》のほうを心配していた。

「だとしたら、排脱の仕事は必要最小限に止《とど》めて、一日も早く他の仕事を考えることだな。大和鉱油などに、うしろ指を差されないようにすることが肝要だ。それと企業エゴがあって当然と思うが、企業倫理もあって然《しか》るべきだろう。残念ながら排脱では大和のアドバンテージを認めざるを得ない。だが、ノウハウをアメリカの親会社に開示する必要はないぞ」

上林が唖然《あぜん》とした顔で工藤を捉《とら》えた。

「いくらなんでも、そこまで遠慮する必要はないと思います」

「いや、ならん。大和鉱油とは一線を画するくらいの覚悟がなければ、陽光石油の名折れだ。沽券《こけん》にかかわる」

工藤は、厳しい眼を上林から池田に向けた。

「田崎を贔屓《ひいき》してはならんが、同期の一選抜と同様の扱いはあっていいだろう。私が四の五の言うのも変だが、たった一度会っただけでも、前へ出ようとする感じはなかった」

工藤はちらっと上林に眼を遣《や》ってつづけた。

「〝俺が俺が〟と前に出てくるのは山ほどいる。私もその口かもしれん」

「MITIの宮本さんは私の比じゃありませんよ」

「上林がまけるとはなぁ」

「池田君、宮本さんは、社長のお気に入りだ。ノンキャリアとはいえMITIのバックもあるから鄭重《ていちょう》にもてなしてやらねばなるまい。何度か会ったが、頭の回転も早いようだし、躰《からだ》も丈夫でつかい減りしそうもないから、それこそ拾いものかもしれんな」

「常務、宮本さんぐらいの年配ですといまさら技術屋でもないでしょうね」

「そりゃあそうだが、あの男なら、営業でも企画でもどこへ持ってってもつかえるだろう。四月から来られるのかね」

「本人は三月一日付でMITIを退いてますが、四月十日ごろからにしてほしいと言ってるそうです。上林君そうだったね」

池田が上林に助言を求めた。

「ええ。役所の垢《あか》を落とすために二週間ほど英気を養ってくるといって、いま奥さんとグアムだったか台湾だったかを旅行中です」

「けっこう家庭的なところもあるんだな。まさかセカンドワイフなんていうんじゃなかろうなあ」

「まさか」

上林と池田が顔を見合わせた。

4

田崎は焦った。何度電話をかけても、呼び出し音が鳴っているのだが吉田雅子が出てこないのだ。プリンスホテルでハープを聴きながら昼食を共にしてから一度も逢っていなかった。いまにして思うと電話で大和鉱油を辞めて陽光石油に移ったことや、松戸市の実家から通勤していることなどを話したときも、雅子の返事は感情がこもらず、うつろだった。

田崎は三月中旬に雅子からの手紙を会社で受けとった。白い角封筒の裏の隅っこに吉田という小さなペン書きの文字を認めたとき、田崎の胸苦しいような不安感は頂点に達した。差し出し人の住所も名前もなく、姓だけが記されているきりのその手紙を、田崎はトイレの小さな個室で開封した。読んでいて、口の中が渇き、息苦しくなった。

前略　美保で貴方《あなた》にお見知りおきいただいて一カ月半ほどになりますでしょうか。そして先月の七日に横浜にドライブにお誘いしてから今日まで、私にとって夢のような毎日でした。毎日がたのしゅうございました。本当に私は夢を見ていたのだと思います。

突然斯様《かよう》なぶしつけな手紙を差しあげて申し訳ありません。貴方とお別れしなければならないのです。もうお逢いすることができなくなりました。先日お目にかかったときにお話ししてお別れを言いたかったのですけれど、どうしても言えませんでした。

次の日もそうですし、貴方にお電話をいただいた時もそうでした。

私は本当にいけない女です。もっと早く貴方に対して告白すべきでしたのに、ずるずる今日まで一日延ばしにして来てしまいました。

私はある方に永い間愛されてきました。結果的に貴方とその方を同時に裏切ることになってしまいましたが、これからはせめてもの罪ほろぼしに、貞淑な女になるように努力します。

私は貴方の奥さまにしていただけるような女ではないのです。

どうか奥さまと仲良くなさってくださいませ。お二人のご多幸をお祈りいたしております。

なお、近いうちにアパートから実家へ移りますが、くれぐれも電話などなさらないようお願いします。

消印を見ると大阪中央とあった。関西方面へ旅行していたと察しがついた。何度電話してもつながらないわけだ。田崎は名状しがたい打ちのめされたような気持ちで、トイレを出て、洗面所で水道の水を掌《て》に掬《すく》って飲んだ。鏡に写った顔が土気色になっている。

田崎はおぼつかない足どりで非常階段を降りて行った。彼は会社の近くの公衆電話ボックスに入った。

電話がつながった。田崎は摩訶不思議《まかふしぎ》なことに思えた。

「田崎です」

「あっ！」

息をのんだのか、声にならぬ声がかすかに聞こえた。

「いま、手紙を読んだところだ。悪い冗談はやめてほしい……」

さしせまったような声で田崎は言った。

「何回電話をかけたかわからない。いったいどういうことなんだ」

「…………」

「きみ、聞いているの。なんとか言ってくれ」

「…………」

「誰かに何か言われたのか。どうなんだ。返事ぐらいしてくれてもいいじゃないか」

田崎は心が逸《はや》った。応《こた》えはなく、彼は電話でひとり芝居をしているような按配《あんばい》だった。

「お願いだ。ほんとうのことを聞かせてくれ」

田崎の声が悲痛にうわずった。

「かんにんしてください」

むせぶような声が初めて返ってきた。

「ともかく電話では話にならない。今晩逢ってくれ」

「かんにんしてください」

雅子は繰り返した。

「六時に高輪のプリンスホテルのロビーで待っている」

「あの手紙のとおりなのです。もう、あなたにお逢いするわけにはいかないのです。私のことは忘れてください」

「だめだ。とにかく一度でいいから逢って話をしたい。きみとふたりではじめから出直したいんだ」

「お願いです。もうなにもおっしゃらないで。あなたのことは一生忘れません。さようなら」

「たのむ、切らないでくれ」

田崎はほとんど叫ぶように言ったが、雅子のしのび泣く声を最後に電話が切れた。田崎は大急ぎでダイヤルを回したが話し中に変わっていた。右手の中指で二度三度と繰り返したが、徒労だった。受話器を外してしまったのだ、そう思うと、雅子への憤《ふん》怒《ぬ》で胸が張り裂けそうになった。

電話を切った刹那《せつな》、雅子の眼から涙がほとばしり出た。雅子はしゃくりあげながら、すぐに天気予報を知らせる三桁《けた》のダイヤルを回し、そのまま受話器を外したかたちでタテに置いた。

銀座に出ているときに同僚のホステスから知恵をつけられたのだが、それを初めて実行したのである。「そうしておくと、お風呂《ふろ》に入っていたり、買物に出かけているときに電話があっても留守ではなく話し中だと思って、電話をかけてくれた人がまたあとでかけてくれるし、厭《いや》な相手だったら、いつまでもそのままにしておけば電話に出なくてすむじゃない」と、そのホステスは大層な秘密でも教えるように、そっと雅子にささやいた。電話のベルは情け容赦なく人を呼び出すが、雅子はこれ以上、田崎の声を聴くのは切なかったし、いまは誰とも話したくない心境だった。

5

田崎は夕闇がたちこめる雑踏を抜け出して駅前のホテルを左手に見ながら、上りのアスファルトのだらだら坂を歩いて行った。坂を大きく右に曲がって、のぼり切ったところがめざすプリンスホテルだった。

ひょっとすると雅子はやって来るかもしれないというほのかな期待がいつの間にか勝手にふくらんで、先に来て待っててくれている、に変わっていた。田崎は息をはずませ、歩行を速めた。

ロビー、ティールーム、ラウンジルーム、レストランなどを灼《や》けるような思いで、ひとわたりめぐってみたが、雅子は見あたらなかった。田崎はロビーのソファから起《た》ったり座ったり、周辺を歩きまわったりして、来るはずのない女をあてどなく一時間も待っていた。

田崎は諦《あきら》め切れない気持ちだったが、ホテルを出た。さまざまな思いが頭の中を交錯する。どうして住所を訊《き》いておかなかったのだろう。そう思った瞬間、田崎はハッと胸を衝《つ》かれて立ち止まった。俺は雅子の運転免許証を見たのだ。品川区上大崎……

番地までは覚えていないが、たしか×丁目だったと記憶している。

時計のバンドを製作している町工場だと言っていた。上大崎は実家だと聞いたが、そこがわかれば、雅子のアパートはつきとめられるはずではないか。こんな簡単なことにどうして気づかなかったのだろう。

ホテルへ行き交うクルマが田崎の脇をすり抜けて行く。ヘッドライトのまばゆさも、パーティ帰りの中年の女性の一団がどやどやと追い越して行ったのも眼に入らなかった。田崎は一心不乱に雅子に逢《あ》う手立てだけを考えていた。十メートルほど歩いて、田崎はまた立ち止まった。下り坂なので、彼は前のめりになった。電話番号がわかっているのだから、電話局へ問い合わせれば住所を教えてくれるのではないか、と田崎は考えたのである。

田崎は気がせいていて、品川駅まで走った。しかし、電話番号から所有者の住所は教えられない、と電話局の返事はつれなかった。やはり上大崎の時計バンドの工場を探し出すほかはなさそうだ。

あした一日かけるつもりなら、なんとかなるだろうと田崎は考えた。田崎は念のために雅子へ電話をかけてみたが、やはり話し中だった。

彼は品川駅から〝美保〟にも電話してみた。

太い男の声が、雅子が店を辞めたことを伝えた。

住所を教えてもらえないか、と重ねて訊くと、わからない、と取りつく島もない受けこたえだった。そして、一方的に電話が切れた。

俺を女衒《ぜげん》か夜の手配師とでも思っているのだろうか、と思いながらも田崎は怒る気力もなかった。

品川駅から山手線で上野《うえの》に出て、常磐線《じょうばんせん》に乗り換え、しばらくしてから、田崎はふたたびハッとあることに気がついて、あわてて窓外に眼を走らせた。電車は金町駅に近づいて徐行運転に入っていた。田崎は乗客をかきわけて飛び降りた。

田崎は金町駅の構内の公衆電話の前で、手垢《てあか》でうす汚れた部厚い電話帳をめくっていた。ところどころページが引き裂かれ、右手のカドがめくれあがって背表紙の三倍ほどの厚さに変形していたが、「吉田雅子」の欄は無事だった。

電話帳を繰る、というこんなプリミティブなことをなぜ忘れていたのだろう、俺はまったくどうかしていると自分をうらめしく思いながら、田崎は指と眼で小さな活字を追った。

田崎の知っている電話番号にゆきあたったとき、彼は「やった」と心の中で快哉《かいさい》を叫んでいた。目黒区上目黒×丁目××番地。田崎はそれを手帳に控えた。アパートの名前までは記されてなかったが、ここまでわかればあとはさして難しいことではないように思われた。時計を見たら午後八時十五分過ぎだった。

田崎は躊躇《ちゅうちょ》なく上りのホームにまわった。上野駅から山手線の内回りに乗り換えたが、一駅ごとに胸の動悸《どうき》が速度を増していき、目黒駅で下車したときは足が地につかず、眼がかすんだような状態になっていた。駅前の交番でおよその見当を教えてもらい、タクシーを飛ばした。バス路線になっている通りでタクシーを降りたが、その番地には鉄筋コンクリート建ての高級アパートが三棟もあり、二つ目にめざす吉田雅子の住みかを探しあてたとき、田崎は脚がガクガクふるえ、息がつけなくなるほどドキドキしていた。

三階六号室の前に立って、田崎は雅子の在室を祈るような気持ちでブザーを押した。

「はい」

インターフォンでたしかに雅子の声がした。

田崎は咽喉《のど》が痰《たん》でつかえたようになっていて、声が出なかった。

鋼鉄製の扉が内側から田崎のほうへ動いたので、彼は思わず把手《とって》をつかんで強く引いた。

「あっ！」

雅子が小さく叫んだ。

田崎は遮二無二前へ進んで、玄関のたたきに踏み込むかたちになった。田崎は度胸を据え、茫然自失《ぼうぜんじしつ》している雅子を抱き締めようと手を延ばしたが、雅子はサンダルの土足のまま板の間まであとじさった。

「お願いです。帰ってください」

「いやだ」

「だめです。だめなんです」

それは悲鳴に近かった。雅子の顔から血がひいて、せっぱつまったような声が洩《も》れた。

「お願い、ゆるして」

「どうしたのかね」

突然、奥のほうから男の声がした。

今度は田崎のほうがあとじさった。

男が顔を見せた。田崎は心臓が停止し、体内の血液が下へ下へと引いてゆき、果てしない深淵《しんえん》に足底から吸い込まれて行くような気がした。

四周がぐらぐら揺れて、立っていられなくなった。

「きみか……」

山野辺は一瞬のうちに事態をのみ込み、田崎もおぼろげながら察知できた。ふたりの男に前後から挟まれた恰好《かっこう》で、雅子は両手で顔を覆い、くずれ落ちるようにへたり込んだ。肩が大きく波打っている。

「まあ、とにかく、あがりなさい」

山野辺がなんとも具合い悪そうに言って、派手なガウンの裾《すそ》をひるがえして奥へ引っ込んだ。

田崎はひとこともしゃべらずに、不確かな足どりで六号室を出て、階段を降りて行った。雅子の嗚咽《おえつ》が耳に残っていた。

それが耳鳴りに変わり、田崎は階段の途中で、うずくまって耳をふさいだ。田崎は自動車がひっきりなしにゆき交う通りをさまよい歩いていた。

涙などこぼしてはならない、絶対に――。

そう思うそばから、対向車のヘッドライトが幾条にもなって滲《にじ》んで見えはじめていた。

俺はどこまで流されて行けばよいのだろう、奔流をただよっているのはわかるが、これではあまりに流れが速すぎる――。

6

田崎は三月十日付で陽光石油・横浜工場の技術部技術三課係長の辞令を受けた。「四月一日付でどうですか」と人事部課長が言ってくれたが、「一日も早く仕事がしたいのです」で押し切ったのだ。

さっそく脱硫装置のベーシックな設計段階から仕事に携わった。

陽光石油の技術力がレベル以上であることに舌を巻き、「率直に申し上げます。わたしごときに出る幕はないかもしれません」と感想を述べ、面々を喜ばせた。

パイロットプラントを点検した限りでも、技術力、開発力は大和鉱油と同等もしくはそれ以上と考えざるを得なかった。田崎はどれほどホッとしたかわからない。肝心要《かなめ》の触媒も、なるほどこれで行けると納得できた。

「実用化プラントでは、田崎さんの出番ですよ」

「パイロットプラントは、やはり実験に過ぎません」

「われわれにも意地がありますので、可能な限り自分たちの手で完成させたいと願っていますが、本プラントになりますと、田崎さんを当てにせざるを得ません」

若手の同僚たちは、フランクで気持ちがよかった。大和鉱油のエンジニアたちがなにかしらいじけていて、こすっからく思えてくるのは、感情論ないし言い訳に過ぎないかも知れないが、田崎は陽光石油に転職できてラッキーだったと身に染みてわかった。

「ほんのちょっとお手伝いさせてもらう程度です。わたしは現場から離れて久しいので、あなた方が期待するほど頼りにならないと思います。ただし、意見交換は綿密にしましょう。なんなりと質問してください。それによって錆《さび》ついていたことも、ここも……」

田崎は笑いながら、頭と左腕に右手を触れて続けた。

「少しはましになるでしょう」

半年ほどで脱硫装置の本プラント建設の目処《めど》がついた。

九月初めの某日、田崎に本社の技術担当常務の工藤から電話で呼び出しがかかった。

「十日ほど休暇を取れないか。きみが現場で活躍していることは聞いている。しかし、松丸君によれば、十日ぐらい、どうってことはないとのことだった」

松丸晃《まつまるあきら》は横浜工場の技術課長で、田崎の上司である。好人物で、部下の面倒みの良さも抜群だ。上司を選べないのはサラリーマン社会の宿命だが、田崎は陽光石油で初めて居心地の良さをたっぷり味わうことができた。

工藤がソファをすすめながら切り出した。

「わたしはトップに特別ボーナスを要求したところ、快諾してくれた。実を言えば特別ボーナスを貰《もら》うのは田崎君なんだよ」

「どういうことでしょうか」

「オランダの石油精製、原油発掘のメジャーの首脳と、オイル・ショック、オイル・クライシス以降、われわれはどうあるべきかについて意見交換したいと思っているんだ。だが、これは名目と付け足しておこう」

「名目ですか。理解しかねます」

田崎は緊張していたので、表情がこわばっていた。

「田崎君らしいねぇ。観光だけで海外出張はあり得んよ。ハーグで二泊するが、あとは文字どおり外遊でよかろう。わたしはトップのカバン持ちで海外出張は結構経験しているが、南ドイツは行ったことがない。ニュルンベルク、ミュンヘンなどへ行ってみたい」

「承りました。喜んで常務のカバン持ちでお伴させていただきます」

「さすが田崎は切れるなぁ。カバン持ちときたか」

「先に常務がおっしゃいました」

「そうだった」

工藤は嬉《うれ》しそうに言ってから、いっそう表情を和ませた。

「大和鉱油の神経過敏症はまだ癒えていないようなので、田崎同行の観光旅行を石油工業会などでせいぜい吹聴するとしよう」

「…………」

田崎は返事のしようがなく、笑顔で頷《うなず》いた。

7

十月上旬某日、オランダのアムステルダム・スキポール空港へ向かうフライト中、田崎は思案をめぐらせた。何故かくも女性にのめり込んだのか、遥《はる》か昔のことに思えてくるのが、われながら不思議でならなかった。

工藤はファーストクラス、田崎は破格の扱いでビジネスクラスだった。

独りワイングラスを手にし、もの思いに耽《ふけ》られるのも悪くない。仕事に夢中になれなかったら、まだまだ引き摺《ず》っていたかもしれない。

吉田雅子に思いを致さなかったと言えば嘘になる。さぞや切なく、辛《つら》く、悲しい思いをしたに相違ない。雅子はかなり以前に山野辺と俺の間柄に気づいた筈《はず》だ。その時の衝撃の深さは俺の比ではない――。

山野辺は田崎に未練たらたらで、「親子丼《どんぶり》の逆と割り切って考えられないのかね。私は面白いことになったと思ってるんだ。これで不束者《ふつつかもの》の娘とイーブンになったと、君が思ってくれたらバンバンザイなんだがなぁ」と電話で言ってきたが、さしもの山野辺も硬い声だった。

「離婚以外の選択肢は考えられません。冗談も休み休みお願いします。法的な問題がありますので、直ちに離婚とは参りませんが、さっそく手続きを進めたいと思います。信子に異存はないと承知しています。お父さんには大変お世話になりました。感謝しています」

「ありがとう。健治君にお父さんと呼ばれるのも、いよいよこれが最後かなぁ。今後とも友達づきあいをしてもらえるとありがたいな」

田崎は返事の仕様がなかった。

「健闘を祈る。新天地で頑張ってくれ」

「お元気でお過ごしください」

山野辺とはそんなやりとりが一度あったが、信子は何一つ言ってこなかった。しかし文書のやりとりで七カ月後に離婚は成立した。

8

スキポール空港に到着したのは午前六時過ぎだ。ロビーから外を見ると真夜中と思えるほど周辺は真っ暗だった。日本との時差は八時間だ。

ロビーで二十分ほど待機している時、工藤と田崎が対話した。

「きみは引く手数多《あまた》だったと思うが、よくぞ陽光石油をチョイスしてくれたねぇ。しかもわずか三十万円の手付け金の受け取りも拒否し、何一つ要求もしなかった」

「声をかけてくださったのは通産省の宮本さんです。いまや営業部長ですね。上林室長にもご馳走《ちそう》になっています。私の選択肢は一つしかありませんでした」

「大和鉱油より少しはましかと思ってくれているのかね」

「少しどころではありません。MITIの使い走りをさせられたことで、学んだこともたくさんありますが、大和鉱油の企業体質はやはり疑問符が付きます。転職できる私は同僚からずいぶんとやっかまれました」

「会社の資本は人であり、事業の中心は人にあるという人間尊重、大家族主義は破綻《はたん》するだろう。銀行からの借り入れは戦前から相当な額だったらしいよ。支店単位で借り入れ放題してたのだから、それも当然だな。住友銀行は日本一の都市銀行だが、大和鉱油の体質を見抜いたのか、戦前に見限った。戦後、大和鉱油を支えたのは東海銀行と東京銀行だったと記憶している」

大和鉱油に関する工藤の知識量に田崎は感服した。

「繰り返すが人間尊重の人本《じんぽん》主義は破綻するだろうな。文系だが、私の友達の友達で優秀なのが大和に入社したが、もう辞めたいとこぼしている、と聞いてるぞ」

「出勤簿がないこと、残業がないことを売りにしていますが、そのために早朝出勤の競い合いになり、残業が多くなります。乱暴な言い方になりますが、飲み食いはフリー、私自身も昼間から麻雀《マージャン》をした事実があるほどで、エースクラスの部長が石油工業会で居眠りをして嘲笑《ちょうしょう》されている始末です。いわば各社エース級が集うコンクールの場所ですから、気恥ずかしく思いました」

「わかるよ。大和マンの仕事量は多すぎるんだ。終戦直後に引き揚げ者を全員救済したのは事実だ。しかし、旧制の大学や高等商業、高等工業出身者も含めて、重油などの燃料タンクの底にもぐらされ、油のかき集めなどをやらされた。かれらのほとんどは自分自身の息子を絶対に大和鉱油には入社させたくないと、証言している。教祖的存在の大和社主のマインドコントロール下におるのもいるらしいがね」

「私もその一人でした。大半の社員はそうだと思います」

「過去形になったな。きみは目覚めた訳だ。嬉しいことを言ってくれるじゃないか」

工藤は声をたてて笑った。田崎のほうは苦笑いである。

「〝定年制がない〟、たしかキャッチフレーズの一つだったと思うが……」

「『いびり出すしかない』と明言している役員もいます。大和一族は別格ですが」

「MITIの課長クラスが家族主義はまやかしで、遠からず株式を上場して、一族が創業者利潤を手にするだろうと、もの凄《すご》いことを言ってたが、どうなのかねぇ」

田崎は一瞬、思案顔になった。

「あり得ると思いますが、四半世紀以上先の未来ですが。ただ、それでも大和周造さんは教祖ですから、死後も神格化され続けるような気がします」

「現世利益を説く宗教は山ほどあるが、私はこれでもクリスチャンなんだ。戒律のゆるやかなほうだが」

「プロテスタントですね。教会には行かれるのですか」

「家内は熱心なほうだが、私はサボるほうが多い。ま、宗教を持つことのメリットは皆無ではないと思うが、人のつきあいで面倒なほうが多いよ。〝大和教〟よりはベターぐらいのところかねぇ。人によっては〝大和教〟のほうが分かりやすいと言うかもしれんが……」

「失礼ながらクリスチャンは日本全体で見れば少数派です」

「無宗教が多いのはいかがなものかねぇ。半分はそうなんだろうな」

「はい。私は〝大和教〟から無宗教になった口かもしれません」

「結婚式はキリスト教の教会でする。神社、仏閣へはお参りぐらいはするのかねぇ。葬式はほとんど仏教だろう。入管手続きで、きみはＢｕｄｄｈａと書いたんだったな」

「はい。わが家は代々浄土宗です」

9

自家用車で出迎えてくれたのは在オランダ日本大使館の浅野正義一等書記官だった。通産省からの出向者だが、工藤の甥《おい》（姉の子息）である。むろん田崎は事前に工藤から聞いていたが、偶然とはいえ、年齢も出身大学も同じで学部は工学部と法学部で異なるのは当然だ。

キャリア官僚も人さまざまだが、浅野は驕《おご》り高ぶった所がまったくなかった。

「こんな時間に悪いなぁ」

「叔父《おじ》さん、慣れたものです。こんなのしょっちゅうですから、ご心配なく。あしたはフルアテンドさせていただきます」

浅野の専用車で、ハーグへ移動した。所要時間は約一時間だった。

二泊だが、プロムナード・ホテルに投宿することになっていたので、フロントに荷物をあずけ、ホテルのレストランで朝食を摂《と》った。

田崎の英会話はまあまあのレベルだが、工藤も浅野も上位クラスだった。浅野はオランダ語も話せた。

「オランダ人にファン・ヒューリックという人物がいるとしますか。VANをオランダ語ではファンと発音します。ヴァンと発音して、その人物を知っていると言うのが日本でいると聞きますが、面識があればファンと言うべきでしょう。当該人物は見栄を張っているとしか思えません」

「オランダの首都はアムステルダムじゃないと、きみから聞いた覚えがあるねぇ」

「わたしはハーグだと思いますが、実はあいまいです。在オランダ日本大使館はもとより各国ともそうですが、ハーグにあります。オランダの官庁も国会議事堂も然《しか》りです。王宮はハーグにもアムステルダムにもありますが、アムスは商業都市、観光都市という印象です。アムスにある日本の商社は物産一社だけというのも、どうしてなんでしょうか」

「つまり、強いて首都を特定するとすれば、ハーグだとおっしゃりたい訳ですね」

「おっしゃるとおりです。田崎さんが日本でハーグが首都らしいと言えば、オランダ通ということになるんじゃないですか」

「たった一度で、そこまでは言えません。しかし興味深い話なので、帰国したら同僚たちには話したいと思います」

にこやかな表情で田崎と浅野のやりとりを聞いている工藤は頷《うなず》くだけだったが、唐突に訊《き》いた。

「〝飾り窓〟はアムスだけなのかね」

「有名なのはアムスです。ルーカスと言いましたかねぇ。柔道の金メダリストが用心棒をしているとか聞いています。ご関心がおありなら、ハーグにもありますので、ご案内だけはできます」

工藤がにやにやしながら、田崎へ眼を流した。

「ご辞退させていただきます」

「わたしは関心がないとまでは言わんが、ハーグでそれはないだろうな」

メジャーはバイスプレジデント・クラスが三人も出てきたが、工藤の堂々とした態度に、田崎は驚かされた。会話はすべて英語だった。

「オイル・ショックで先進諸国の経済は大打撃を受けましたが、皆さんのお立場は逆に余裕綽々《よゆうしやくしやく》なのでしょうか」

「違います。産油国にメジャーが入れ知恵したとの噂もあるやに聞いていますが、あり得ません。われわれも痛手を受けています」

「産油国に立ち向かう手があるとすれば原子力発電が考えられますが、いかがですか」

「そのとおりでしょう。西ドイツ、フランスは志向しているような気がします」

「当然ながら、長期的にはそうなるような気がしないでもありませんが、日本国は世界唯一の被爆国という感情論があります。原発に対するアレルギーになる恐れもあるかもしれません」

「原爆と原発は分けて考えるべきです。ただし、黄色人種《イエロー》なるが故にアメリカ合衆国（USA）に原爆を投下された貴国の立場には同情します」

田崎は息を呑《の》む思いで、一対三のやりとりに聞き入った。ヒアリング力には自信がある。メモを取りながら、ついて行けた。

浅野もテークノートしていた。

「ワシントンのスミソニアンにエノラ・ゲイ号が堂々と飾られてあります。第二次世界大戦の早期終了の為とUSAの誰もが説明しますが、事実は、ドイツとイタリアは敗戦し、日本もポツダム宣言を受諾していました。つまり無条件降伏です」

「おっしゃるとおりでしょう。USAとソ連邦の核開発競争は、結果的に冷戦をきわどいものにしました」

「原子力発電が進んでいるとしても、石油精製、石油化学の立場は揺るがないと私は思っています」

「認めます。プラスチック、合成ゴム、合成繊維などは、人々の生活必需品です」

「無資源国の日本国は交易によって、そして技術の開発力によって成り立っています。日本国の未来についてどう思われますか」

「貴国の前途は明るい。世界の経済大国として開発途上国をリードするパワーがあります」

ランチタイムでは、田崎も浅野も意見を少々述べさせてもらえたが、工藤の語学力には遠く及ばなかった。

ニュルンベルクではヒットラーが軍隊の行進を挙手をして見守った石段の上に立ち、ミュンヘンのオクトーバー・フェスト（ビール祭り）では地域ごとに異なる民族衣装のパレードを堪能《たんのう》した。

工藤の〝カバン持ち〟がこれほど愉快で楽しいものになろうとは。田崎は、大和鉱油と陽光石油の企業文化の違いだろうか、と考え込む場面もあった。

人間《じんかん》到る処《いたるところ》青山あり。しかし、この先なにがあろうと驚かないで済みそうだ。

田崎は大和鉱油で鍛えられたからこそかもしれない。大和鉱油に育ててもらったことを忘れてはならないとの思いも深くした。

解説にかえて
〝完全版〟のあとがき

高杉 良

四十年ほど前に書き下ろした「虚構の城」は、大和鉱油《やまとこうゆ》を舞台に、若きエンジニア(ケミスト)の成功と挫折《ざせつ》を描いた。石油危機後の〝時代〟を切り取ったつもりもある。

当然ながら、『大和鉱油』が『出光興産《いでみつこうさん》』をイメージしていることは自明である。

当時、化学関係の専門紙記者だった私は、新聞社社内の事情と、「これ一冊きり」との思いが錯綜《さくそう》し、作家を志向しきれなかった。しかし、周辺では誰が書いたか見え見えで、通商産業省(MITI)の官僚から「社会派ですね」と揶揄《やゆ》された覚えがある。

出光興産の役員、社員の一部から「よくぞ書いてくれた。出光の体質を変えるきっかけになればと期待する」「家族主義はまやかしだ。息子を出光に入社させるつもりは毛頭ない」などの声も寄せられた。

終戦後、上海（旧・中華民国）などから引き揚げてきた社員をクビにしたら〝社是〟に反するとして、仕事が全くなくても一人も社員の首切りを行わなかったという。その一方で、旧海軍のタンク底に降ろされ、命がけで残油をかき集める重労働をさせられた人物の「息子を……」の話は、鬼気迫るほど迫力があった。

出光興産の企業体質・企業文化に懐疑的だった住友銀行は、戦前に同社との取り引きを中止した事実がある。

〝出勤簿がない〟〝定年がない〟は出光のキャッチフレーズである。だからこそ競って、早朝出勤を励行し、遅くまで残業させられたのだろう。家族、兄弟といえども競争原理が働く証《あかし》である。

ある勉強会で、同社の幹部が明言した。

「働かない社員、働けない社員はいびり出すまでだ。そう仕向けて辞めた社員は結構いる」

一流大学出身の社員は誇りを傷つけられて泣かされたに相違ない。

創業者の出光佐三《さぞう》は〝人間尊重〟〝大家族主義〟〝独立自治〟〝黄金の奴隷たるなかれ〟〝生産者から消費者へ〟などを標榜《ひょうぼう》した。

総じて人本《じんぽん》主義と称されている。人本主義が潰《つい》えたことは、その後の同社の軌跡が証明している。

バブル経済崩壊後、ピーク時で二兆五千億円もの借り入れ金があった出光興産が蘇《そ》生《せい》したのは、人本主義から脱脚し、二〇〇六年に株式を上場した結果である。もともと企業基盤は盤石である。社員も仕事で頑張った。底力は同業他社を圧倒していたかもしれない。

その大本《おおもと》が創業者・出光佐三に在ったことは紛れもない事実だが、人本主義から抜け出せたのは一族郎党および生え抜き社員に優れ者が存在した賜物であろう。

私はいま現在、輝いている『出光興産』をネガティブにとらえるつもりはない。四十年前の出光興産を見つめた結果が、〝虚構の城〟であり、〝大和鉱油〟なのだ。ただし、企業文化というべき、創業者の遺伝子は受け継がれている。新入社員はさぞや戸惑うことだろう。

私は『虚構の城』の完全版を上梓《じょうし》する気持ちに傾斜した。その最大の理由は主人公の田崎健治の転職先、〝陽光石油〟を貶《おとし》め過ぎたことに思いを致したからだ。

私は〝大和鉱油〟と同等もしくはそれ以下に描いたほうがフェアだと思い込んでいたが、アン・フェアだった。

このことはとっくのとうに気づいていた。実は当時外資系石油精製企業の反発たるや相当激しく、厳しいものがあったのだ。

　ごく最近も私と同年配の友人に指摘された。

「大和鉱油は的確だが、陽光石油には違和感を覚えずにはいられなかった」

「わかった。その部分は書き直す以外に選択肢はないだろう。黒を白にしてよいものか」

「おっしゃるとおり」

　持つべきは良き友達である。友達は「高杉良作品のベスト・スリーを挙げるとすれば①『呪縛・金融腐蝕列島Ⅱ』②『炎の経営者』③『虚構の城』だろう」と評価もしてくれたのである。

　平成九（一九九七）年二月に発行された〝高杉良経済小説全集（①第12回配本）〟は『生命《いのち》燃ゆ』と『虚構の城』である。対照的な作品だ。

「全集はおかしい。選集でしょう」と私は強調したが、「全集にしなければ売れない」と版元の角川書店の考え方に従わざるを得なかった。

　佐高信による講談社文庫版の解説の一部を引く。

　この処女作を世に問うた時、高杉良は〝覆面〟だった。そのために、出光興産をモデルにしたと思われるこの小説は、同社の元社員の「内部告発小説」だといわれた。一九七六年の七月から八月にかけて出た当時の書評は、ほとんどそう書いている。

たとえば『日経産業新聞』には、「発行元の講談社ではペンネームの筆者の〝実像〟については公表を避けているが、内部事情に詳しすぎるところから元I社社員であるとみられている」と書かれている。

小説を読んだ石油業界の人までが一様にそう思い、売れ行きが異常に速く、書店で入手困難になったため、「I社」が買い占めたのではないか、という噂まで流れたとか。(中略)

この処女作を角川書店刊行の高杉良経済小説全集に入れることを高杉は渋った。編者として私はそれを押し切ったのだが、それについて月報の対談で、高杉は、

「その後に書いたものに比べるとやはり稚拙です、表現なども含めて」

と語り、私が、

「しかし、これには読ませる熱気があるでしょう」

と押し返すと、こう告白した。

「たしかに通産省の方からも『熱気があるねぇ』なんて言われたことを覚えてい

ますが、なんというか、熱にうかされて書いちゃったという感じでしょうか、ある種の若気の至りみたいな気がするんです」

いずれにせよ、この作品を抜きにして高杉良は語れない。その熱気の湧きどころがよくわかる小説だからである。

もちろん、この作品はモデルが出光とわからなくても十分に迫力がある。それは出光が決して「特殊な」会社ではなく、「日本的経営」の典型と言えるほど、「日本的な、あまりに日本的な」会社だからであり、若きエリート・エンジニアが、労働組合がないのは不自然だと思い、そう発言して左遷されるのも、日本の企業では珍しくない現象だからである。

高杉は「某石油会社の経営陣に近いポストにいた人物」（『週刊東洋経済』）などとも書かれたが、実は当時、化学関係のある業界紙の編集部長だった。『虚構の城』で高杉にかかったこんな〝嫌疑〟も、翌年春に出した第二作の『明日はわが身』で完全に消えた。

「失うもの」を持っているだけに揺れるエリートの逡巡《しゅんじゅん》や蹉跌《さてつ》、そして孤独を、高杉はその心のひだにまで分け入って描く。

なんと佐高も『陽光石油』の反発をキャッチしていなかったのだ。私の胸中を忖度《そんたく》しようとも思わなかったとしか言いようがない。

あれほど全集（実際は選集）入りを渋ったのに、そこまで踏み込んでこなかった。ひたすら沈黙していた私のほうがずるい、こすっからいと言われればそれまでの話ではある。

若気の至りで開き直っていた節もある。

しかしながら完全版では掌《てのひら》返しを臆面《おくめん》もなくやってのけた。

そのために相当なエネルギーも費やし、力仕事をせざるを得なかった。

手元にある「出光五十年史（社内教育用）」＝発刊・昭和四十五年四月＝と「私の履歴書　経済人１」＝日本経済新聞社＝を繙《ひもと》く作業も難儀した。

前者は昭和三十二年徳山製油所建設までの同社の軌跡を店主の出光佐三に語らせた面が大半を占め、七百四十ページにおよぶ大著である。

後者は五島慶太《ごとうけいた》、石坂泰三《いしざかたいぞう》、堤康次《つつみやすじ》郎《ろう》、松下幸之《まつしたこうの》助《すけ》ら十三人の、「私の履歴書」で、出光佐三は昭和三十二年七月の同紙に掲載された。

『〝その石油はドロボウ品〟と英国からインネンを付けてきた』の記述に興味をひかれたが、イランから石油を強引に輸入した〝日章丸事件〟は「虚構の城」で触れる必然性がなかったので、再読しただけのことだ。

私は『大和鉱油』については、綿密に取材した自信がある。一方『陽光石油』のほうはモデルとおぼしき外資系企業を見直す必要に迫られた。繰り返すが劇的に書き直した。

主人公の田崎健治も然《しか》りだ。田崎は〝完全版〟では我に返り、力強く歩み始めた。前期の〝全集〟の月報に寄せられた阿川佐和子の「高杉良の魅力」と題するエッセイにも私は大いに元気づけられた。

田崎自身は人生の大事な決断を強いられる場面において、思い詰めて日比谷公園を歩きながら、「風のつめたさも殆ど肌に感じなかったが、水っ洟がこぼれそうになって、急いですすりあげた。それが口にまわった。彼は痰をちり紙で拭い、ついでに洟をかんだ。さむ気がして、ぞくっと身ぶるいした。風邪をひいたようだ」とある。かくのごとく、高杉氏の表現は丁寧である。ここまで描写しなくてもと思うほど、細かい。が、やはりそれこそが、この小説の面白味に大きく反映していることを、読み進むうちに、思い知らされるのである。

完全版のゲラを読み返して、エンターテインメント性にも、ストーリーテラーとしても自負心が湧いてきた。

幼少期から好奇心が強く、質問好きで大人を困らせた。私のしつこい取材は度を越しているかもしれないが、後期高齢入りしても〝雀百まで踊り忘れず〟が僅《わず》かながら残存しているのを、〝完全版〟の作業で確認できた。

（文中敬称略）

本書は、一九九七年二月に小社より刊行された『高杉良経済小説全集　第1巻』所収「虚構の城」を改題のうえ、改訂したものです。

本作品はフィクションであり、実在の人物・団体等とは一切関係ありません。

虚《きょ》構《こう》の城《しろ》 完《かん》全《ぜん》版《ばん》

高《たか》杉《すぎ》 良《りょう》

平成27年 2月25日　初版発行
令和6年 4月30日　5版発行

発行者●山下直久

発行●株式会社KADOKAWA
〒102-8177　東京都千代田区富士見2-13-3
電話　0570-002-301（ナビダイヤル）

角川文庫 19025

印刷所●株式会社KADOKAWA
製本所●株式会社KADOKAWA

表紙画●和田三造

ISBN978-4-04-102890-2　C0193

JASRAC 出 1417082-405

角川文庫発刊に際して

角川源義

第二次世界大戦の敗北は、軍事力の敗北であった以上に、私たちの若い文化力の敗退であった。私たちの文化が戦争に対して如何に無力であり、単なるあだ花に過ぎなかったかを、私たちは身を以て体験し痛感した。西洋近代文化の摂取にとって、明治以後八十年の歳月は決して短かすぎたとは言えない。にもかかわらず、近代文化の伝統を確立し、自由な批判と柔軟な良識に富む文化層として自らを形成することに私たちは失敗して来た。そしてこれは、各層への文化の普及滲透を任務とする出版人の責任でもあった。

一九四五年以来、私たちは再び振出しに戻り、第一歩から踏み出すことを余儀なくされた。これは大きな不幸ではあるが、反面、これまでの混沌・未熟・歪曲の中にあった我が国の文化に秩序と確たる基礎を齎らすためには絶好の機会でもある。角川書店は、このような祖国の文化的危機にあたり、微力をも顧みず再建の礎石たるべき抱負と決意とをもって出発したが、ここに創立以来の念願を果すべく角川文庫を発刊する。これまで刊行されたあらゆる全集叢書文庫類の長所と短所とを検討し、古今東西の不朽の典籍を、良心的編集のもとに、廉価に、そして書架にふさわしい美本として、多くのひとびとに提供しようとする。しかし私たちは徒らに百科全書的な知識のジレッタントを作ることを目的とせず、あくまで祖国の文化に秩序と再建への道を示し、この文庫を角川書店の栄ある事業として、今後永久に継続発展せしめ、学芸と教養との殿堂として大成せんことを期したい。多くの読書子の愛情ある忠言と支持とによって、この希望と抱負とを完遂せしめられんことを願う。

一九四九年五月三日